Das große
Gertrud Fussenegger
Hausbuch

Das große Gertrud Fussenegger Hausbuch

Mit einem Vorwort
der Autorin

EDITION
HAUSBUCH

Umschlag von Christian Mogg

Printed in Austria

Inhaltsverzeichnis

Vorwort

Wenn sich Autoren oder Autorinnen ihrem Lesepublikum vorstellen sollen, geraten sie nicht selten in Verlegenheit: Sollen sie vorab von ihren Werken reden – oder von sich selbst, von ihren persönlichen Schicksalen, Neigungen, Erfahrungen? Allemal sind Werk und Autor eng miteinander verzahnt: eins bedingt das andere, eins geht ins andere über.

Dennoch wäre der Leser sehr im Irrtum, wenn er in jedem Roman, in jeder Erzählung oder gar in jedem Theaterstück nach des Autors eigenem Erleben suchen wollte. Manchmal begegnet man ja solchen Mutmaßungen, die von der Idee ausgehen, daß das, was da geschrieben steht, sich in der Biographie des Schreibers entdecken lassen müßte. Solche Leute wollen am liebsten einem Geheimnis auf die Spur kommen und den Autor »entlarven«. Zumeist sind sie auf dem Holzweg, denn das Werk spiegelt den, der es geschaffen hat, nicht geradlinig ab; es spiegelt ihn und sein Leben nur in vielen Brechungen, in vielen Verfremdungen, die so gründlich sein können, daß nur der Autor noch weiß, wie er und sein Werk zusammenhängen, und in vielen Fällen ist es nicht einmal ihm so ganz bewußt.

Nun muß ich doch gestehen: Die Tatsache, daß ich schreibe – und schon sehr früh mit dem Schreiben begonnen habe –, ist tief in meiner Herkunft und meiner Lebensgeschichte verwurzelt.

Meine Mutter stammte aus Pilsen, dieser Industrie- und Bierbrauerstadt in Westböhmen, wo ihre Groß- und Urgroßväter seit langem als Buchdrucker, Buchhändler und -verleger tätig waren. So hat sich wohl schon in meine Gene ein Schuß Druckerschwärze verirren können.

Ich bin 1912, also zwei Jahre vor dem Ersten Weltkrieg, im Pilsner Haus meiner mütterlichen Großeltern geboren. Dieses Haus war von einer zahlreichen Familie bevölkert, einer Schar Onkel und Tanten, lauter sehr lebhafte, redselige und etwas skurrile Leute, die – selbst kinderlos – sich gern mit uns Geschwistern beschäftigten und uns erzählten: so hörte ich nicht nur Märchen und Geschichten sonder Zahl, ich hörte, da die Zeiten auch damals schon ziemlich bewegt und aufregend waren, auch sonst viel Aufregendes und Bewegendes. Obwohl das meiste natürlich über meine Fassungskraft ging, so fühlte ich doch schon, daß sich rund um meine warme behütete Kinderwelt etwas Großes und Bedrohliches begab, daß Gefährliches im Gang war: Krieg und Not, anfangs Siegesfeiern, dann Aufstände, Zusammenbrüche und Revolutionen. Der Zerfall der Monarchie machte sich bemerkbar, Weltgeschichte pochte sozusagen täglich an unsere Türen. 1919 verließen wir Böhmen und versuchten in der Heimat meines Vaters Vorarlberg, dann in Tirol von neuem Fuß zu fassen.

Von nun an bestand meine ganze Kindheit und Jugend bis tief in den Zweiten Weltkrieg aus einem ständigen Hin-und-her-Pendeln zwischen zwei höchst verschiedenen Welten, Böhmen und dem alpinen Österreich; zwischen zwei sehr unterschiedlichen Landschaften, zwei Lebensweisen und Gesellschaften: die eine, die alpin-österreichische, war damals eine geschlossene Gesellschaft, strikt katholisch und konservativ; die andere in Böhmen, ethnisch bunt gemischt, liberal, diskussionsfreudig, zugleich aber voll scharfer sozialer Gegensätze. In den Alpenländern verlief das tägliche Leben bescheiden und sogar bei den Wohlhabenderen unauffällig karg. In Böhmen dagegen genoß wer es sich leisten konnte praktisch ungeniert phäakisch.

Doch noch einmal zurück in meine frühesten Jahre: Da standen in den Wohnungen meiner Eltern und Großeltern eine Reihe gut gefüllter Bücherschränke mit Gesamtausgaben deutscher und ausländischer Klassiker, Prachtbände in goldgepreßten Deckeln; sie bildeten etwas wie Hausheiligtümer oder Hausaltäre, denen man große Verehrung zollte. In diesen Büchern zu lesen, galt als Vorzug und höhere Weihe. Und so regte sich in mir allmählich der Wunsch, an dieser Welt der Dichtung nicht nur lesend teilzunehmen; so wie sich heute in fernsehenden Kindern der Wunsch regen mag, selbst einmal auf der Scheibe zu erscheinen und in den Abenteuern mitzuwirken, die ihnen da vorgespielt werden, so herrlich stellt' ich es mir vor, selbst einmal »Dichtung« zu produzieren. Ich ging noch nicht einmal zur Schule, da verkündigte ich meinen erstaunten und wohl auch amüsierten Eltern mit großem Ernst, ich würde auch einmal Bücher schreiben.

Damit hatte es freilich noch gute Weile.

Immerhin hatte ich schon in meiner Volksschulzeit dicke Hefte mit allen möglichen Geschichten vollgekritzelt – mit einem Eifer und einer Unverdrossenheit, die meinen Vater veranlaßte, mich vor der Koch- und Nähschule zu bewahren, in die mich meine Mutter – damaligem Brauch entsprechend – schicken wollte. »Nein«, sagte er, »sie soll studieren, sie wird ja doch Schriftstellerin.«

Dieses prophetische Wort habe ich ihm nie vergessen.

So kam es denn auch: Ich machte meine Matura und ging

auf die Universität, immer dasselbe Fernziel vor Augen. Als ich auf meine letzten Prüfungen büffelte, hatte ich meinen ersten Roman schon mehr oder minder fertig im Kopf, und zwischen dem letzten Rigoriosum und meiner Promotion schrieb ich auch schon das erste Kapitel nieder. – Zwei Jahre später erschien das Buch in einem guten Verlag.

Inzwischen sind es an die vierzig Bücher geworden, die ich bis heute an die Öffentlichkeit brachte, große und kleine Bücher, darunter sieben Romane, viele Erzählungen, auch Gedichte, auch Kinderbücher – und zwei historische Monographien. Sogar auf dem Theater habe ich mich nicht ganz ohne Erfolg versucht.

Man möchte ja meinen, das wäre genug, um ein Leben auszufüllen. Mir war es nicht genug.

So wie ich in meiner Kindheit zwischen Böhmen und dem alpinen Österreich hin und her pendelte, so pendelte ich auch später zwischen zwei unterschiedlichen Welten: Ich schrieb – und ich hatte Kinder, fünf. Ich erlebte das Glück, daß ich sie auch in der schweren Zeit des Krieges und der Nachkriegsjahre durchbringen konnte. Gute Menschen haben mir dabei geholfen.

Ich habe nie bereut, mich auf eine doppelte Lebensaufgabe eingelassen zu haben: auf das lebendige Leben und auf das andere – im Wort, in der Phantasie, in Gestalten aller Art, fremden, verwandten, bösen und guten; sie bevölkern meine Romane, meine Erzählungen; auch meine Gedichte.

Sie, meine Leser, finden in diesem Hausbuch eine Auswahl. Ich wünschte mir sehr, daß sie Ihnen gefiele und Sie sich bald heimisch fühlen in meiner Welt.

So sage ich Ihnen, meinen Lesern, in dieser Welt willkommen.

Gertrud Fussenegger

Die Nachtwache am Weiher

Es war ein kühler, gewittriger Spättag im August, an dem sich die junge Frau aufmachte, um ihren Mann im Gebirge zu besuchen. Sie schloß das kleine Haus ab, das sie nun schon seit Wochen allein bewohnte, und zog das Gittertörchen des Gartenzaunes hinter sich zu. Einen Augenblick hielt sie inne: Über die Gitterstäbe bogen sich die grünen Flammen der Goldruten zu ihr hinaus, dahinter nickten die Sonnenblumen mit ihren großen schweren, gelbmähnigen Blütenköpfen, deren Inneres sich schon zu bräunen begann. Anna schulterte ihren Rucksack und schritt die Straße hinab, ihre genagelten Schuhe klangen auf dem Pflaster. Ihr Schatten wanderte vor ihr her, schmal und langhinzüngelnd, denn es war nicht mehr früh am Tag und beinahe zu spät für einen Aufbruch ins Gebirge. Aber Anna hatte den nächsten Morgen nicht mehr zu Hause erwarten, hatte ihre unruhige Vorfreude nicht mehr zwischen den vier engen Wänden zügeln wollen. So hatte sie beschlossen, wenigstens ein Stück des Weges heute noch hinter sich zu bringen. Sie konnte auf halber Höhe in einem Dorf übernachten und beim ersten Licht weiterwandern, ehe der neue Tag Schatten und Kühle aufzehren würde. Sie war als junges Mädchen oft allein gewandert, und sie freute sich darauf, diesen lange nicht mehr geübten Brauch ihrer Jugend zu erneuern.

Sie schritt rüstig aus. In Gedanken war sie – wie schon den ganzen Tag – längst droben auf den Lärchenwiesen und Felshalden, die sie kannte, und auf der letzten Hochalm, wo jetzt ihr Mann lebte; zwei Monate schon lebte er dort, zwei Monate hatte sie ihn nicht mehr gesehen. Zwei Monate! wiederholte es sich die Frau und erschrak beinahe darüber, sie waren ihr vergangen, sie wußte selbst nicht wie. So ist das, dachte sie, wenn die Liebe schläfrig und die Sehnsucht lau wird, vor zwei, drei Jahren wäre mir eine Trennung noch unerträglich gewesen. Jetzt aber – und sie beschleunigte ihre Schritte noch mehr – war eine neue und süße Ungeduld in ihr erwacht, jetzt fühlte sie, was unter der Gewohnheit geschlummert hatte, wieder in sich lebendig werden. Sie stellte sich vor – und lächelte dabei unbewußt vor sich hin –, wie sie morgen dem Mann begegnen würde, er wußte nicht, daß sie kam, er würde zuerst seinen eigenen Augen nicht trauen wollen, wenn er sie plötzlich auftauchen sähe auf dem Pfad unterhalb seiner Hütte, in großen Sprüngen würde er ihr dann entgegeneilen; vielleicht würde sie ihn auch in der Hütte überraschen, von hinten herantretend, ihm die Hände über die Augen legen: Rat, wer gekommen ist! –

Er leitete in dem Hochtal droben den Bau einer kleinen Straße, wohnte schon seit dem Frühjahr mit seinen Arbeitern in einer rasch errichteten Baracke, schlief auf einem Strohsack und aß die grobe selbstgekochte Mannskost. Anna hatte allerlei in den Rucksack gesteckt, von dem sie denken konnte, es würde ihm willkommen sein: eingemachtes Huhn, Backwerk, frische Wäsche: Dinge, die ihn dessen versichern sollten, daß ihn bei ihr, Anna, nach Beendigung seiner Arbeit die Annehmlichkeiten einer bequemen und geordneten Häuslichkeit erwarteten.

Gleich hinter dem Dorf führte der Weg eine steile Waldstufe empor. Anna hatte sie bald hinter sich gebracht und stand droben still, tief atmend, und blickte zurück. Zu ihren Füßen lag die Ortschaft, ein freundlicher Flecken mit den vertrauten Würfeln weißer Häuser, in die Bucht eines breiten krümmungsreichen Tales geschmiegt. Unter tiefhängenden Wolkenschwärmen begann es allmählich einzudunkeln, nur da und dort zuckte noch das messingfarbene Licht der untergehenden Sonne aus vergoldeten Wolkenschlitzen hervor. Dann erglühte ein ferner Felsen unter dem Strahlenkuß, oder es leuchtete der smaragdgrüne Fleck einer Alm sekundenlang auf. Über dem Hochgebirge im Norden und Süden braute es blauschwarz, ein ferner Donner grollte, und zwischen den höchsten Gipfeln zwinkerten Blitze, als spielten sie oder prüften erst ihre Kräfte, ehe das Gewitter über die Gratlinie vorstoßen und über das Tal hereinbrechen wollte.

Anna sah, bald würde es Nacht sein, und rasch setzte sie ihren Weg fort. Das Gewitter blieb hinter den Bergen, doch begann ein linder Regen zu fallen. Flüsternd bewegte er Gras und Laub. Üppige Spätsommerwiesen wogten um den sich schlängelnden Pfad. Mit weißen Mauern tauchte das Dorf aus der Dunkelheit auf.

Anna kannte es und kannte auch das einzige einfache Wirtshaus neben der Kirche. Sie trat ein, fragte um ein Quartier und gab ihren durchfeuchteten Mantel in die Küche zum Trocknen. Dann setzte sie sich in die zirbene Stube, bestellte ein Abendbrot und aß. Sie war der einzige Gast dahier. Aber vor der Stube, ein paar Staffeln tiefer und durch ein breites, mit Blumenstöcken besetztes Fenster überschaubar, lag ein verglaster Vorsaal, die Wirtshausveranda. Dort saßen ein paar junge Leute beisammen, tranken Wein und zupften an ihren Gitarren. Die Mädchen waren in der Tracht des Landes, blühend in ihren Miedern und weißen Ärmelblusen; den Burschen stand der Jägerrock gut zu den kecken und feurigen Mienen. Die jungen Leute spielten und sangen, bald im Chor, bald nur mit einzelnen Stimmen, in einem Terzett wetteiferten zwei helle Frauenstimmen mit einem warm und voll klingenden Bariton. So ging das eine Weile fort, dann brachen die Sänger auf, paarweise, und Arm in Arm wanderten sie in die Nacht hinaus. Anna lauschte ihnen nach, wie sich ihr Tralala und Dudeldei allmählich entfernte und sich endlich draußen in der Dunkelheit verlor.

Plötzlich fühlte sie sich müde, trotzdem mochte sie noch nicht schlafen gehen. Sie langte sich einen alten Kalender vom Bord und blätterte darin. Ihre Augen liefen die Kolonnen der Monate und Wochen entlang: abgelebte und, wie ihr einmal erschien, ungelebte Tage. So wartete Anna, sie wußte selbst nicht, worauf.

Es war schon spät geworden, da erhellte sich der finstere Vorsaal unten abermals: Ein Paar war durch die äußere Tür hereingekommen und hatte das Licht angedreht, jetzt schlenderte es langsam zwischen den Tischen heran und unter dem Fenster vorbei, hinter dem Anna saß. Weder der Mann noch das Mädchen sahen zu ihr auf, aber sie, Anna, sah sie gut, alle beide, und sie hätte beinah einen Ruf ausgestoßen, dann aber schwieg sie still, beide Hände vor den Mund gepreßt und vor Schrecken wie versteinert, denn der Mann da war der ihre, aber das Mädchen kannte sie nicht.

Die beiden schienen zu glauben, sie seien allein. Sie rückten ihre Stühle zurecht und saßen nieder, sie saßen nicht zum erstenmal miteinander am Tisch, nein, sie gehörten wohl zu den häufigen Gästen des Hauses, so vertraut zeigten sie sich mit seinen Einrichtungen: denn das Mädchen wandte sich jetzt zurück zu dem Schubschrank, öffnete eine Lade und holte selbst die Servietten heraus. Aus einer zweiten Lade holte sie Messer und Gabeln und legte sie für sich und den Mann zurecht. Schließlich langte sie noch den Korb mit dem Brot herbei; sie tat das alles, als hätte sie es schon oft getan und mit einer selbstverständlichen fürsorglichen Vertraulichkeit, die nur einer Frau zusteht – oder einer Geliebten. Schließlich wandte sie das junge Gesicht dem Manne zu und lächelte. Ihre Hand stahl sich über den Tisch neben die seine, und, als hätte er gefühlt, was dieses stumme Darbieten bedeutet, schloß sich seine braune Rechte um ihre Hand und barg sie in sich.

Anna sank zurück, doch zugleich richtete sie sich von neuem auf, halb sitzend, halb knieend preßte sie das brennende, das lauschende Gesicht gegen die Fensterscheibe und sog fressenden Blickes das Bild dort in sich hinein.

Sie hörte nicht, was die beiden sprachen, sie flüsterten oder murmelten wohl auch nur, wenn sich, wie jetzt, ihre Lippen zueinander regten. Das rötliche Licht der Lampe schwebte über ihren Köpfen, ringsum war Schatten und dahinter Nacht, Nacht stand hinter den gläsernen Wänden des Vorsaals, in dem sie saßen, allein, in einer sanftglühenden Lichtzelle, und sie waren in Liebe zueinander entbrannt. Anna konnte des Mannes Gesicht nicht sehen, denn er drehte ihr den Rücken zu, doch sie sah sein Gesicht in den Zügen des Mädchens gespiegelt: sie waren verklärt von einem schmerzlichen Glück und gleichsam aufgelöst in einer Seligkeit, die nur die unglücklich Liebenden kennen. Anna sah, daß alles an der jungen Gestalt da unten Hingebung ausdrückte, und mit der sicheren Witterung des Weibes fühlte sie, daß dieses Mädchen den Mann liebte, mehr liebte als sie selbst, die seine Frau war, drei Jahre schon, und ein Kind von ihm erwartete. Das aber wußte er noch nicht.

Sie war von daheim aufgebrochen, um es ihm zu sagen. Wochenlang hatte sie die wachsende Gewißheit mit sich herumgetragen, in Freude und Bangen wie jede hoffende Frau. Nun sollte er, der Vater, es auch erfahren. Am morgigen Tag hätte sie es ihm zuflüstern wollen, in seine Arme geschmiegt, unter Küssen, vielleicht unter Tränen des Glückes. *Deshalb* hatte es sie nicht mehr zu Hause gelitten, *deshalb* war sie hierhergekommen.

Ein Schluchzen stieg in ihr auf, sie preßte die Faust gegen die Lippen, riß den Handrücken zornig über das Auge, weil die hervorquellende Träne ihr den Blick verschleierte. Vorsichtig tastete sie nach dem durchbrochenen Vorhang und zog ihn bis auf einen schmalen Spalt zusammen, um, desto sicherer vor den beiden, unbemerkt hinunterspähen und sie belauschen zu können. Da – fuhr sie erschrocken zurück: Die Wirtin war in die Stube gekommen, sie ging vorbei in den Vorsaal hinab, ein Klingelzeichen mochte sie gerufen haben. Wie eine Ertappte, dunkelrot, beugte sich Anna über ihr altes Kalenderheft. Doch dann schob sie sich wieder an das Fenster heran. Jetzt stand die Wirtin bei ihren Gästen, schräg über den Tisch gelehnt, einen Arm in die ausladende Hüfte gestützt. Sie hatte die kleine Karte vorgelegt und deutete darauf, und die Gäste deuteten wieder und redeten lächelnd zu ihr hinauf. Gleich darauf kam das Schankmädchen getrippelt, es brachte einen Weinkrug und Gläser, und später brachte es die bestellten Speisen. So war eine Weile Unruhe um die beiden, geschäftiges Hin und Her, und wenn die Tür für einen Augenblick offenstehen blieb, hörte Anna das Tellerklappern und das Klickern des Bestecks gegen das Porzellan. Das Paar begann zu essen, der Mann scherzte mit der Wirtin, die sich einen Stuhl herangezogen hatte und Gesellschaft leistete. Doch schließlich verließ sie die Gäste, und die beiden blieben wieder allein, über ihnen das Licht und jenseits der hohen verglasten Wände die unermeßliche, dunkel schauernde Nacht. Sie hatten getrunken, ohne bisher miteinander anzustoßen. Doch – der kleine Krug war schon halb geleert, die Wangen des Mädchens hatten Farbe bekommen, und ihr Lächeln war gelöster, heiterer, beinahe strahlend – nun füllte der Mann noch einmal nach, sie ergriffen die Gläser und neigten sich zueinander. In diesem Augenblick sprang Anna auf, und während hinter ihr etwas polternd und scherbend zu Boden fiel, stürzte sie aus der Stube und davon.

Die beiden draußen hatten den dumpfen und zugleich klirrenden Schlag gehört, und weil sie glaubten, auch den Schrei eines Menschen vernommen zu haben, stand der Mann auf, sprang die Staffeln hinauf und öffnete die Stubentür. Da sah er, daß vom Fensterbord ein Blumenstock herabgestoßen worden war, der Topf war zersprungen, die schwarze Erde über den Boden verstreut, die Pflanze, ein großes grünes starkes Gewächs, lag mit geknickten Zweigen, entblößten Wurzeln, und die einzige Blüte, rosenrot wie Fleisch, lag abgebrochen und beschmutzt daneben. Der Mann schaute auf die Scherben, auch auf den Tisch, wo noch der abgegessene Teller stand, daneben eine zerbröselte Krume Brot und ein Glas, halb geleert, mit gewässertem Wein. Daß seine Frau hier gesessen hatte, das freilich konnte dem Mann nicht einfallen, achselzuckend wandte er sich ab und kehrte in den Vorsaal zurück.

»Was ist gewesen?« fragte ihm das Mädchen entgegen.

»Nichts«, sagte der Mann, »gar nichts.« Dann lachte er: »Du siehst aus, Irene, als hättest du dich erschreckt.«

Das Mädchen senkte den Kopf und schwieg. Ja, sie war erschrocken, jede Kleinigkeit konnte sie zusammenfahren lassen, jede Kleinigkeit konnte sie beunruhigen. Sie konnte sich sagen, daß das unvernünftig sei, trotzdem –

Sie war noch sehr jung, ängstlich von Natur aus und jetzt erst recht: Seit sie den Mann kannte und wußte, daß er verheiratet war, wurde sie von Ahnungen geplagt. Sie fühlte das Verbotene ihrer Liebe tiefer als er. Nach langem Sträuben nur hatte sie sich dazu überreden lassen, in diesem Wirtshaus Wohnung zu nehmen, wo er seine Freizeit mit ihr verbringen konnte. Immer fürchtete sie Entdeckungen, Begegnungen, immer war sie beim gemeinsamen Herumstreifen in der Gegend darauf aus, allen Menschen aus dem Wege zu gehen. Freilich: Die Wirtsleute waren sich über das Verhältnis längst im klaren, aber auch ihnen gegenüber bestand das Mädchen auf einer gewissen Vorsicht.

Dem Mann konnte die Scheu, wenn sie auch manchmal unbequem war, im Grunde nur recht sein. Auch ihn beunruhigte der Gedanke an seine Frau, doch hielt er eine Entdeckung für unwahrscheinlich. Er liebte das Mädchen, obwohl er sich zugab, zugleich an seiner Frau zu hängen. Eines Tages würde ja doch – aber diese Erwägungen schob er von sich.

Wenn er bemerkte, daß seine junge Geliebte traurig war,

sprach er ihr Mut zu. Dann und wann, in leidenschaftlichen Augenblicken, hatte er sich schon zu unbedachten Äußerungen hinreißen lassen, hatte von einem Neubeginn des Lebens und immerwährendem Beisammensein gesprochen.

Er merkte dann, daß Irene auflauschte, daß in ihr irgend etwas zu zittern begann, doch später kam sie nicht mehr darauf zurück, und dafür war er ihr dankbar. Hörte sie ihn nur mit halbem Glauben an?

Das Mädchen glaubte dem Mann, aber sie glaubte nicht an die Gunst ihres Schicksals. Sie war als Waise bei lieblosen oder doch gleichgültigen Verwandten aufgewachsen, sie hatte noch nie zuvor geliebt und fühlte sich ihren Gefühlen schutzlos preisgegeben. Dann und wann wollte sich eine ungeheure Hoffnung ihrer bemächtigen, aber im Grunde wußte sie, daß diese Hoffnung Wahnsinn sei und daß sie letzten Endes werde verzichten müssen. Dann sagte sie sich, die Tage des Glücks seien ihr nur geliehen, und sie werde sie, und vielleicht schon bald, mit Zins und Zinseszinsen einem unerbittlichen Verhängnis zurückzahlen müssen; dann werde ihr Leben keinen Wert mehr haben, und dann werde sie auch wissen, was ihr zu tun noch übrigbleibe.

Sooft sie dem Mann gegenüber, wenn auch nur andeutungsweise, solche Gedanken äußerte, schalt er sie aus und wollte ihr ein Versprechen abnehmen, daß sie von nun an mehr Vertrauen in die Zukunft fassen und sich bemühen werde, derartigen Anwandlungen zu widerstehen. Dann lächelte das Mädchen wie ein Mensch, der es besser weiß und den anderen nur deshalb reden läßt, weil dieser doch nie begreifen würde. Aber nie gestand sie dem Mann, was sie seit frühester Kindheit mit sich herumtrug, was damals oft eine Bürde für sie gewesen und jetzt zu einer Art bittersüßen Trostes für sie geworden war, nämlich daß sich ihre Mutter in einer ähnlichen Lage den Freitod gegeben und sich in einem See ertränkt habe.

»Nun, Irene«, sagte der Mann, »wir haben noch nicht einmal miteinander angestoßen. Nimm das Glas – auf dein Wohl!«

»Auf das deine!«

Aug in Aug ließen sie die Kelche klingen, dann hoben sie sie an die Lippen und tranken.

Indessen war Anna ins Freie gelaufen, auf den Dorfplatz, wo sich nichts mehr regte als der immer plätschernde Brunnen. Es hatte ein wenig aufgehellt, das Gewitter war über das Firmament zerpflückt, doch dafür hatte die Frau jetzt kein Aufschauen, blind und rasend in innerem Aufruhr und wie von einer fremden fürchterlichen Macht gejagt, rannte sie die Straße hinab, rannte, wo Häuser und Zäune hinter ihr blieben, querfeldein. Die hohen, nassen Halme schlugen ihr um die Knie, sie rannte einen Hügel hinauf, jenseits wieder hinab, dort ließ sie sich in das kalte, schwarzgrüne Gras niederfallen und schrie lautlos in sich hinein.

Doch dieser Ausbruch währte nur eine Weile, denn dann sammelte sich in Anna, was sie im ersten besinnungslosen Schmerz verloren hatte, ein Gefühl ihrer selbst: Wie, sollte sie fliehen, die doch als Gattin das Recht für sich hatte, mußte sie sich verstecken vor denen dort? Sollte sie sich nicht wehren können mit Fleisch und Blut und allen Sinnen? – Und so raffte sie sich auf und suchte, während Frost und Glut sie wechselnd durchschauerten, den Weg zum Gasthaus zurück.

Dort traf sie die Wirtin im Flur und fragte nach dem

Namen und dem Woher des Mädchens. Die Frau antwortete vorsichtig, sie wisse wenig, dennoch erfuhr Anna, was sie erfahren wollte, nämlich in welchem Zimmer des Hauses jene wohnte. Sie dankte für die Auskunft und lief in den Oberstock, sie suchte die bezeichnete Tür, nahm den Schlüssel vom Haken und sperrte auf. Sie schlich sich nicht ein wie eine Unbefugte, sie wollte nicht leise sein. Mit harten Schritten durchmaß sie den Raum, sie war gewappnet und gefaßt, hier angetroffen zu werden und jener zu begegnen, die ihre, Annas, Rechte gebrochen, die sich in ihre Ehe eingeschlichen hatte. Bittere, heftige, verächtliche Worte quollen in ihr empor, und sie konnte es kaum erwarten, sie jener entgegenzuschleudern, mitten in ihre sanfte bläßliche Miene hinein. Haßerfüllt blickte Anna um sich.

Aber was sie sah – der einfache kleine Raum zwischen den weißgetünchten Wänden und den altmodisch steifgestärkten Gardinen am Fenster, der kahle Tisch, der wacklige Stuhl, das kleine schwarze Kreuz im Winkel –, das alles war so anders, als sie sich's gedacht hatte, es machte sie so seltsam schwach, entwaffnete ihren Zorn und blies ihrer Empörung die Flamme aus. Zögernd stand sie und *suchte* nach einem Gegenstand, an den sich ihr Haß hätte klammern können: Doch auf dem Bett lag kein Nachthemd aus Spitzen, in aufreizender Farbe, auf dem Waschtisch standen keine Schminktiegel, Cremes und Parfums, noch waren etwa seidene Pantoffel zu entdecken. Ein Paar schwere und etwas angestaubte Bergschuhe standen im Winkel, ein Rucksack hing am Fensterkreuz, und über die Lehne des alten Ohrenstuhls aus schwarzem Wachsleder war ein blaues Kopftuch gebreitet. Anna ergriff es, um es fortzuschleudern, doch dann legte sie es zurück, wo es gelegen hatte. Mit einem Mal fühlte sie sich ihrer selbst so elend ungewiß. Es erschien ihr so armselig, daß die beiden diesen Ort als Zufluchtsstätte ihrer Liebe gewählt hatten, diese dürftige Kammer, die eher für eine Magd als für einen Sommergast paßte. Diesen Raum also hatten sie zum Schauplatz ihrer selig-unseligen Begegnungen für gut genug gefunden, so reich dünkten sie sich zu sein miteinander, aneinander, daß ihnen die Armseligkeit nichts galt.

Anna dachte an ihr eigenes Heim, das kleinbürgerlich-behagliche, das sie mit Sorgfalt pflegte und mit Aufwand eingerichtet hatte, sie dachte an die gelbe Seidenampel in ihrem Schlafzimmer, an die Rosentapete, die rüschenbesetzten Kissen, und plötzlich schien ihr, als wären diese Dinge, an denen sie sich bis jetzt arglos gefreut hatte, nutzlos, falsch und unrecht, und es beschlich sie etwas wie Reue und Scham.

Nach einer Weile – der Atem stockte ihr – hörte sie einen fremden Schritt vor der Tür. Das Mädchen öffnete – und prallte zurück: Verwunderung und Schrecken malten sich auf ihrem Gesicht. Es glaubte wohl, sich in der Tür geirrt zu haben, und wollte – mit einer gemurmelten Entschuldigung – davon, doch Anna lief hin und schloß hinter ihr, und so standen sie voreinander, Blick in Blick, beide errötend und wieder erbleichend, als triebe ein einziges Wesen sein Blut in ihre Gesichter und saugte es von dort zurück zu ihren Herzen. Das dauerte eine Minute, vielleicht auch länger, bis Anna endlich ein rauhes Flüstern gelang: Ob die andere wüßte, wer sie sei? Das Mädchen nickte – sie wankte, hielt sich jedoch aufrecht und kam tiefer in die Kammer herein. Anna folgte ihr und sagte, was zu sagen sie sich vorgenommen hatte, sie verlange – nein, verbesserte sie sich rasch –, sie *bitte*, daß die andere gehe, jetzt, im Augenblick, und nie mehr wiederkomme. Nie mehr! wiederholte sie flehentlich.

Das Mädchen stand und schaute die Bebende an, aber in seinem Blick war eine Abwesenheit, die Anna erschreckte. Es sagte nur: »So mußte es ja kommen.«

»Ja!« stammelte Anna, »so und nicht anders!« Und plötzlich ergriff sie die eine Hand des Mädchens und preßte sie zwischen ihre beiden Hände und redete überstürzt und atemlos auf sie ein: Sie sagte, was sie bisher noch niemand gesagt hatte, daß sie ein Kind erwarte und daß das junge Leben ein Recht habe, ein Recht auf Mutter und Vater, vor diesem Recht müsse alles weichen, und darum müsse auch alles zu Ende sein.

Das Mädchen hatte gehört, ohne Bewegung, mit geschlossenen Augen, nur einmal, als Anna das Wort »Kind« ausgesprochen hatte, hatten ihre Lider gebebt. Jetzt wiederholte sie Annas Wort: »Zu Ende. Zu Ende.«

Und plötzlich riß sie sich los und stürzte, wild um sich blickend, auf den kleinen Schrank zu und begann, mit fliegenden Händen, die wenigen Dinge, die darin waren, herauszureißen. Sie griff sich den Rucksack vom Fensterkreuz und stopfte hinein, was er fassen wollte. »Ich gehe ja schon!« schrie sie leise. »Ich gehe schon.«

Anna war zurückgewichen. Sie erschrak über diese planlose Hast, und plötzlich wallte eine Furcht in ihr auf um das junge Geschöpf, ein mütterliches Gefühl für dessen hilfloses Elend. Soeben hatte sie noch verlangt, die andere solle augenblicklich gehen, jetzt fragte sie, wohin sie wolle, sie könne doch nicht fort in die finstere Nacht.

Die Nacht sei nicht so finster, antwortete das Mädchen,

und der Schein eines irren Lächelns zuckte um ihren Mund.

Unmöglich! rief Anna, und da fiel ihr ein, daß sie das Mädchen auf ihr eigenes Zimmer bringen könne, dort mochte es die Nacht über bleiben und morgen aufbrechen, sobald es hell würde. Sie selbst würde bleiben, in dieser Kammer, und würde den Mann erwarten anstelle der anderen, um mit ihm zu reden, da schon geredet werden müsse. Schluchzend versprach sie, sie werde den Mann ruhig empfangen, keine bitteren Klagen erheben, die angetane Kränkung in sich verschließen. Endlich war es soweit: Sie hängte dem Mädchen selbst den Rucksack über den Arm, drückte ihr die Schuhe und das Tuch in die Hände und lief ihr voran in den Oberstock, wo ihr eigenes Quartier war. Dort schob sie sie noch durch die Tür und kehrte dann in die untere Kammer zurück.

Hier sank sie auf dem Sessel zusammen, sie fühlte sich wie nach einer ungeheuren Anstrengung matt und elend. Doch sogleich begann ihr tobendes Herz abermals Schauer der Erregung durch ihre Adern zu treiben. Nun würde er wohl kommen, der Ungetreue, und statt der Geliebten sie, die Gattin, hier finden. Wie würde er ihr begegnen? Wie sich zu rechtfertigen suchen? Obwohl sie eben noch versichert hatte, ruhig und gefaßt zu sein, jetzt verlangte es sie, ihm ihren Schmerz entgegenzuschreien. Aller Eide wollte sie ihn erinnern, in denen er ihr Liebe und Treue geschworen, erinnern wollte sie ihn ihrer gemeinsamen Jahre, ihrer Eltern und der seinen, die ihren Bund gesegnet hatten, ihres mühsam erbauten gemeinsamen Heimes, ihrer Pläne für die Zukunft. – Alles hatte er verraten und aufs Spiel gesetzt – wofür?

Doch so eigensinnig sie sich in ihrem Recht bestärken

wollte, es gelang der Frau nicht mehr, ihr Inneres den Dämonen der Eifersucht noch einmal ganz auszuliefern. Das Gesicht des Mädchens stand vor ihr – es war nicht nur von Schmerz, Scham und Verwirrung, sondern auch von etwas anderem, Anna Unbegreiflichem gezeichnet gewesen. Sie empfand Angst, auch in des Mannes Gesicht Beschämung und Schuld zu erblicken, noch mehr aber fürchtete sie, die über Beschämung und Schuld triumphierende Liebe aus seinen Augen lodern zu sehen. Aufstöhnend verbarg Anna ihr Gesicht, und als sie die Hände sinken ließ, begegnete sie ihrem eigenen Bild in dem Spiegel an der Wand, sie starrte es an, entsetzt: fremd schien es ihr aus dem trüben Glas entgegen, hohläugig, mit runden, brennend roten Malen auf den Backen, verwüstet unter dem zerrauften Haar. War dieses Bild sie selbst? Und durfte sie, diese Frau, sich ein Recht erhoffen neben Jugend und Schönheit?

Schaudernd wandte sie sich ab. Was tat sie eigentlich, was suchte sie hier? Lauerte sie nicht blutdürstig wie eine Spinne im Netz? Stand es ihr denn an, hier wie ein Rachegeist zu warten, gierig, das angebahnte Unheil zu vollenden? Denn, kam er jetzt, der Mann, und traf er sie hier, wie sollte sie ihm jemals, wie sollte er ihr jemals vergeben? Und kam er nicht – doch er würde kommen! –, was würde ihr damit geholfen sein? Dann konnte sie sich damit trösten, daß er ihr eine Art Treue hielt, doch nicht die Treue der Liebe, sondern eine Treue aus Pflicht und Ängstlichkeit, und sie selbst, Anna, war dann nichts als ein Gespenst, das ihn erschreckte, ein Schatten, über den hinwegzuspringen er nur noch nicht den Mut gefunden hatte. Aber – so war es nicht. Wie konnte sie noch zweifeln nach dem, was sie gesehen hatte? Was konnte sie noch über diese Liebe erfahren nach dem einen Anblick, den sie unten empfangen hatte, als sich die beiden lächelnd zueinander neigten?

Anna sprang auf. Sie wollte nicht mehr bleiben. Angst schnürte ihr den Atem ab. Knarrte nicht schon ein Tritt im Flur? Griff nicht schon eine Hand nach der Klinke? Hinaus, hinaus und fort. Sie öffnete die Tür.

Der Gang lag dunkel. Sie drückte sich die Wand entlang, der Treppe zu, sie tastete sich hinab. War niemand mehr im Hause wach? Aus der Küche hörte sie noch Tellergeklapper. Ein Lichtfaden blitzte über einer Schwelle. Auf Zehenspitzen stahl sich Anna vorbei, sie fand den Ausgang in den Hof und floh hinaus. Da stand sie nun: Zwischen Stall und Tenne senkte sich der Boden einem Anger zu, an dessen Ende zwischen Zäunen und Büschen ein Weiher lag. Sein blinder Glanz traf Annas Auge, der Mond war zwischen Wolkenschleiern aufgegangen, und die leichten Silbersträhnen seines Lichts spannen sich durch Laub und Geäst und träufelten über die schlummernden Dinge eine Ahnung ihrer Tag-Gestalt.

Anna trat unter das Gezelt der Obstbäume, das, wo sie das Blattwerk nur streifte, einen Schauer kalter Tropfen auf sie niederprasseln ließ. Langsam näherte sie sich dem Wasser und ging das Ufer entlang, als wäre hier der einzige Ort, an dem sie bleiben sollte. Tief atmete sie die Kühle ein, und, wie es immer geschieht, daß, wenn ein Mensch voll Schmerz und Aufruhr ins Freie flüchtet, er stiller wird – so als beschämte ihn das größere Dasein der Natur, ihre Weite und Gelassenheit –, so geschah es auch Anna: Sie fühlte ihr Herz allmählich mit leiseren Schlägen gehen, es kam eine Erschöpfung über sie, daß ihre Arme niederhingen, daß ihre Augen sich schlossen; wohltuend empfand sie die Kühle, mit der Rasen und Busch sie umhauchten. So stand sie eine Weile, glücklich darüber, daß sie der Begegnung mit dem Gatten, daß sie ihren eigenen Absichten entronnen war. Denn es gibt kein Leid, das nicht auch irgendeine und wenn noch so dürftige Wohltat in sich trüge. Hier, unter dem freien Himmel, dünkte es sie gut sein, und hier wollte sie auch bleiben.

Nahe dem Ufer stand eine Sommerlaube und eine Bank davor. Die war von Taubnesseln umbuscht, aber trocken, weil sie von einem leichten überhängenden Bretterdach geschützt war. Anna setzte sich. Nach einer Weile hob sie den Blick zu den Bergen empor; sie unterschied das pelzige Schwarz der Wälder und das schiefrige Glimmern der Felsflanken und hoch droben in den Karen die letzten Flecken geisterbleichen Schnees.

Da erscholl, Anna zu Füßen, vom Rand des Weihers ein Ton, so nahe, daß sie erschrak, er hatte wie eines Menschen Stimme geklungen, mißtönig, eine kurze höhnische Frage. Es war der Laut eines Frosches, erkannte sie, ein einzelner, als zögerte er, sich vernehmen zu lassen. Doch bald ließ er sich wieder hören und weckte andere Gefährten. Quak, quak, schallte es drei-, vier-, zehnstimmig, ein ungeduldiges kaltes, böses Geplärr. Dann hielt es inne, als erwartete es Antwort. Wütender begann es von neuem. Eine Angst graute in Anna empor vor dem häßlichen Lärmen, sie faltete die Hände über dem Leib und versuchte der Furcht zu widerstehen.

Ihre Gedanken kehrten – es konnte nicht anders sein – zu dem zurück, was sie hierher getrieben hatte, wieder begann sie hin- und herzujagen und dieselben Kreise zu beschreiben: Das Haus dort, das im Mondlicht blinkend mit weißen Mauern durch das Gartendickicht zu ihr herüberlauschte – es hatte ihr Unheil gebracht, Unheil ausgebrütet wie ein Drachennest. Hätte sie es nie betreten, sie wüßte wenigstens nicht darum! Vernichtet erschien der Frau heute ihr Leben, sie hätte es verwünschen mögen, verdammen von seinem Beginn an und mit allem, was es gewesen. Aber da war, was sie im Schoß trug, gestaltlos noch, ein Keim, ihr unbekannt, doch eine Macht schon über alle Mächte. Mein Kind, mein Kind, flüsterte Anna und ballte die Fäuste und biß die Zähne zusammen, und ihr Herz bäumte sich in Trotz und Abwehr und wilder Liebe. Die Frösche lärmten fort, ein ganzer Chor hatte sich erhoben, ein zorniger Chor, als wollte er jemanden vertreiben, der sie störte. Ihr Schrellen schwoll und schwoll immer noch an, in Gras und Schilf regte es sich, dumpf klatschend, mit Sprüngen hin und her und auf Anna zu, daß sie voll Ekel die Knie anzog und darum kämpfte, des Grauens Herr zu werden. Sie glaubte die Tiere zu sehen, die kalten, nassen, glotzäugigen Hüpfer, wie sie die Schenkel streckten und vorwärts schnellten, wie sie die Köpfe feindselig erhoben, wie sich ihnen die Blasen an den Hälsen blähten, wie sie rascher und rascher und in wachsender Anzahl aus der modrigen Tiefe schlüpften, mißgestaltete Wesen der unteren Welt, dienstbare Zwerge der Finsternis.

Mit einem Male sprang Anna auf und dicht an das Ufer des Weihers heran – da lag er, ein blinder Spiegel, unter einer Decke von Entengrütze, wie mit grausilbernem Brokat überzogen. Nur an einer Stelle, nahe dem Ufer, war die Decke geöffnet, und auf dem blanken schwarzen Wasser schwamm das Bild des Mondes, ein kleiner kreisrunder Taler, von dessen gewellten Rändern Silberfunken sprühten. Anna beugte sich vor, da sah sie, daß sich die Entengrütze von jener Stelle zurückzog und daß die Lücke allmählich, ganz allmählich immer größer und größer wurde, immer weiter gähnte, als pulste unten eine geheimnisvolle Strömung, als öffnete sich über der Tiefe ein gieriger Mund.

Da warf sich Anna auf der feuchten Böschung nieder. Nein, nein, schrie sie leise, ohne zu wissen, was sie meinte, und schlug mit der Hand gegen das blanke Wasser, raffte Steine und Sand auf und warf sie hinein.

Der blanke Spiegel erschrak, und es erschraken die Frösche und verstummten. Die Frau blieb kauern, schwer atmend, der kalte Schweiß stand ihr in Perlen auf der Stirn. Doch mit einer unerklärlichen Erleichterung sah sie, daß sich der schwarze blinkende Wassermund nicht weiter öffnete, daß sein lockend-metallisches Funkeln nicht wiederkam. Die Decke aus Entengrütze rückte wieder zusammen, Blase neben Blase, Blättchen neben Blättchen setzend, löschte das zitternde Bild des Mondes aus, bis die unter dem dichten Pflanzenhaar gleichsam zugefrorene Flut wieder schlummernd dalag, als hätte nichts sie bewegt. Anna erhob sich: Ihr war, als hätte sich etwas Rätselhaft-Bedrohliches dort zur Ruhe gelegt, hinab verbannt in seine tagverschlossene Tiefe.

Nun blieb es still. Das Quaken der Frösche kam nicht wieder, und nichts war ringsum als die zarte Fülle der Nacht.

Der kurze Regen, der am Abend niedergegangen war, hatte alle Düfte der Erde erweckt und den Atem von Laub und Gras kräftig erfrischt. Zwar regte sich nichts in Büschen und Bäumen – es sei denn das sanfte Traumgewisper einzelner Blätter –, dennoch war der hohe unermeßliche Raum von einer mächtigen Bewegung erfüllt. Sie dehnte die Wolkenschleier, die sich unter dem Mondlicht dahingesponnen hatten, trug sie empor und zehrte sie schließlich auf. Der Mond ging unter, und das Firmament erfüllte sich mit dem triumphierenden Gefunkel der Gestirne. Langsam und immer langsamer verging für Anna die Zeit – wie für alle, die eine Nacht einsam durchwachen, immer seltener schien ihr die Kirchturmuhr die vollendete Viertelstunde zu schlagen, und endlich war zwischen jedem dieser Schläge eine halbe frierende Ewigkeit.

Anna saß längst wieder auf ihrer Bank, zusammengekrümmt, doch nicht aus Furcht mehr, sondern weil die Kälte sie schüttelte in den durchfeuchteten Kleidern. Trotzdem wich sie nicht, als wäre es ihr befohlen, hier auszuharren, das Herz von Verlassenheit gesättigt, aber ruhig nun, als wäre ihm nicht erst heute das Unerträglichste zugefügt worden, sondern vor einer langen Zeit schon, vor einem halben Leben vielleicht, und es schwankte nicht mehr zwischen Groll und Liebe, zwischen Zorn und Bitterkeit, es suchte auch keinen Trost, sondern ertrug seine Trauer, heimlich ruhend in dem Gefühl des Lebens, das verborgen unter ihm wuchs.

Endlich war die Frau auf dem Laubenbänkchen doch eingeschlafen, und als sie, vom eigenen drohenden Fall geweckt, auffuhr, schlug die Turmuhr die vierte Morgenstunde. Nun stand sie auf, mit steifen Gliedern, mit schmerzendem Rücken, alle Sinne vor Müdigkeit erloschen. Sie sah den neuen Tag im Osten dämmern, und als wäre sie mit ihm aus dem Gebot, hier zu verweilen, entlassen, gab sie ihrer Sehnsucht nach, endlich zu ruhen, zu liegen, sich zu erwärmen. Und taumelnden Schrittes kehrte sie in das Haus zurück.

Zur selben Stunde wanderte weit draußen im Tal, allein, gesenkten Kopfes, das Bündel ihrer Habe achtlos am Arm, das Mädchen, die Geliebte des ungetreuen Mannes. Sie wanderte die Straße hinab und folgte ihren Kehren, wo sie sich über Steilhänge niederwand, folgte ihrem geraden Lauf, wo sie als leeres weißes Band geradeaus durch die Wälder führte. Weil die Schuhe sie wund gerieben, hatte das Mädchen sie abgestreift und trug sie in der Hand, das Haar hing ihr ins Gesicht, sie wankte und stolperte und hielt doch nicht inne, Wälder und Wiesen schwankten an ihr vorbei, Brücken über brausenden Tobeln blieben hinter ihr zurück, hie und da ein Acker, auf dem noch die Kornpuppen standen. Immerfort ging sie weiter, leise jammernd manchmal, doch meistens stumm.

Trotzdem war dieser Gang, der der Irrfahrt einer Wahnsinnigen glich, eine Wiederkunft, eine Rückkehr ins Leben. Das Mädchen hatte den Tod gesucht, aber das Tor bewacht gefunden.

Was hatte sie anderes denken können als den Tod, nachdem sie mit der Frau des Geliebten zusammengetroffen war, mit ihr geredet und von ihr erfahren hatte –? Nichts anderes hatte sie denken können als den Tod, der ja schon immer der letzte Gedanke ihrer Liebe gewesen war, der einzige Ausweg aus dem Ausweglosen, die einzige Lösung und Rettung in der rettungslosen Verstrickung der Leidenschaft. Und sogleich, im Augenblick sollte das Unausweichliche geschehen, sollte das Letzte, Unumgängliche getan werden – das Bild des Weihers tauchte in ihr auf, des stillen und, wie man ihr gesagt hatte, tiefen Wassers dort hinter dem Haus. Wie das Bild eines Freundes erschien es ihr, eines Vertrauten. Wie oft hatte sie auch dort an dem Ufer gesessen in den vergangenen Wochen, die sie hier zugebracht, endlose verwartete Stunden, krank vor Sehnsucht nach der Nähe des Mannes, schwermütig grübelnd über Geschehenes und Künftig-zu-Bestehendes; wohin sie ihr Sinnen auch wendete, sie stieß immer an dieselbe Mauer: daß nur Verlust ihr Teil sein konnte und daß, wann auch immer das Ende käme, dieses Ende unerträglich sein würde. So hatte sie hier gesessen oder war rings um den Weiher geschlendert oder auf dem Steg gelegen oder hatte sich auf dem alten morschen Kahn hinaustreiben lassen in seine Mitte. Dort wollte sie ausloten, wie tief das Wasser sei. Sie hatte einen Bindfaden in der Tasche und einen kleinen eisernen Ring, den sie am Ufer einmal aufgelesen, so knüpfte sie den Ring an den Faden und ließ ihn sinken. Es sank und sank – tiefer als der Faden lang war –, so ließ sie ihn schließlich fahren, und er verschwand auf Nimmerwiedersehen. Daran dachte sie nun, und sie dachte, was sie das eine Mal nur gleichsam wie im Spiel getrieben, habe sie halb unbewußt als Probe unternommen und habe sich mit dem Ring, dem vorausgesandten, unwiederbringlich abgesunkenen, der Tiefe anverlobt, sich und ihre Liebe, die ja dem Leben nicht dienen durfte und aus dem Tageslicht verbannt war in die finstere Wildnis der Todeswelt.

So verließ sie das Zimmer, in das die Frau sie geführt hatte, damit sie hier nächtige, sie schlich sich hinaus und hinab in den Garten. Steine las sie im Hof auf und stopfte sie in den Ausschnitt ihres Kleides, damit sie um so sicherer hinabgezogen würde, schon sah sie das bleiche Blinken des Wassers, den stumpfen Glanz der tiefen grünverschleierten Flut. Da aber schrak sie zusammen und duckte sich, denn dort stand ein Mensch, stand am Weiherrand, deutlich abgezeichnet gegen den Weiherspiegel, es war eine Frau. Sie regte sich nicht.

Das Mädchen wagte sich keinen Schritt mehr voran. Sie wartete, aber auch jene schien zu warten, rätselhaft, worauf; rätselhaft, was sie dort suchte, was sie dort ausharren ließ, Minuten verstrichen, endlose, denen endlosere folgten: Das Mädchen fühlte sein Herz immer wilder klopfen, mit entsetzlicher Ungeduld stürmte ihr der Atem durch die Lungen. Zitternd stand sie, zwischen die feuchten Planken eines Zaunes und den rauhen Rindenstamm einer schief geneigten Kopfweide gepreßt, eine Verurteilte, der sich der Weg zur Richtstatt schauerlich dehnt. Glut und Kälte durchgrausten ihr das Mark; geschlossenen Auges, traumwandelnd, so glaubte sie, hätte sie den Weg hinab gefunden, nicht einen Schritt verfehlend, nicht einen! – Aber die Gestalt dort wich nicht und ging nicht davon, und als sie sich endlich bewegte, tat sie doch nur ein paar Schritte, um auf einer Bank niederzusitzen und dort zu bleiben, eine stumme, rätselhafte Wächterin.

Die eigene Mutter fiel dem Mädchen ein: Sie hatte keine Erinnerung mehr an sie, wie sie im Leben gewesen, sie hatte immer nur an die Tote gedacht, deren bleiches, flutüberströmtes Gesicht, von aller Last erlöst, zu lächeln, zu locken schien. Aber jetzt war ihr, als höbe sich dieses Bild aus dem grünen Schleierdickicht traumhafter Vergessenheiten, als verwandle es sich und zöge sich in die Gestalt hinein, die dort saß und blieb und nicht daran zu denken schien, ihre einsame Wache aufzugeben. Da veränderte sich etwas in dem Mädchen, und es graute sie plötzlich vor dem Wasser, vor der schlammigen Tiefe, dem kalten Grab. Entsetzen ergriff sie, sie hörte das Lärmen der Frösche als die fürchterliche Sprache des Abgrunds, sie sah den Wasserspiegel durch das Buschwerk glänzen wie das leere Starren eines gebrochenen Auges, und bebend brach sie aus ihrem Versteck und lief davon.

Als am Morgen zu früher Stunde – doch die Sonne stand schon hoch am Himmel – der Mann in die Schlafstube der Geliebten trat, um die gestern plötzlich Verschwundene mit zärtlichen Vorwürfen zu überschütten, widerfuhr es ihm, daß er das Bett zwar nicht leer fand, doch daß er – noch auf der Schwelle stehend – nicht das flachshelle Haar des Mädchens, sondern das kastaniendunkle, in lockere Flechten eingeschlungene seiner Frau über das Kissen gebreitet sah; daß er ihren nackten Arm erkannte, den rundlichen und sonnengebräunten, und daß er – ganz nah gekommen – in ihr Gesicht blickte; schlafend lag es da, tief eingewühlt in die blaugewürfelten Polster, rotgold und bräunlich, den blühenden Mund von Träumen umspielt. Der Mann stand da und glaubte sich von seinen eigenen Augen genarrt, er neigte sich vor und starrte die Frau an, zuerst nur erschrocken, aber bald gefaßt und mit der Empfindung, daß sich hier eine allerdings höchst unerwartete und für ihn noch völlig rätselhafte, aber im Grund nötige und darum auch letztlich glückliche Wendung angebahnt habe – eine Art Wunder, fuhr es ihm durch den Kopf, und er hätte beinahe aufgelacht, obwohl ihm andernteils gar nicht zum Lachen zumute war, sondern –

Aber da öffnete Anna die Augen, und schon hatte sie der noch geblendete, durch die Wimpern blinzelnde Blick den Gatten erkennen lassen. Die glückliche Unwissenheit des Schlafes schwand aus ihren Zügen, sie verbarg das Gesicht unter den Händen.

Der Mann blieb am Fußende des Bettes stehen. »*Du* bist hier?« sagte er.

Anna drehte sich weg und antwortete nicht.

»Dann weißt du alles«, sagte er. Anna lag still.

»Alles –«, wiederholte er. Unwillkürlich beugte er sich vor.

Sie zuckte zusammen, setzte sich auf und zog zugleich die Decke bis an ihr Kinn. »Alles –«, bestätigte sie ihm. »Alles – und noch viel mehr!«

Sie ließ den Kopf sinken, so daß ihre Stirn ihre angezogenen Knie berührte. »Geh jetzt!« murmelte sie. »Du kannst unten warten. Ich komme später.«

Eine halbe Stunde danach trat sie in die Wirtsstube. Wieder sah sie den Mann unten im Vorsaal sitzen, auf dem gleichen Platz wie gestern, aber nun allein, sie zögerte einen Augenblick, dann bezwang sie sich und ging zu ihm hinunter. Gleich hinterher kam die Wirtin. Anna bemerkte, wie verdutzt die dreinsah, und plötzlich fiel es ihr schwer, ein Lächeln zu bezähmen, sie begriff selbst nicht, woher ihr der Übermut kam. Stotternd fragte die Wirtin, ob nun ein Frühstück genehm sei. Allerdings, erwiderte Anna, allerdings, ein Frühstück und ein reichliches noch dazu, mit Eiern, Wurst und Honig und einer großen Kanne Kaffee, und alles so schnell wie möglich. Das von der Wirtin herbeigeläutete Schankmädchen trabte und brachte das Bestellte sofort. Langsam gewann die Wirtin ihre Fassung zurück, und Anna lachte zu ihr auf, als sie sagte, solche Gäste wisse sie zu schätzen, die den Tag mit einer guten Mahlzeit begönnen. Sobald alles zur Stelle war, nahm Anna das Messer zur Hand, kappte die Eier, schnitt die Semmeln und füllte die Tassen, munter-geschäftig, in einer fiebrigen und beinahe atemlosen Lustigkeit.

Doch bevor sie und der Mann zu essen begannen, kam der Hausknecht herein. Er trug das grüne Gewächs, das

Anna gestern vom Fensterbord geworfen hatte: Es war in einen neuen Topf gepflanzt, in neue Erde. Es hatte nun keine Blüte mehr und war nichts als ein unscheinbares Kraut mit freilich noch immer kräftig belaubten Zweigen. Der Hausknecht trug es durch den Vorsaal hinaus ins Freie. Dort setzte er es auf den steinernen Rand eines Beetes, an einen Ort, der halb im Schatten, halb im Licht lag, dann ging er und schöpfte mit einer Kanne Wasser aus dem Brunnen und begoß das Gewächs. Als er auch damit fertig war und die Pfeife, die ihm ausgegangen, frisch gestopft und wieder angezündet und die ersten prüfenden Züge aus dem Rohr genommen hatte, stapfte er den sonnigen Gartenweg hinab und davon. Da legte Anna das Messer aus der Hand, lehnte den Kopf gegen die Kante des Tisches und brach in Tränen aus.

So kehrte die Frau mit dem Gatten in das gemeinsame Dasein zurück, das vorderhand freilich und noch für längere Zeit ein zweifaches war: das seine im Gebirge bei der rauhen Arbeit, das ihre in dem halbstädtischen Heim drunten im Tal. Es begann für sie die wartende Zeit, das Horchen nach innen und das selige Lauschen, das sich selbst so sehr genug ist, daß es jeden Kummer zu dämpfen vermag. Selten redeten die Eheleute von dem, was ihnen geschehen war, und nie sprach die Frau von jener Nacht, die sie in einsamer Wache an dem Weiher verbracht hatte, unwissend, welchen Lebenskräften sie dabei gehorsam gewesen war. Dies erfuhr sie auch später nicht. Nur an dem Morgen, der der Geburt des Kindes vorausging, träumte sie zwischen den Wehen, daß sie das fremde Mädchen am Ufer des Weihers erblickte; mit geschlossenen Augen und totenblassem Gesicht wankte sie auf den Steg hinaus, schon näherte sie sich seinem Ende, schon schwebte ihr

Fuß über dem grünen Grab, da konnte Anna sie fassen, sie griff in ihr Kleid, in ihr Haar, das blasse Gesicht schlug die Augen auf und grüßte die Retterin mit einem erlösten Aufschauen – da war der Traum zu Ende. Die Frau erwachte und wußte nicht, wo sie war. Doch sogleich kehrte ihr die Klarheit wieder und brachte die Schmerzen zurück, die die Geburt ankündigten. Diese erfaßten das schwanke Bild des Traumes und spülten es aus Annas Erinnerungen fort.

Angela
oder
Das Porträt einer Heldin

Es ist sicher drei oder gar schon vier Jahre her, daß ich Paul das letztemal besuchte. Aber warum mußte er sich auch gerade in dieses Nest zurückziehen, in diese Gegend –? Es war einfach zu mühsam geworden, ihn zu erreichen. Wer wie er als Einsiedler im Gebirge leben will, ist selbst schuld daran, wenn auch die beste Freundschaft einschläft.

Paul war einmal ein bekannter Maler. Wir hielten ihn alle für hochbegabt. Er hatte als Schüler des späten Slevogt begonnen, dann war er eigene Wege gegangen. Aber die Zeit hat ihm übel mitgespielt. Sein breiter Pinselstrich, sein leidenschaftlicher Realismus, seine Vorliebe für Kontraste und bewegte Konturen – das alles galt ja damals vor dem Krieg für bolschewistisch und entartet. So war er gerade in seinen besten Jahren kaltgestellt. Und als sich das Blatt wendete, war er es schon gewohnt, abseits zu stehen. Er fand den Anschluß nicht mehr, vielleicht weil er ihn gar nicht suchte. Er hatte ein kleines Vermögen geerbt, davon konnte er leben, davon lebt er heute noch, wenn auch ziemlich armselig.

Das Malen hat Paul nicht aufgegeben, obwohl niemand seine Bilder haben will. Ich glaube, das liegt vor allem an seinen Motiven: Berge, Felswände, Schluchten; die sind doch längst aus der Mode, die erregen doch nur mehr das Gelächter der Auguren. Aber jedesmal, wenn ich ihm das vorhielt und ihm zuredete: »Paul, du könntest doch wirklich auch anders, versuch es nur, du wirst sehen . . .«, da winkte er ab: »Laß mich in Frieden. Das Gebirge ist nun einmal meine Welt, und ich sage dir: Es ist eine immer noch unergründliche Welt.«

Als ich Paul das letztemal besuchte, hatte er diese Angela bei sich. Auf mein Läuten öffnete sie mir die Tür, ich hielt sie für seine Haushälterin und sagte nur: »Ich werde erwartet« – und wollte an ihr vorbei. Aber sie stellte sich quer, ich mußte ihr meinen Namen nennen, auch das genügte ihr nicht, sie zwängte die Tür wieder zu und ließ mich draußen stehen. Ich wartete eine Weile und begann mich schon zu ärgern, da kam Paul herbeigestürzt und begrüßte mich und bat um Entschuldigung, und wie er es tat, viel zu wortreich und immer wieder, daran merkte ich, daß ihm Angelas Betragen sehr peinlich gewesen war.

Später saßen wir in seinem Atelier zusammen. Er zeigte mir seine neuen Bilder, doch schien er mir dabei nicht, wie sonst, ganz bei der Sache. Zwei- oder dreimal ging er hinaus, und ich hörte ihn auf dem Flur Angelas Namen rufen. Sie aber ließ sich nicht blicken.

Erst beim Mittagessen tauchte sie wieder auf. Wir saßen zu dritt in der Stube, das Essen war ausgezeichnet. Paul versuchte Angela ein über das andere Mal in unser Gespräch zu ziehen. Nun war mir klar, daß sie ihm noch etwas anderes bedeutete als eine unentbehrliche Haushälterin. Sie blieb indessen wortkarg, mürrisch, unzugänglich. Dabei gefiel sie mir: eine bäuerliche Person, nicht mehr ganz jung, dunkelhaarig, dunkeläugig, ein alpiner Typ mit dichten Brauen und Hakennase. Sie mußte, als sie noch blühte, ein schönes, anziehendes Mädchen gewesen sein.

Ich erfuhr, daß sie eine Bauerntochter aus dem Pfitschtal war. Ich war nie im Pfitschtal gewesen und wußte auch nur ganz ungefähr, wo es liegt; aber ich konnte es mir als schöne Gegend denken, und das sagte ich auch. Angela schaute mich spöttisch an. Sie hatte durchschaut, daß ich ihr Tal nur lobte, um höflich zu sein und ihr zu schmeicheln. Das setzte mich in ihren Augen herab. So war ich froh, als sie nach beendeter Mahlzeit den Tisch verließ und ich mit Paul allein blieb. Ich dachte: Nun wird uns diese Angela nicht mehr stören. Aber er nahm die Gelegenheit nur dazu wahr, um von ihr zu reden, und schließlich gestand er mir: Er gehe mit dem Gedanken um, Angela zu heiraten.

Ich war erstaunt und irgendwie vor den Kopf gestoßen. Das sind wir immer, wenn unsere Freunde etwas tun, was wir von ihnen nicht erwartet haben. Paul hatte nach einer frühen, rasch gescheiterten Ehe immer allein gelebt. Ich konnte ihn mir nie anders vorstellen denn als einsamen Eigenbrötler. Jetzt wollte er plötzlich Ehemann werden, Ehemann dieser Angela! Sie hatte mir eben noch gefallen: eine zwar mürrische, aber rassige Person. Jetzt gefiel sie mir nicht mehr. Das kann nicht gutgehen, dachte ich, sie und Paul, unmöglich. Ich konnte ihm das so nicht sagen, also versuchte ich es auf Umwegen, mit allerlei Einwänden, allgemeinen Bedenken, Warnungen. Paul widersprach mir lebhaft. Als ich schließlich sagte, Angela sehe aus wie eine Frau, die früh in die Mangel des Lebens geraten sei, setzte er eine finstere Miene auf und wechselte das Thema. So schien mein letzter Besuch bei Paul ziemlich mißglückt. Ich war traurig, als ich sein Haus verließ.

Ich dachte: Hierher wirst du so schnell nicht mehr kommen, und einige Zeit hörte ich auch wirklich nichts mehr von ihm.

Aber neulich tauchte Paul unvermutet bei uns auf. Anfangs tat er, als habe er in unserer Stadt zu tun und als habe ihn der pure Zufall zu uns geführt. Ich merkte sehr bald: Das stimmte nicht. Er war auch so fahrig und zerstreut und ziemlich abgemagert. Fragen wollte ich nicht, aber als wir abends allein beisammensaßen, rückte er mit der Sprache heraus: Ob ich mich noch an Angela erinnerte? – O ja, natürlich! – Angela habe ihn verlassen, ganz plötzlich und ohne ersichtlichen Grund. – Ach? – Ich bemühte mich, meine Erleichterung zu verbergen. Doch klagend fuhr Paul fort: Schon zweimal sei die Hochzeit festgesetzt gewesen, und zweimal habe Angela sie aufgeschoben, und als er wieder drängte und einen neuen Termin vorschlug, habe sie eines Nachts ihre Koffer gepackt und sei verschwunden.

Das klang ja sonderbar. Nichtsdestoweniger suchte ich Paul zu trösten: Er sei doch so lange allein zurechtgekommen, und die Ehe sei kein Spaß – zuletzt für einen Mann in seinem Alter, für einen Künstler – und derlei Redensarten mehr. Paul schwieg, und mir schien, als kröche er verstockt in sich zusammen, und schließlich sagte er: »Ach, du verstehst mich nicht. Es ist ja gar nicht meinetwegen. Ich mache mir Sorgen um Angela. Sie arbeitet jetzt als Kellnerin in einem Tankstellenespresso an der Autobahn.« – »Du lieber Himmel«, sagte ich, »wie ist die denn *darauf* verfallen?« – und dann fügte ich ein wenig bissig hinzu: »Na ja, wer weiß, vielleicht macht es ihr sogar Spaß!« – »Spaß!« rief Paul und beugte sich vor, und seine Augen waren ganz schwarz vor Kummer und Erbitterung. – »Das ist es ja: Es *macht* ihr *keinen* Spaß. Es ist viel eher, als wollte sie sich das auch noch antun.« – Und dann sank er in seinen Polsterstuhl zurück und murmelte: »Manien einer Heldin.«

»Ich höre: Heldin«, sagte ich. »Was heißt hier: Heldin?«

Da begann Paul zu erzählen, und während er erzählte, erinnerte auch ich mich. Diese ganze böse Geschichte fiel mir wieder ein – und auch, wie sie zu Ende ging. Jetzt wußte ich's durch Paul: Das also war Angela gewesen, dieses junge Mädchen, dieses halbe Kind. *Sie* also hatte Kokreit zu Fall gebracht, Kokreit, das Ungeheuer, das Scheusal; als alle hinter ihm her waren, Gendarmen und Karabinieri, kompanieweiser Einsatz der Exekutive, aber niemand konnte ihn fangen, niemand ihn fassen, tagelang, wochenlang, keiner traute sich an ihn heran. Erst Angela hat ihn fertiggemacht, tollkühn und im Alleingang – und ist vielleicht nur deshalb davongekommen, weil sie nicht wußte, was dieser Kokreit war.

Nicht wußte? Mag sein, daß sie es nicht *wußte,* aber *ahnen* mußte sie es wohl, was da mit Kokreit durch die Gegend strich, denn der Schrecken lief vor ihm her wie ein Wind oder eine Welle, die den Grund aufwühlt und den Schlamm aufwirbelt, das konnte ihr nicht entgangen sein. Niemand mehr getraute sich allein aus den Dörfern damals, und nachts verrammelte man Türen und Fenster. Nur Angela wagte sich hinaus und Kokreit entgegen, das war ein Verstoß von ihrer Seite, ein Verstoß gegen die eigene Verletzlichkeit. Sie hat sich zu weit mit dem Schrecken eingelassen. So etwas wird immer erst im nachhinein sichtbar, wenn der Rummel vorbei ist, Belobung, Belohnung, das Bild in der Zeitung, die Medaille am Bändchen, der Scheck mit dem Kopfpreis ausbezahlt. Ihren Stefano hat Angela fortgejagt, nun gut, das war noch begreiflich, aber auch mit keinem anderen Mann kam sie je noch in Ordnung, bis sie endlich an Paul geriet, den Maler. Da war es für Angela längst zu spät, und ihr Herz war eine Aschengrube.

Ich sollte es wohl von Anfang an erzählen und muß es auch, die ganze schlimme Geschichte von Anfang an, obgleich ich's nicht gern tu. Irgend etwas geht mir gegen den Strich dabei, was, kann ich so leicht nicht erklären. Trotzdem muß ich mich dazu bekennen: Die Sache mit Kokreit griff auch mich an. Schon die ersten Nachrichten ließen mich aufhorchen, und alles, was folgte, beschäftigte mich, bis er gefangen war und man ihm den Prozeß machte, ihn für lebenslänglich und hundert Jahre verurteilte, ja, selbst noch, als er schon in die Schwefelgruben gebracht war unten bei Neapel, wohin man die Verdammtesten der Verdammten zu verschicken pflegt, damit sie dort krepieren, selbst damals brachte ich Kokreits Treiben nicht aus dem Kopf, und so wundert es mich nicht, daß ich mich sogar noch an das Gewitter erinnern kann, das seine Untat begleitete, von der ich ja natürlich erst später erfuhr, aber es schien mir fürchterlicher als die meisten Gewitter, die ich je erlebt hatte, und die Angst, die ich dabei erlitten, lebt in mir fort.

Es war in einem dieser glühendheißen Nachkriegssommer, kurz nach Mittag: Die Blitze stürzten in weißen Güssen vom Himmel, und der Donner rollte zwischen den Bergen berstend und krachend hin und her, als wäre das ganze Tal eine einzige von Giganten bespielte, ungeheure Kegelbahn. Da brach Kokreit aus seinem Versteck hervor und führte aus, was er schon lange vorbereitet haben mußte, mühsam, zäh und besessen, tierisch und intelligent zugleich: Er hatte den Fuchsbau gehöhlt unter Blöcken und Trümmern, mit Stufeneingang und Deckenstützen, er mußte Monate dazu verwendet haben, sich dieses Höhlennest zu bauen, vor dem er lauerte, bis sich ein Opfer greifen ließ.

Und das Opfer kam, als das Gewitter begann.

Die junge Engländerin, achtzehnjährig, aus Glasgow, war eine der ersten Touristinnen, die nach dem Krieg in unser Land kamen. Sie kam nicht allein, sie war begleitet von ihrer Mutter. Die beiden Frauen waren mit der Kabinenbahn auf den berühmten Aussichtsberg gefahren. Obwohl sich der Himmel schon verfinstert hatte und fernes Donnergrollen zu vernehmen war, wollte das Mädchen nicht in der Gaststätte bleiben, sondern ein Stück in die Landschaft hinauswandern und das ihr fremde Gelände erkunden. Vermutlich suchte die Mutter sie zurückzuhalten, aber der angelsächsische Sportsgeist der Tochter, die Unerschrockenheit ihrer Jugend, ihre Freude am Abenteuer setzten sich durch. Das Mädchen verließ die Station und schlug den Steig ein, der zwischen Zirben, Latschengestrüpp und steinigen Halden um den runden Gipfel herum und ostwärts zu einem Grat führte. Der Weg war bequem und bot keine Schwierigkeiten. Die Mutter glaubte, in längstens einer Stunde würde die Tochter zurückkehren. Indessen brach das Gewitter los. Verängstigt wartete die Mutter sein Ende ab. Als sich das Mädchen auch jetzt nicht blicken ließ, schlug sie Alarm. Die Suche setzte ein, vorerst erfolglos. Man rechnete damit, daß die junge Touristin vom Blitz getroffen oder vom Weg abgekommen und abgestürzt sei.

Am anderen Tag veranstaltete die Bergwacht eine Übung in dem Gelände. Dabei ließ man es sich angelegen sein, nach der Vermißten Ausschau zu halten. Einem der Männer fiel auf, daß mitten in einem saftig grünen Rasenstück, das sich zwischen Felsblöcken angesiedelt hatte, ein braun verdorrtes Viereck lag. Zehn andere hätten darüber hinweg gesehen. Die Augen des Mannes waren schärfer. Er stieg zu dem verdorrten Schopf ab und faßte den Wasen. Darunter tat sich ein Hohlraum auf: Der Mann stieß nach, er stieß auf eine Treppe. Der Eingang zu Kokreits Höhle war entdeckt ...

Das mit dem Fall betraute Dezernat erriet sofort, daß Kokreit der Täter war, denn Kokreit war schon einmal in eine ähnliche Sache verwickelt gewesen. Doch als man ihn in seiner Stadtwohnung suchte, war er schon davon.

Wir alle, die in diesem Lande wohnen, lieben die Berge, wir lieben die Stein- und Gipfelregion, in der nichts ist als Fels und Wasser, Sonne, Wolken und Wind. Wir lieben die Stille, die nie so still ist, daß sich nicht auf ihrem Grund das ferne Brausen eines Baches dahinzöge, wir lieben die herbe Luft, die so rein ist, daß sie unseren Lungen beinahe weh tut, wir lieben das alles und ehren es sogar – aus Gründen, die uns vielleicht selbst dunkel sind; doch wir haben uns angewöhnt, darin etwas Lauteres zu erblicken, Heilsames, sogar Heiliges, eine Welt, die noch nicht entehrt ist, eine Welt vor dem Sündenfall.

Nun aber war *das da* geschehen, nun war auch diese Region befleckt, mißbraucht und, so kam es uns vor, wie von einem Brand oder einem Aussatz befallen. Das Gräßliche hatte sich droben eingenistet, hatte zugeschlagen und zog sich nun, als die Verfolgung begann, immer weiter in das Gebirge hinein, denn Kokreit war in die Berge geflohen. Er war in seinen Kreisen dafür bekannt, daß er sich nirgends lieber aufhielt als in der Hochregion. Dort, so hieß es, kenne er Weg und Steg; er sei mit jedem Schlupfwinkel vertraut, er sei hart gegen Wind und Wetter und unempfindlich gegen jede Strapaze.

Die Jagd begann. Man zernierte den ganzen Gebirgsstock und fing an, ihn zu durchkämmen. Bald wurde ein erstes Ergebnis gemeldet: Man habe ein blutiges Hemd aus einem Gebüsch gestöbert, das Hemd mußte Kokreit gehören. Dann wurde ein verlassenes Biwak entdeckt, hier mußte Kokreit genächtigt haben. Dann brachte ein Almhirt die Nachricht ins Tal, er habe eine seiner Kühe am Morgen leer gemolken oder leer getrunken gefunden. Das wies auf Kokreit hin: So fristete er sein Leben. In den nächsten Tagen trafen ähnliche Meldungen von anderen Almen ein. Die leergesogenen Tiere markierten seinen Weg. Dieser Weg wechselte über Pässe von Tal zu Tal und führte immer näher an die Grenze hin. Es war anzunehmen, daß Kokreit hinüberwechseln wollte.

Die Exekutive folgte der Spur. Alle Scharten waren besetzt, auch im schwierigsten Gelände wurde jeder Sattel und jedes Kar vom ersten Büchsenlicht bis tief in die Abenddämmerung unter Kontrolle gehalten. Trotzdem mußte es Kokreit gelungen sein, die Linien seiner Verfolger zu durchbrechen und sich noch einmal fast bis ins Tal herunter durchzuschlagen.

Ein Bauer aus Volderberg meldete, daß man in seinem Gehöft eingebrochen habe. Die Speisekammer sei geleert, auch Kleider seien entwendet worden. Doch das war noch nicht alles. Der Bauer gestand, er habe seit dem Ende des Krieges eine Waffe versteckt gehalten, eine Maschinenpistole mit hundert Schuß Munition; deutsche Soldaten hätten sie auf seinem Hof liegenlassen, er habe sie an sich genommen und gut versteckt. Nicht so gut aber, daß Kokreit sie nicht gefunden hätte, denn niemand anderer als Kokreit habe von dieser Waffe gewußt.

Diese neue Wendung der Dinge rief in den Reihen der Verfolger Bestürzung hervor, denn es war zu erwarten, daß Kokreit, bewaffnet, wie er nun war, sein Leben und seine Freiheit so teuer wie möglich verkaufen werde.

Man verstärkte die Posten und operierte mit erhöhter Vorsicht. Man hoffte schließlich auch darauf, daß der Flüchtige, allmählich entkräftet, dem Hunger und den Strapazen des Hochgebirges erliegen würde. Wieder vergingen etliche Tage. Kokreit war wie vom Erdboden verschluckt. Aber dann trafen erste Nachrichten von jenseits der Grenze ein, und sie bewiesen, daß seine Energien immer noch ungebrochen und daß er zu weiteren Untaten entschlossen sei. Ein Mädchen und zwei Knaben waren aufgeregt und verstört vom Holzklauben in ihr Dorf zurückgekommen; die Geschwister erzählten, sie hätten im Wald einen schwarzen verwilderten Mann getroffen. Er habe sie angeredet und den Knaben befohlen, allein weiterzugehen. Das Mädchen habe er bei sich behalten wollen. Die Kinder hätten zu schreien begonnen und seien geflüchtet, alle drei. Der Mann habe ihnen einen gräßlichen Fluch nachgeschrien und sei dann eilends bergwärts verschwunden.

Auch in St. Jakob im Pfitschtal blühten jetzt die Linden, und ihr schwerer Honigduft vermischte sich mit dem matten Geruch, der von den Heuharpfen und den frischgemähten Wiesen herüberwehte. Die Nacht war lau und so mild wie selten in dieser Gegend. Erst gegen Morgen frischte der Wind auf. Angela kniete auf der Fensterbank in ihrer Kammer. Sie fröstelte in ihrem Hemd, aber vom

Fenster wich sie nicht. Seit Mitternacht schon kauerte sie hier auf dem schmalen Laden und spähte über die Nießwurz- und Fuchsienstöcke hinaus und hinab auf die Straße, die sich hier als bleiches Band am Hof des Vaters vorbeikrümmte, mehr ein Karrenweg als eine Straße, vom Dorf taleinwärts den Almen zu. Angela wartete, daß Stefano vorüberkäme; Stefano sollte heute nacht oder gegen Morgen ein paar fremde Karabinieri auf die Lavitzalm führen. Die Karabinieri waren vor kurzem erst eingetroffen, aus Bozen herverlegt, um den Bösen zu fangen, eine ganze Kompanie war in St. Jakob eingerückt zu diesem Zweck, lauter Fremde, die sich hier nicht auskannten, aber Stefano kannte sich aus, er war ja schon länger hier. Oben auf der Lavitzalm, so hieß es, treibe sich der Böse herum, aber niemand könne ihn fangen. Niemand könne ihn sichten, dem er sich nicht freiwillig zeige, er müsse Augen haben wie ein Geier, Ohren wie ein Luchs, und leise mußte er sein wie eine Schlange. Eine Waffe habe er auch bei sich, und das war das Schlimmste. Stefano hatte Angela erklärt, was es mit dieser Waffe auf sich habe, quer über das Tal konnte der Böse damit treffen, mit einer einzigen Garbe konnte er alles niedermähen. Seit Angela das wußte, hatte sie Angst um Stefano. Immer sah sie dasselbe Bild vor sich: Stefano auf der Lavitzalm, er saß am Wegrand im Gras, das Gewehr neben sich, den graugrünen Hut mit der Feder auf dem Kopf, aus der Stirn und in den bräunlichen Nacken geschoben, darunter der Ansatz des schwarzen Haares, sie sah das Bild so genau vor sich, daß sie die Naht seines Rockes und den Saum seines Ärmels zu sehen glaubte, seine braune Hand hielt eine Zigarette, und ein blaues Wölkchen wehte von seinem Mund. Dann aber geschah etwas Schreckliches, denn das Bild veränderte sich:

Stefanos Gestalt begann zu verschwimmen, als flösse Wasser darüber hin, statt dessen schob sich ein eiserner Lauf herein, ein langer, schwerer, blinkender Lauf schob sich aus einem Felsspalt, kreiste, kreiste suchend nach einem Ziel, bis die Mündung auf Stefanos Rücken wies, da blieb sie stehen, da hielt sie still – sie zielte genau zwischen seine Schulterblätter –, und am Abzug krümmte sich ein Finger.

Dieses Bild verfolgte Angela Tag und Nacht. Es hatte sie aus dem Schlaf gerissen, es hatte sie aus dem Bett getrieben und nagelte sie jetzt fest an das Kammerfenster. Angela begriff, daß sich Stefano fürchtete, alle fürchteten sie sich vor dem Bösen, trotzdem mußten sie versuchen, ihn zu fangen, obgleich das doch niemandem gelingen konnte, das galt bereits für sicher. Doch Pflicht ist Pflicht, hatte Stefano gesagt, und ein Karabinieri tut seine Pflicht, auch wenn sie ihn das Leben kosten sollte. – Und wenn ich sterbe, hatte Stefano an Angelas Ohr geschluchzt, vergiß mich nicht, vergiß mich nicht! und hatte Angelas Hals und Arme und Brust mit bebenden Küssen bedeckt – wie noch nie. Doch auf einmal hatte er sie von sich gestoßen, kalt und zornig. – Was bin ich für ein Narr, hatte Stefano geschrien, ein Narr, ein Narr, ich kenne euch doch, euch Weiber, ihr seid treulos, treulos und schlecht, in drei Tagen wirst du mich vergessen haben. – Das war gestern nacht gewesen hinter dem Holunderstrauch an der Friedhofsmauer, und seither war Angela wie wundgeschlagen und krank vor Verwirrung und wußte nicht mehr ein noch aus. Nicht ein noch aus seit Ostern schon, seit dem Karfreitagabend, da war sie in der Kirche gewesen und hatte Stefano gesehen, wie er Wache bezog vor dem Heiligen Grab; klack, klack war er hereinmarschiert im stürmischen Paradeschritt und hatte salutiert vor dem blassen Leichnam des Herrn und war dann strammgestanden wie ein Bild aus Erz, unbeweglich, den Dreispitz auf dem Kopf, in Schwarz, Silber und Scharlach, schön wie ein Engel; seit jenem Karfreitagabend konnte Angela nichts mehr denken als an ihn. Niemand durfte davon wissen, kein Mensch auf dieser Welt, am wenigsten Vater und Mutter, die mochten die Welschen nicht, und Stefano war ein Welscher weit aus dem Süden, aus Gaeta – wo das wohl liegen mochte? Auch Angela hatte nie gedacht, daß ihr einmal ein Welscher lieb sein werde, sie hatte überhaupt noch nicht viel an Liebe gedacht, sie war erst fünfzehn.

Jetzt graute der Morgen, vom Kirchturm schlug es halb vier. Da kamen Schritte vom Dorf herauf, das mußten sie sein, die Karabinieri, die taleinwärts zur Ablöse zogen. Angela krallte sich an die Fensterbank: Ja, da kamen sie schon hinter der Krümmung hervor, einer, zwei, drei, fünf, sieben, in graugrünen Uniformen, schwerbewaffnet, mit einem geduckt trabenden Hund zwischen sich. Zuerst konnte Angela niemanden erkennen, doch dann – ihr Herz klopfte rasend – bemerkte sie, daß einer der Männer ein wenig aus der Gruppe scherte, er ließ die sechs anderen ein paar Schritte voraus, drehte den Kopf, hob den Arm und winkte, das war sein Abschiedsgruß, begriff Angela, und sie glaubte zu erkennen, daß Stefanos hübsches Knabengesicht, das sonst rosigbraun und fast noch rundlich, in dem fahlen Morgenlicht grünlich und in Todesangst verzerrt war.

Vor dem Gebetläuten um elf sagte Angela zu ihrer Mutter: »Ich sollte heute zur Got hinauf. Die Mena war da und hat gesagt, sie ist schon wieder letz beisammen.« – Die Mutter winkte ab: »Ich seh's nicht gern. Man kann nie wissen. Der Franz kann bei der Got vorbeischauen. Du aber nicht.« –

Der Franz war Angelas Bruder. Angela schwieg. Aber beim Essen fing sie schon wieder damit an: »Ich sollt' zur Got hinauf. Sie ist doch *meine* Taufgot, nicht die vom Franz.« – Die Mutter, diesmal schon ungeduldig: »Solange der Mensch da umgeht, bleibt jede Gitsche daheim.« – Angela warf die Lippen auf: »Warum denn?« – Nun mischte sich der Vater ins Gespräch: »Frag nicht so dumm, wirst es wohl selber wissen.« – »Was soll ich wissen?« Angela bockt, wie sie sonst nie zu bocken wagte. – »Wenn die Red' davon ist in der Stub'n, schickst mich doch immer raus.« – Nun hat die Mutter genug. – »Schluß jetzt!« – Sie schlägt mit der flachen Hand auf den Tisch. – »Du gehst mir nicht fort. Wenn die Kuchl fertig ist, wirst mir den Garten grasen.«

Angela hat das Geschirr gespült. Jetzt jätet sie, wie es die Mutter verlangt hat, den Garten. Aber sie kommt mit der Arbeit nicht voran. Sie kauert zwischen den Beeten und starrt taleinwärts. Dort hinter dem dunklen Rücken der Gamsstätten liegt die Lavitzalm, man kann sie nicht sehen von hier, aber Angela weiß: Dort ist ihr Stefano. Und wieder glaubt sie ihn vor sich zu sehen wie nachts im Traum: rauchend am Wegrand, und zwischen seine Schulterblätter zielt die Waffe.

Da springt Angela auf, springt aus den Beeten, über den Zauntritt und durch den Anger, taleinwärts.

Stefano, Stefano, denkt das Mädchen, sie kann nichts anderes denken, will nichts anderes denken, sie weiß nicht, was sie will; zur Got jedenfalls will sie nicht, die gar nicht sehr weit hangaufwärts beim Kinzen wohnt. Sie will – bis zur Gamsstätt, dort kann sie die Lavitzalm sehen, die grünen Mähder, die braunen Hütten, als könnte ihr, wenn sie die sähe, leichter sein.

Angela läuft den Bach entlang. Weiter drinnen wechselt sie auf den Talweg. Da klebt am letzten Lichtmast ein Fetzen Papier, italienisch und deutsch bedruckt, das dunkle Viereck eines Bildes in der Mitte. Angela weiß, was der Anschlag bedeutet, er ist Kokreits Fahndungsbrief. Auch unten im Dorf klebt einer im Anschlagkasten. Der hier ist schon von der Sonne gebleicht, vom Regen gewellt, aber das Bild ist noch immer deutlich genug: die hohlwangige Fratze mit den stechenden Augen, mit dem schwarzen Haarschopf, dem hageren Hals, dem Adamsapfel über dem offenen Hemd. Angela krümmt sich unter dem stieren Blick. Eine Sekunde lang denkt sie ans Umkehren, dann läuft sie weiter. Der letzte Hof bleibt zurück, der letze Acker. Das Tal verengt sich, der Wald tritt heran.

Aber die Gamsstätt ist immer noch weit.

Da fällt es Angela ein, sie könnte vom Weg ab links den Hang hinauf, dort weiß sie einen Steig, dort kennt sie eine Schneise, und wenn sie die erreicht, dann liegt die Lavitzalm vor ihr.

Ehe sie sich's recht überlegt hat, ist sie schon bergwärts ins Unterholz eingebrochen, sie watet durch Farne und Disteln, schiebt sich durch Buschwerk, zieht sich an Ästen empor. Sie steigt behende. Dornen häkeln an ihren Kleidern, dicht am Boden kriecht das Kreuzblatt, tropft der Erdbeere blutroter Tau. Nun steckt Angela tief im Wald. Allmählich beginnt sie zu schwitzen, sie atmet schwer. Auf einmal fällt ihr das Bild ein am Lichtmast unten, Kokreits Bild, und da ist ihr nicht mehr geheuer. Schon wagt sie kaum mehr um sich zu schauen. Aus jedem Dickicht glurt ein Paar Augen, Zweige knacken hinter ihr her, Äste wippen; hastiger steigt das Mädchen, jetzt keuchend und taumelnd, ihr zittern die Knie.

So ist sie froh, daß der Wald nun zurücktritt, auf einer Lichtung liegt ein Hof, Angela kennt auch ihn, den alten Tilsasserhof; vor fünf, sechs Jahren war er noch bewohnt, jetzt steht er leer, verlassen. Die Alten sind herausgestorben, die Jungen fortgezogen, sie weiß es vom Vater, denn niemand, hat der Vater gesagt, will jetzt noch in der Einschicht hausen.

Trotzdem hält Angela auf die Wohnstatt zu. Die freilich sieht schon übel aus, die Mauern geborsten und schwärzlich bemoost, das Schindeldach ist zerfleddert und hängt wie ein großer nasser Fetzen vom geknickten Gebälk, die Fensterhöhlen gähnen leer, nur der obersten Luke unter dem Giebel liegt noch ein morscher Laden vor.

Angela will verschnaufen. Sie setzt sich unter dem Haus an den Brunnentrog, auch er ist geborsten und leer, von Nesseln umbuscht, von Sauerampfer umwuchert. Angela hat sich einen Stengel gerupft und kaut daran.

Da fällt ihr etwas auf: Neben dem Trog, halb im Nesselbusch, liegt ein Ding: graugrüner Stoff, speckige Riemen, ein alter, schmutziger Rucksack, vielfach geflickt.

Angela denkt: Was ist das? Den hat jemand hergelegt. – Sie steht auf, geht hin, stößt mit dem Fuß daran. Der Sack ist schwer, es ist etwas Hartes darin, und wie sie sich vorbeugt, um es aufzuheben, starrt ihr ein schwarzer, langer, stählerner Lauf, die Mündung einer Waffe entgegen.

In dieser Sekunde kreischt der Laden unter dem Giebel, schlägt auf und an die Wand, und aus der Öffnung fährt ein verwilderter Kopf und schreit: »Laß liegen, du, laß liegen, sonst bring ich dich um.« Angela hat sich geduckt, da hört sie es drinnen schon über die Treppe poltern, sie greift nach dem Sack und rennt los. Sie rennt um ihr Leben, das weiß sie, hangabwärts, dem Wald zu, in langen, federnden Sätzen, wie sie noch nie gerannt ist, Zweige peitschen, Steine spritzen, über bemooste Platten striemt ihr genagelter Schuh.

Hinter ihr rennt der Mann, sie schaut nicht um, sie hört es nur knacken und knirschen und dann den dumpferen Laut auf dem nadelbedeckten Boden: Tritt und Sprung, Tritt und Sprung – und nun schon sein Keuchen, das hetzende Hecheln und immer wieder denselben röhrenden Schrei: »Dich bring ich um!«

Aber den Sack läßt sie nicht.

Das Ding ist schwer, es zieht sie krumm, es stößt sie in die Hüften, es macht sie stolpern, gleiten, stürzen, aber im Sturz setzt sie zu neuem Aufsprung an, so rast sie hinunter, der Mann hinter ihr, und einmal denkt sie: Jetzt ist es aus.

Er hat sie eingeholt, hat sie abgeschnitten, taucht vor ihr auf. Nichts ist mehr zwischen ihm und ihr als ein Block, er steht droben, sie kann nicht zurück, sie muß geradeaus, an dem Block vorüber, an Kokreit vorbei. Sie sieht ihn deutlich, aufrecht, mit gereckten Armen, in seinem zerschlissenen Hemd, mit tanzendem Adamsapfel, geiferndem Mund: »Jetzt hab ich dich!« – und er stößt sich ab, um auf sie niederzuschlagen – und hat sie verfehlt. Und bis er wieder auf die Beine kommt, ist sie zehn Schritte voraus.

Zehn Schritte nur. Aber da blitzt es durch die Stämme, lichtgrün und sonnig, und durch das wilde Gedröhn, das Angelas Kopf erfüllt, dringt ein hoher läutender Ton, das Wetzen einer Sense. Da schreit Angela, zum erstenmal, schreit laut und gellend und so lang, daß sie selbst erschrickt und sich wundert, woher sie die Luft kriegt, um so zu schreien, und wie sie hinausstürzt aus dem Wald in das Helle und Weite, Sanftgewellte einer frisch gemähten Wiese, ist der Verfolger weg, hinten geblieben, abgeschwenkt, jetzt ist er selbst auf der Flucht.

Angela sieht nur noch, daß jemand auf sie zukommt, ein alter Mann mit Wetzstein und Sense – und dahinter ein Kind und dahinter ein Weiberrock –, und dann sieht sie nichts mehr, schlägt das Gesicht auf den Boden, ringt nach Atem und heult los.

Drei Tage später war der Spuk zu Ende. Kokreit, entwaffnet, wie er nun war, gab auf; es war nur mehr eine Hasenjagd, ihn zu umzingeln und zu fangen. Zuletzt hatte er sich in einem Stadel im Heu verkrochen, mit Gabeln und Stangen stachen sie ihn heraus.

Nun wurde Angela gefeiert, belobt, belohnt, sie war die große Heldin – acht Tage lang. Der Polizeipräfekt lud sie nach Bozen ein und hängte ihr eine Medaille an den Hals. Von der Summe, die auf Kokreits Kopf gesetzt war, erhielt sie nach einigem Hin und Her die Hälfte ausbezahlt. Die Mutter legte sie für eine Aussteuer ein. –

»Und was war mit Stefano?« fragte ich, als Paul geendet hatte. Paul zuckte die Achseln. »Nichts«, sagte er, »nichts mehr war mit Stefano. Sie mochte ihn plötzlich gar nicht mehr sehen, und als er versuchte, wieder bei ihr anzukommen, schimpfte sie ihn einen Feigling und jagte ihn davon. So ging es ihr immer wieder: ein Anfang in Liebe, dann ein jäher Schluß, so als hätte ihr nichts mehr genügt, als wäre in ihr etwas ausgebrannt. Aschengrube, verstehst du, auch ich bin zuletzt für sie in die Aschengrube gewandert. Und nun, wie ich sagte: Tankstellenbar für Fernlastfahrer.«

»Sie wird durchkommen«, sagte ich, nur um irgend etwas zu sagen. »Sie wird sich durchbeißen. Aber du, Paul, was wirst du jetzt anfangen?«

Paul schenkte sich aus der Flasche nach und goß dabei ein wenig daneben. – »Ich?« sagte er dann mit einem kleinen bitteren Grinsen. »Ich gehe zurück in mein Nest und male weiter: Berge, Schluchten, Wälder, denn – ich sage dir! – das Gebirge ist eine immer noch unergründliche Welt.«

Das Zimmer

Poloff hatte Vorschuß bekommen, in seiner rückwärtigen Hosentasche knisterten die Scheine, und in der Tasche seines Überrockes klimperte das Silber. Poloff war vergnügt, zu vergnügt jedenfalls, um gleich nach Hause an den Schwieloch-See zu fahren, wo er das ganze Jahr über wohnte. Er schlenderte durch die Stadt und hielt Ausschau, mit wem er den Vorschuß feiern könnte, den er heute von seinem Verleger erhalten hatte.

»Ich denke, Ihre Geschichten werden sich verkaufen lassen«, hatte der Mann gesagt und nach der Kasse gegriffen. Poloff hatte geglaubt, Engelsmusik zu hören, ganz dumm vor Glück hatte er das Geld in Empfang genommen. Und jetzt wollte er feiern und in würdiger Gesellschaft einen hinter die Binde gießen.

Würdige Gesellschaft! Poloff hatte so seine Vorstellung davon, was *würdige* Gesellschaft sei. Er pfiff was auf Familie und Verwandtschaft, er wollte seinesgleichen treffen, also Dichter und, wenn möglich, sogar einen besseren, als er selbst war. Denn – um die Wahrheit zu sagen – von sich selbst hielt Poloff nicht allzuviel, trotz Vorschuß und Verkäuflichkeit seiner Geschichten. Sie waren gut verwendbare Ware, lustige Histörchen mit einem kleinen Schuß pikanter Spannung. Aber im Grunde hätte Poloff viel lieber *Gedichte* geschrieben.

Poloff durchstreifte ein paar Lokale, ohne jemanden zu finden. Er wurde allmählich traurig, das Geld juckte ihn; es ist eine triste Sache, Geld im Sack und keine Seele zu haben, mit der man etwas davon verjubeln könnte.

Poloff wollte schon die Segel streichen und den Schlesischen Bahnhof ansteuern, um den Bummelzug in Richtung Schwieloch zu nehmen, da fiel ihm Barnabay ein, der alte Barnabay, der verlumpte Vagabund, der überall und nirgends war und sich, wie es hieß, ohne Quartier durchbrachte, sogar im Winter, wenn es Stein und Bein fror, und der trotzdem oder vielleicht gerade deshalb so schöne Gedichte schrieb, Gedichte, die sich zwar nicht verkaufen ließen, aber in einer kleinen auserlesenen Gesellschaft die Runde machten, auf Zettel geschrieben von Hand zu Hand wanderten, dann und wann auch zitiert wurden, geheimnisvoll tönende Verse, nicht ganz verständlich, doch darum nur um so schöner. Poloff hatte sie bei einer solchen Gelegenheit gehört, ihm war eng ums Herz geworden dabei vor Kummer, daß *er* nie ein solches Gedicht machen würde, weil er eben Poloff und nur Poloff war.

Will sehen, ob ich Barnabay nicht finden kann! Poloff drehte sich auf dem Absatz um und machte sich auf die Suche.

Er suchte lange: im Wartesaal des Anhalter Bahnhofs, dort war Barnabay Stammgast, in Aschingers Stehbierhalle am Nollendorfplatz und endlich im Tiergarten. Im Tiergarten, hatte man Poloff erzählt, treibe sich Barnabay am liebsten herum.

Es wurde ziemlich spät und begann schon zu dämmern, als er endlich eine gebeugte Gestalt erblickte, die seitab von den vielbegangenen Wegen mit schlurfenden Schritten dahinzog. Barnabay trug Filzstiefel wie ein russischer Kriegsgefangener und einen uralten zerrissenen Pelzrock, dessen Taschen schwer und ausgebeult gegen seine krummen Knie niederhingen. Darin schleppte Barnabay seine ganze Habe und vor allem einen Wust schmutziger und zerknitterter Papiere, sein Gesamtwerk, mit sich herum.

»Heh, Barnabay«, rief Poloff hinter ihm her, »daß ich dich endlich sichte, alter Kumpel, was ist los mit dir? Wo schleichst du hin?« – Barnabay ließ sich gerne einladen. Er lebte ja davon, daß man ihn hie und da einlud, er konnte ja nicht nur vom Kippenklauben und vom Stöbern in den Abfallkörben leben, bei dem ihn nur das Auftauchen eines Uniformierten stören konnte. Die Uniformierten waren nämlich seine Feinde, die Schupos vor allem, die blankgewichsten Wachtmeister in ihren strammsitzenden Röcken, mit ihren runden, rotbackigen, von Mißtrauen gespannten Gesichtern. Sie glaubten ja immer, ihn, Barnabay, zur Rede stellen zu müssen, wo er wohne, was er treibe und wofür er eigentlich gehalten werden sollte. Sie wollten es durchaus nicht gelten lassen, daß er eben Barnabay war, ohne Quartier, ohne Einkommen, zu nichts anderem auf der Welt, als Gedichte zu schreiben, wenn vielleicht auch nur ein Dutzend im ganzen Jahr. Aber diese Gedichte, diese Gedichte –! Nein, mit diesen Gedichten konnte er den Burschen auch nicht kommen, die waren nichts für sie: Er war und blieb in ihren Augen nichts als ein alter, höchst verdächtiger Lüderjan.

Heute war der alte Barnabay von dieser Art Leben ziemlich zermürbt. Es war ja auch schon recht kalt, die öden Nebelwochen, die die langen Nächte brachten: *Oh, ausge-*

lebtes Jahr, grau und versponnen in Vergeblichkeit, die morsche Schläfe, bette sie in Schnee –. Und Barnabays Stiefel waren zerrissen, und das zitternde Elend saß ihm in den Knochen.

»So kannst du nicht weitermachen«, sagte Poloff. Er hatte Barnabay in eine Kneipe geführt und ihm Königsberger Klopse und einen Glühwein bestellt, und noch einmal Königsberger Klopse, die Barnabay gerne aß, und noch einen Glühwein, den Barnabay noch lieber trank. »So geht das nicht weiter mit dir, mein lieber Kumpel, sonst sitzt du noch eines Tages hartgefroren auf einem Bänkchen. Weißt du, was? Ich miete dir ein Zimmer, ja, ein Zimmer miet' ich dir, eine richtige Bude, wo du's gemütlich warm hast, jawoll, ich habe Geld, schau her! Hübsche blaue Scheinchen, Stücker vier. Dafür kannst du 'ne prima Bleibe haben. Komm los, wir gehen gleich mieten!«

Der alte Barnabay mußte schon wirklich sehr zermürbt sein, denn er gab gleich nach, und die beiden machten sich auf den Weg, um ein Zimmer zu suchen.

Sie brauchten sich nicht lange umzuschauen, denn an vielen Häusern steckten Karten, daß vermietet werde. Aber hier am Tiergarten waren die Häuser zu vornehm, da wollte Barnabay nicht hinein, so trieben sie sich eine Weile herum, bis sie eins fanden, das Barnabay angemessen schien. Dort stiegen sie hinauf in den vierten Stock und läuteten an.

Die Vermieterin öffnete und zeigte ihnen das Zimmer. Als sie hörte, daß Barnabay bei ihr einziehen wollte, wurde ihre Miene sauer.

»Schauen Sie nicht so drein, Sie!« sagte Poloff. »Sie werden einen großen Dichter beherbergen, das sollten Sie zu schätzen wissen. Übrigens: Herr Barnabay ist mein

Freund, und, daß Sie's wissen, ich bezahle das Zimmer im voraus – im voraus für ein halbes Jahr, mit Frühstück. – Mit Frühstück, versteht sich«, wandte er sich an Barnabay, »dann hast du doch jeden Morgen was Warmes im Magen, dann kann dir im Grunde nichts mehr passieren, und die Kerle von der Polente werden sich wundern, wenn du ihnen sagen kannst: Jetzt hab ich 'ne Wohnung, und was für eine! Wollen Sie mich vielleicht besuchen? – Hehe, dann können sie dir nicht mehr an.«

Poloff zahlte mit seinen Scheinen, drei hübsche blaue Scheine legte er der Wirtin auf den Tisch, und die wurde mit einem Male überaus höflich und versicherte, daß sie ihr Bestes tun und Herrn Barnabay ganz gewiß sehr zufriedenstellen werde. »Ist gut, ist gut!« sagte Barnabay und zitterte ein wenig, wie ein Mensch, der sein Glück noch nicht glauben kann und auch nichts Rechtes damit anzufangen weiß, aber einmal trat er doch an das Bett und legte seine hagere, gichtige Hand auf das Kissen und drückte ein wenig: Es fühlte sich unvorstellbar weich und wohlig an. »Und jetzt«, sagte Poloff, »müssen wir einen drauf trinken, daß du von nun an kein Vagabund mehr bist.«

Sie gingen trinken und ließen sich's wohl sein und saßen beisammen, bis das Lokal geschlossen wurde, dann zogen sie zum nächsten, das länger offenhielt, und dann noch in ein drittes, und die ganze Nacht redeten sie über Gedichte. Über Barnabays Gedichte und die anderen Leute, über das apollinische Element der Syntax und über das dionysische des reinen Wortklanges und über das ontologische Schema, das vom Abbild der Realität ins Ideal-Absolute reicht, und über die infinitesimale Funktion des Nichts, deren ein echtes Gedicht auch nicht entbehren kann.

Poloffs Herz klopfte, und sein Geist schlug Räder, er begriff, was Barnabay meinte, und weil er es begriff, fühlte er sich erhoben, leicht, als schwebte er, und beinahe auch schon zu hohem Dichtertum berufen. Irgend etwas flüsterte ihm zu, daß, wenn er Barnabay früher getroffen hätte, er vielleicht nicht nur verkäufliche Geschichten geschrieben und seine Zeit mit banalem Plunder vertan hätte, sondern daß auch er über das apollinische Vorfeld der Syntax zu den dionysischen Heiligtümern des Urklanges vorgestoßen wäre, unbelohnt wahrscheinlich von seinem Verleger, aber im Besitz des Ideal-Absoluten, ein erleuchteter Mitverwalter infinitesimaler Funktionen.

So vergingen die Stunden, die ganze Nacht verging, und der letzte blaue Schein, den Poloff nach der Bezahlung der Miete noch behalten hatte, war längst in Münze und in den Dunst eines seligen Rausches umgewandelt worden. Und der Rausch war selig auf eine hohe und erhabene Weise und ließ die beiden der Erde spotten, die ja, wie man weiß, ein nur sehr unvollkommenes ontologisches Schema und im Grunde ein Nichts ist.

Als auch das letzte Fünfmarkstück ausgegeben und in der bauchig gefüllten Ledertasche einer verschlafenen Kassiererin verschwunden war, erwachten die beiden zu einer wenn auch etwas schwankenden Wirklichkeit.

Es wäre jetzt Zeit gewesen für Poloff, in sein Schwieloch zurückzufahren, aber ihn graute vor der Reise in den frostigen Morgen, auch spürte er keine Lust, sich schon von Barnabay zu trennen. »Weißt du, was?« sagte er. »Wir gehen jetzt auf dein Zimmer, hauen uns hin und schlafen uns erst mal richtig aus.« »Das tun wir, das tun wir«, sagte Barnabay. *»Oh, süßer Morgen, weiß und versponnen in Vergeßlichkeit, die morsche Schläfe, bette sie in Schnee!«*

»Aus jetzt mit deinem Schnee«, erwiderte Poloff, »du hast jetzt ein Bett, ein ordentliches Bett wie alle ordentlichen Leute, komm, Alter, deine Klappe wird uns schmekken!«

Sie gingen ein paar Schritte, aber plötzlich blieben sie stehen, beide wie angewurzelt, und fragten aus einem Munde: »Weißt du denn, wo?«

Poloff sah Barnabay an, und Barnabay Poloff. Und jeder sagte: »Keine Ahnung!«

»Keine Ahnung?!« sagte Poloff und wurde langsam blaß.

»Aber«, fuhr er nach einigen Sekunden fort, »wir werden die Straße schon finden, und haben wir die, dann wird es ein Kinderspiel sein, auch das Haus zu finden. Komm, Barnabay, wir müssen dort hinunter.«

»Nein«, sagte Barnabay, »wir müssen dort hinauf, dann rechts hinüber.«

»Wir sind aber von links gekommen«, sagte Poloff, »von links, oder irr ich mich, und es war wirklich rechts?«

So rieten sie hin und her, um welche Ecken sie gebogen, durch welche Gassen sie gegangen waren, und dabei drehten sie sich miteinander im Kreis, und dann – dann wußten sie gar nichts mehr.

Sie suchten das Zimmer den ganzen Morgen, straßauf, straßab, in die Kreuz und Quere zwischen Moabit und Charlottenburg und fanden es nicht, und suchten den ganzen Tag und auch noch den nächsten – und fanden es nie mehr.

Brief einer alten Dame

Lieber Fips,

Du hast mir zu meinem siebenundachtzigsten Geburtstag dieses alte Familienphoto geschickt, um mir, wie Du schreibst, eine Freude zu machen. Ich danke Dir sehr. Du hast das Bild in einer Kiste auf dem Dachboden gefunden und weißt nicht, wen es darstellt, aber Du vermutest, daß diese *netten Leute,* wie Du Dich ausdrückst, auf irgendeine Weise mit mir verwandt sind. Jawohl, mein Lieber, Du hast's erraten, sie sind mit mir verwandt, infolgedessen aber auch mit Dir!

Der würdige Herr in der Mitte, der Pater familias, der sein Gesicht so kühn und selbstbewußt über den steifen Kragen reckt, er ist Dein Urgroßvater Philibert Prokop. Ich denke, Du hast sie Dir genauer angesehen, diese Visage unter dem Poposcheitel. Ein Widerling, hast Du sicher gedacht. Ganz recht, mein Lieber, ein Widerling, ich kann Dir nur beistimmen, obgleich es sich um meinen leiblichen Vater handelt. Aber leider muß ich Dich darauf aufmerksam machen, daß Du ihm gar nicht so unähnlich bist, und je älter Du wirst, desto mehr. Gar seit Du diese großartige Stellung hast mit Villa im Wienerwald und Dienstwagen mit Chauffeur: der alte Prokop – wie abgerissen.

Freilich: so dick wie Du hatte es Dein Urgroßvater nie. Aber auch er hat es, im Rahmen seiner Zeit und seiner Möglichkeiten, zu was gebracht: Schweineaufkäufer war er des reichen Herrn von Ruschka in Rokyzan, und Herr von Ruschka belieferte die Fleischbänke von Pilsen, Beraun, Tabor und das Zentralschlachthaus von Prag. Da kam schon was zusammen an quiekendem Borstenvieh. Ja, ja, Dein Urgroßvater war tüchtig, zielstrebig und robust – wie Du. Er war viel unterwegs mit Roß und Wagen, auch mal mit der Eisenbahn, von Dorf zu Dorf, von Schweinestall zu Schweinestall, ein harter Unterhändler (wie Du). So war er seinem Chef, dem Herrn von Ruschka, unentbehrlich, und das war wichtig, das war das Wichtigste, denn Herr von Ruschka war der Brotherr, er zahlte gut, besser jedenfalls als die anderen Fleischlieferanten im Lande, und Dein Urgroßvater Philibert Prokop hätte sich ja schon für eine Krone ein Loch ins Knie bohren lassen . . . (Aber wer hat mir denn erst neulich von Dir erzählt, für einen fetten Happen gingest Du über Leichen; nun, lieber Fips, ich bin ganz sicher, bei Dir fangen die fetten Happen erst bei hunderttausend Schilling an, bravo, bravo, mein lieber Fips, man geht doch mit der Zeit.)

Was Philiberts Frau betrifft, das magere Armitschgerl, das sich auf dem Bild hinter dem thronenden Gatten zwischen Sessel und Zimmerpalme drückt, ist Deine Urgroßmutter Antonia, geborene (ledig geborene!) Ohrisek. Sicher hast Du auch sie unter die Lupe genommen und festgestellt, sie sehe aus wie geradewegs aus einem Kellerloch geschloffen, wie eine arme kleine Ratte, der die Hunde schon zu oft auf den Fersen gewesen sind, die ganz verängstigt und nahezu irr in die Welt schaut. Auch damit hast Du recht – und doch war sie ein guter Mensch, unsere Mutter, sie brachte es noch zuwege, ein guter Mensch zu sein. Ihr größter Fehler war es gewiß, daß sie sich nicht zur Wehr setzen konnte. Nie. Als junges Mädchen war sie bei

Herrn von Ruschka im Dienst und hatte die Wäsche über und das Nähen und Bügeln, und hatte früh und spät zu tun, die Damasttischtücher zu plätten und die beschädigten Klöppelspitzen am Bettzeug zu erneuern, vor allem aber die Hemdbrüste und Manschetten des gnädigen Herrn zu steifen und auf Glanz zu bringen. Vielleicht wollte sich der gnädige Herr nur vergewissern, ob die Antonia das auch richtig machte, jedenfalls kam er eine Zeitlang alle Pfiff in die Nähstube und lehnte am Bügelbrett, hinter dem die Antonia das Eisen führte. Sie schämte sich und weinte und wollte nicht, aber das half ihr wenig. Ein halbes Jahr später war sie Frau Prokop. Herr von Ruschka hatte diese Lösung vorgeschlagen und hatte sie mit einer Gehaltserhöhung für Herrn Prokop verbunden (und der konnte Herr Prokop nicht widerstehen). Das Kind, das Deine Urgroßmutter bekam, ziemlich bald nach der Hochzeit – (auch das ein Skandal!) –, das arme Wurm starb gleich nach der Geburt und war weggeräumt damit aus dieser Welt. Aber die Ehe, die seinetwillen geschlossen worden war, nur seinetwillen, die Ehe blieb – und war ein langes Malheur. Denn Dein Urgroßvater konnte es der Antonia Ohrisek nicht vergeben, daß er sie hatte heiraten müssen – *müssen?* – und daß er auf diese Weise keine bessere Partie machen konnte, das mußte sie sich anhören früh und spät: Er habe sie doch nur aus Erbarmen aus der Gosse gezogen, und für seine Gutheit werde er jetzt bestraft. *Gutheit,* sagte er und schämte sich nicht, von Gutheit zu reden, und jammerte in der Gegend herum, daß ihn die Frau ruiniere, wenn sie wieder einmal ein Kind von ihm bekommen sollte.

Bekommen *sollte,* nicht *bekam.* Denn: mit dem Kinderkriegen war es gar nicht so schlimm bei ihr, zumeist konnte sie es gar nicht austragen, reihenweise ging das ab Jahr für Jahr, dann lag sie elend da und war ein Wrack.

– Ja, die bin ich, die neben der Mutter steht, die mißgeschickte Hopfenstange im karierten Kleid mit der Gretlfrisur, die sieht nicht nach fröhlicher Jugend aus, wie, Fips? Kein Wunder, so wie es zuging in unsrem Haushalt. An mir, der Ältesten, blieb alles hängen durch Mutters Krankheit, Kochen und Putzen und Pflege, und wenn dann der Vater heimkam von seinen Schweinekauftouren, der Zirkus rund um ihn rum.

Mit meinem Bruder August (das ist der freche Bengel auf dem Bild, im Matrosenanzug, sitzt neben dem Vater mit Stöckchen und Hut und einer Miene: Was kostet die Welt?) – mit diesem Bruder war's auch kein Honiglecken; ein rabiater Kerl, sag ich Dir, immer zuoberst auf jedem Baum, auf jedem Dach, und wenn es der Mutter besonders schlecht ging, am schlimmsten. Trotzdem, glaub' ich, hat er sie gern gehabt und vielleicht am liebsten von uns allen, denn nach ihrem Tod damals im zehner Jahr ist er auf und davon und nie mehr heimgekommen. Ich habe ihn auch nur ein einziges Mal wiedergesehen, im August 14, zum Abschied, am Wiener Nordbahnhof, ehe er ausrückte. Im Winter darauf ist er als vermißt gemeldet worden und dann als tot, wir haben schon die Seelenmesse für ihn lesen lassen. Da kam plötzlich Post aus Sibirien, er sei nur verwundet und in Gefangenschaft geraten – fürs erste hatte er also überlebt. Ich war glücklich und wäre am liebsten an die Decke gesprungen vor Freude, aber ich irrte mich, wenn ich glaubte, auch der Vater würde halb närrisch vor Glück. Nein, nein. Ich merkte etwas ganz anderes: Herr Prokop war enttäuscht, er fühlte sich blamiert durch die unerwartete Nachricht, und er war sogar ein bißchen beleidigt: Er hatte sich ja schon als *Heldenvater* feiern lassen am Stammtisch, und diese Rolle hatte ihm August jetzt versalzen.

Zwar, August ist dann doch nicht mehr wiedergekommen, in Sibirien ist er verschollen, verhungert oder sonstwie verkommen, da war ja schon Revolution – und bald war auch bei uns kein Staat mehr zu machen mit dem gefallenen Sohn, da war sein Tod nichts mehr wert.

Für mich hatte dieser Tod freilich noch ein Nachspiel. Denn eines Tages, bald nach dem Krieg, erschien eine Frau bei mir und sagte, sie sei Augusts Frau, und zeigte mir auch ein Hochzeitsbild und ein Bild von zwei Buben. Da sind Ihre Neffen, sagte sie, Augusts Kinder, und ich solle sie unterstützen. Ach lieber Gott, sie unterstützen! Ich hatte ja selbst nichts zum Beißen, und das sagte ich ihr. Da wurde sie wütend und schrie mich an: Das habe sie von mir nicht anders erwartet, und der August habe schon recht gehabt, wenn er gesagt habe, ich sei ein Luder, hartherzig und infam! – Immer habe er das gesagt und: Ich habe ihm seine Jugend verbittert. – Und damit ging die Person und schlug die Türe hinter sich zu. Da saß ich nun auf ihren Worten ... Eine Stunde vorher hatte ich das Weibsbild noch nicht einmal gekannt, nicht einmal gewußt, daß es sie gäbe, nun saß ich da und hatte diesen letzten Gruß von meinem Bruder, über die Jahre weg aus dem Jenseits, und konnte nur heulen und in meinem Kopf die Erinnerungen zusammenklauben an unsere Kinderjahre, an die vielen Butterbrote, die ich August gestrichen, an die vielen Zuckerstücke, die ich für ihn aus der Dose stibitzt, an die Hosen, die ich ihm heimlich zusammengeflickt, und an die vom Haushaltsgeld abgezweigten Groschen, die ich ihm heimlich zugesteckt habe, damit er in die Schießbude oder ins Panorama gehen konnte.

Aber das alles kam nicht auf gegen das *Luder,* von dem die Frau geredet hatte – und es tut meinem Herzen noch heute weh.

Bleibt noch Hildegund auf dem Bild, die Kleine neben dem Vater, mit der Masche im Haar und der Stupsnase, ja, und Waldi, der Dackel, der mußte mit dabeisein. Waldi – alle Dackel hießen damals Waldi, und er war abgerichtet, nicht nur den Fuchs aus dem Bau zu treiben, sondern auch die Beerenklauber und Schwammerlsucher in die Waden zu zwicken, die sich in Herrn von Ruschkas weitläufigen Wäldern antreffen ließen, aber sonst war der Waldi ein liebes Vieh.

Was die Hildegund betrifft, die Stupsnase –, nun, das weißt Du ja, lieber Fips, daß sie Deine Großmutter ist, unsere Jüngste. Sie war Vaters Liebling. Das hat sie zu nützen gewußt, die Hildegund, sie war eine ganz Schlaue. In jeder Hinsicht war sie eine Schlaue. Wenn sie am Morgen zur Schule sollte, fiel sie ohnmächtig unter den Frühstückstisch – und durfte daheim bleiben. Wenn sie ihren Strickstrumpf auftrennen sollte, weil er falsch gestrickt war, bums, da lag sie wieder. Wenn Vater tobte, bums. Wenn Herr von Ruschka sie in den Erdbeerrabatten erwischte, bums.

Immer lag sie da, käseweiß und mit verdrehten Augen. Das arme Kind, hieß es von ihr, sie wird nicht alt. Aber plötzlich, mit achtzehn, begann sie zu blühen, war gesund, machte die Männer verrückt, heiratete und kriegte ihre sechs Kinder, darunter Deine Mutter, wie Du weißt. Sie hat sich mit ihrem ewigen Umfallen auf die Butterseite des Lebens gelegt, das muß einer können. Deine Schwester schlägt ihr nach, auch sie geht auf die schlaue Tour, nur daß sie nicht mehr in Ohnmacht fällt, das ist nimmer modern, dafür macht sie's mit Depressionen und Neurosen, immer wenn ihr was schiefgeht, ist der Psychoanalytiker fällig, da muß sie schleunigst auf die Couch. Das kostet Geld, und gar nicht wenig, aber es bringt ihr Schonung ein von seiten der Familie – und was will sie mehr?

Deine Großmutter Hildegund war zehn, als das Bild gemacht wurde – und ich war vierzehn, damals im Jahr 1900. Ein glorreiches Jahr, lieber Fips, es wurde gefeiert, auch dieses Bild gehörte mit dazu. Aus Anlaß der Jahrhundertwende nämlich hat uns Dein Urgroßvater zum Photographen geführt, denn sogar er, der Schweineaufkäufer aus Rokyzan, hat schon etwas gehabt, was Ihr Jungen ein *Bewußtsein* nennt, und hat sich hie und da über den Zeitgeist geäußert und darauf geschworen, daß wir einer ganz bedeutenden Epoche entgegengehen. Die bedeutende Epoche ist ja dann auch eingetreten und hat eine Menge auf den Kopf gestellt, aber eine Menge ist sich auch ganz gleichgeblieben, sonst könnte ich's mir nicht erklären, daß Du Deinem Urgroßvater so ähnlich siehst und auch ein ebenso tüchtiger Geschäftsmann geworden bist und daneben noch mit *Idealismus* großtust, ganz wie der alte Prokop seinerzeit mit seiner *Gutheit;* auch, daß Deine Schwester dieselben Zicken vorlegt wie Deine Großmutter Hildegund – und daß ich ebenso vereinsamt bin, wie meine Mutter es war.

Alle Fehler, die wir begangen haben, mein lieber Fips, zu unserer Zeit, in unserer Welt, sie kommen Euch Jungen ganz abscheulich vor. Und wenn wir damals stolz und starr wie ausgestopfte Puppen in die Linse gestarrt haben, so nennt Ihr das jetzt Popanzerei und Lächerlichkeit. Ihr macht jetzt Schnappschüsse, hundert an einem Ferientag, in Hundertstelsekunden – und denkt nicht, daß es eines Tages Euern Nachkommen überlassen sein wird, *Eure* Bilder auszugraben und zu beurteilen. Und wie werden diese Urteile dann ausfallen?

Aber mach Dir nichts draus, mein lieber Fips; es wird wohl immer eine gewisse rachsüchtige Bosheit geben zwischen den Generationen, und als Bosheit hab ich's auch genommen, daß Du mir dieses Bild geschickt hast zu meinem Siebenundachtzigsten, denn Du warst schon immer ein Ekel und ziemlich infam.

Dieser Brief wurde nie geschrieben – und infolgedessen auch nie abgeschickt.

Statt dessen folgender:

Lieber Fips,
Du hast mir mit dem alten Familienphoto eine große Überraschung und Freude bereitet. Ich danke Dir herzlichst dafür. Immer wenn ich es ansehe, steigen liebe Erinnerungen auf an meine schöne Jugendzeit. So wird man gerne alt! Herzliche Grüße sendet Dir, Deiner lieben Frau und Deinen niedlichen Kinderchen

Deine Großtante Philiberta Prokop
im achtundachtzigsten Lebensjahr

Der Vaterlose

Robert war drei Jahre alt, als er seinen Vater zum letztenmal sah. Wenn er sich später zu erinnern versuchte, stellte sich ihm nur das Bild einer Pfeife ein, mit kurzem Stiel und braunem Kopf, wie sie gestopft, angezündet, geraucht und wieder ausgeklopft wurde. Dahinter/darüber war etwas wie eine Bürste graublonder Haare und darunter ein grüner Lodenrock, an dem Lederknöpfe befestigt waren. Dann und wann durfte Robert an den Lodenrock heran und an den Knöpfen drehen. Dann waren mit einem Male Pfeife, Rock und Lederknöpfe verschwunden, und das Bild des Vaters gerann zu einem Photo, das in der Wohnstube hing und einen Mann in Jägertracht zeigte, der – auf eine Flinte gestützt – ein Bündel toter Hasen vorzeigte. Außerdem kehrte dieser Vater täglich wieder in Tante Bertas Redeschwall als »dein Vater, der Lump« oder – bei besserer Laune – als »Robby, dieser verfluchte Kerl«, meist von Seufzern garniert, von bedeutsamen, rollenden Blicken begleitet und an die dramatische Feststellung angekoppelt: »Nur er hat deine Mutter unter die Erde gebracht.« Daraus machte sich Robert nicht viel. Nur einmal zuckte er zusammen, als ihm Tante Berta erzählte, sein Vater habe ihm, Robert, als er noch nicht zwei Jahre war, die Pfeife in den Mund gesteckt und ihn ermuntert, daran zu ziehen, und dann, als ihm, dem Kleinen, sterbensübel wurde, habe der Vater, statt sich schuldig zu fühlen und um den Doktor zu laufen, nur gesagt: »Der hält ja nichts aus, der Weichling!« – und sei mit angeekelter Miene zur Tür hinaus.

Diese Geschichte tat Robert weh, er wollte so ungern ein »Weichling« sein.

Eines Tages geschah es dann, daß Janda in seinem Leben auftauchte. Die Mühle, in der Robert mit Tante Berta wohnte, lag an der Aist, einem kleinen Fluß, und hinter der Mühle war der Fluß gestaut. Tante Berta hatte Robert aufs strengste verboten, sich dem Stau oder gar dem Wehr zu nähern: »Wenn du hineinfällst, mußt du ersaufen.« Aber eines Tages geschah es eben, daß Janda von hinten auf ihn zusprang, ihn packte, auf seine Schultern schwang und begann, über den glitschigen Balken des Wehrs hinüberzubalancieren. Robert wehrte sich zuerst, aber dann saß er still und blickte über Jandas Kopf und Schultern gebannt auf Jandas nackte Füße, wie sie mit gespreizten Zehen Schritt für Schritt vorwärts tasteten, vom Wasser umspült, das von links ruhig heranzog, dann rechts hinunterstürzte; tosend zersprang es unten zu weißem Gischt. Als Janda drüben ankam und Robert lachend ins Gras warf, sprang dieser schreiend auf und hängte sich jubelnd und strampelnd an des Großen Hosenbund: »Noch einmal«, schrie er, »noch einmal, trag mich noch einmal drüber.«

Seither war Janda Roberts Freund, und die beiden waren unzertrennlich.

Janda war ein großer bleicher, häßlicher Lümmel von etwa vierzehn Jahren, Sohn eines Flickschusters, bei dem niemand die Schuhe flicken ließ, weil er erst vor kurzem aus dem Böhmischen zugezogen und daher ortsfremd war. Janda war der Älteste einer Geschwisterschar, die sich zerlumpt und bettelnd in der Gegend herumtrieb und der allerlei kleine Diebereien nachgesagt wurden. Auch Janda hatte sich auf diese Weise durchgebracht, bis er begriff, daß er jetzt an Roberts Anhänglichkeit das Große Los gezogen hatte. In der Mühle lebte man gut, da gab es immer was zu schnabulieren, da lagen auch Schillinge und Groschen locker auf Tellerborden und Fensterbrettern, da zählte niemand nach.

So tauchte Janda jeden Morgen in der Mühle auf, schob rasch ein, was eben einzuschieben war, ein Honigbrot, eine Wuchtel oder eine Münze, rannte dann mit Robert in den Wald oder ins Dorf hinauf. Er lehrte Robert auf Bäume klettern, Vogelnester ausnehmen, Fallen stellen und auf dem Wehr über die Aist laufen. Im übrigen erzählte er ihm Geschichten, tolle Geschichten, die Robert begierig in sich einsog: von einem Gespenst, das nachts auf dem Friedhof kleine Kinder esse, von einem Massenmörder, der von den Herzen junger Mädchen lebe, auch von einem Mann namens Hitler, der draußen in Deutschland viele Soldaten habe; mit denen werde er eines Tages über die Grenze kommen und alle davonjagen, die ihm (und Janda) nicht gefielen, den blöden Lehrer aus der Schule, den faden Pfarrer aus der Kirche und alle, alle Juden.

Robert glaubte Janda und glaubte ihm um so lieber, als Tante Berta Jandas Behauptungen »nur Holler und freche Lügen« nannte. Sie suchte den Neffen davon abzuhalten, sich Tag für Tag mit dem großen Lümmel herumzutreiben, »von dem lernst du nichts Gutes und wirst auch nur ein Lump«. Trotzdem war sie gutmütig genug, zu dulden, daß sich Janda immer wieder an ihrem Tisch den Bauch vollschlug; ja, sie stellte ihn dann Robert als Beispiel hin: »Siehst du, der läßt sich's schmecken. Aber du – du ißt ja immer nur wie ein Spatz.«

Robert war sechs Jahre alt, als von seinem Vater ein Brief eintraf. Der zeigte darin an, daß er wieder geheiratet habe, daß seine Frau ein Kind erwarte. Drei Monate später trudelte eine Geburtsanzeige ein: Ein kleiner Leonhart sei auf die Welt gekommen. Auf der Rückseite der Karte war gekritzelt: »Auf baldiges Wiedersehen. Dann bleiben wir alle beisammen in der Mühle.«

Diese Nachricht wirkte auf Robert wie ein Zauberspruch. Er fand es nur natürlich, daß der Vater wieder geheiratet habe, und daß er, Robert, nun einen kleinen Bruder haben sollte, erfüllte ihn mit Entzücken. Sofort begann er seine Kammer zu säubern und alles Gerümpel hinauszuwerfen. Dann schleppte er ein Kinderbett heran: Hier bei ihm und nirgends sonst sollte der kleine Bruder schlafen. Er durchkramte sein Spielzeug nach halbwegs brauchbaren Stücken und pflanzte sie in das Bett hinein. Wenn eine Kutsche oder ein Auto den Holperweg an der Mühle vorbeigefahren kamen, rannte er ihnen entgegen, winkte und schrie. Daneben übte er sich in den gewagtesten Kunststücken, die ihm Janda beigebracht hatte, um seinem Vater beweisen zu können, daß er nun doch kein »Weichling« mehr sei. So war er ganz Erwartung und guter Wille: ein kleines glühendes Herz.

Doch leider: sooft auch ein Auto oder ein Kutschwagen vorüberfuhren, nie hielt eins vor der Mühle an. Woche um Woche verrann: niemand kam, nicht der so lange verschwunden gewesene Vater, noch die neue Mutter, geschweige denn Brüderchen Leonhart. Vergeblich war das Bett aufgestellt, vergeblich stierte der gelbe Teddybär aus seinem einen gläsernen Auge. Tante Berta wußte keine Erklärung, und die junge Lehrerin, der Robert freudestrahlend die Ankunft seiner Familie angekündigt hatte, strich ihm mitleidig über den Kopf, worauf er ihre Hand wegschlug, sie dann packte und hineinbiß.

Unterdessen hatte sich einiges erfüllt, was Janda vorausgesagt: Hitler war tatsächlich über die Grenze gekommen, mit vielen Soldaten, in allgemeinem Jubelgeschrei. Er hatte auch einige Leute davongejagt: zwar nicht den Lehrer aus der Schule, auch nicht den Pfarrer aus der Kirche, immerhin war der einzige Jude, der im Markt Pregarten gewohnt hatte, verschwunden. Insofern war Janda für Robert noch glaubhafter geworden als zuvor. Er war auch der erste gewesen, der Zweifel angemeldet hatte an der Rückkehr des Vaters: »Was will der bei uns, der hat's doch viel schöner in Berlin.« Nun setzte er, wenn Robert darüber grübelte, warum denn die Seinen fortgeblieben seien, eine geheimnisvoll-überlegene Miene auf: »Das kann ich dir schon sagen: Jetzt, wo Krieg ist, da macht der Hitler deinen Vater zum General. Jedem General gibt er ein Schloß zum Wohnen. So einer schert sich nicht mehr um eine dreckige Mühle, und die Frau sitzt am Abend im Theater und hat seidene Kleider.«

Krieg. Es war also Krieg. Robert konnte sich nicht viel darunter vorstellen, obgleich die Lehrerin Bilder zeigte von Soldaten, Kanonen und Fahnen. Tante Berta jammerte nur: Jetzt werde es wenig und bald gar nichts mehr zu essen geben. Auch das machte auf Robert wenig Eindruck. Er fürchtete nur, daß auch Janda weggeholt werden würde wie so viele. Doch da dieser tschechischer Herkunft war, wurde er nicht eingezogen, sondern nur »zum Malochen ausgehoben«, das heißt zur Arbeit in einer Fabrik verpflichtet. Am Abend kam er wieder zurück. Und wieder steckten die beiden zusammen. Wieder duldete Tante Berta, daß Janda bei ihnen zu Tisch saß. Brummend schob sie ihm eine Suppe, einen Knödel, eine Knacker hin. Wieder ließ sie sich Kleingeld vom Tellerbord klauen, nun keine Schillinge mehr, sondern Reichsmark und Pfennig. Auf seinen Vater wartete Robert nicht mehr. Das Kinderbett hatte er in einem Anfall von Wut über die Treppe gefeuert, den gelben Teddy auf ein Messer gespießt. In der Schule war er rebellisch und lernte so wenig wie möglich. »Du bist ein Barbar«, sagte die junge Lehrerin, »dich werden sie noch einmal ins KZ sperren, dort werden sie dich schon Mores lehren.«

Es war im fünften Kriegsjahr, da erschien in der Mühle ein fremder Besuch, ein Mann, eine Frau, zwei Kinder, die Robert noch nie gesehen hatte, die sich aber als Verwandte bezeichneten und von Tante Berta mit Komplimenten und großem Freudengeschrei begrüßt wurden. Die gute Stube wurde für sie aufgesperrt. »Das ist also Robert«, sagte die fremde Frau, und zu ihren Kindern gewandt: »Euer Vetter Robert!« – und küßte ihn auf beide Wangen, und auch die Kinder küßten ihn. Der Mann war in Uniform, er sagte, er habe nur Urlaub, schon übermorgen müsse er wieder fort, darum habe er die letzten Tage mit seiner Familie zu einem Ausflug genutzt. Dann saßen alle beisammen und tranken Kaffee (oder was man damals als Kaffee gelten ließ), und die Gäste lobten Tante Bertas eilends gebackenen köstlichen Omeletten.

Robert konnte nicht aufhören, seine Verwandten anzustaunen. Sie waren so sauber und frisch anzusehen, vor allem das Mädchen, Helga – es hatte ein helles, herzförmig rundes, rosiges Gesicht. Sie sprachen so freundlich, auch untereinander; mit einer stechenden Empfindung in der Brust bemerkte Robert, daß der Vater den Sohn an sich zog und die Mutter die Tochter unterhakte, als sie aufbrachen und zu ihrer Kutsche zurückkehrten.

Beim Abschied beugte sich Helga zu Robert über den Kutschenrand: »Komm uns bald besuchen, hörst du, bald! Wir wohnen ja nicht weit von hier.«

Robert nickte und war in derselben Sekunde entschlossen, dieser Einladung schon demnächst zu folgen.

Demnächst –? Es dauerte dann doch noch ein halbes Jahr, ehe er reiste. Aber Robert wollte nicht allein fahren. Er wartete, bis Janda freibekam in seiner Fabrik, denn Janda sollte mit.

Es war August 44: Sie zogen los, sie kamen an. Die Verwandten wohnten eine schwache Bahnstunde weit in einem Ort an der Donau. Robert erschrak beinahe, als man ihnen den Weg zu einem Schlößchen wies, es sah hier alles so fein und herrschaftlich aus, mit samtgrünen Rasen- und Blumenrondellen, ein fein gekieselter Weg führte hinab zur Lände. Robert stand zweifelnd vor dem Tor, sollte er nicht lieber den Rückzug antreten? Doch Janda hatte schon den Klingelzug gezogen.

Man öffnete nicht sogleich. Etwas raschelte hin und her, ehe die Tür aufging, Helga öffnete, hinter ihr stand die Mutter.

Die Verwandten begrüßten Robert freundlich, trotzdem spürte er etwas wie ein vages Erschrecken an beiden, so als käme der Gast nicht recht gelegen, ja, war denn die Einladung nicht ernst gemeint gewesen? Dann wandten sie sich Janda zu: »Und wer ist das?«

»Mein Freund«, antwortete Robert und versuchte stolz und selbstbewußt dreinzuschauen. – »Dein Freund? Soso. Und – er bleibt auch bei uns?« – Robert nickte verbissen. – Die Frau runzelte die Stirn und schien zu überlegen.

Später tuschelte sie mit Helga. Robert hatte sich den Empfang anders vorgestellt. Immerhin – er blieb, durfte bleiben – und Janda mit ihm. Sie erhielten ein hübsches Zimmer im Erdgeschoß. Das Essen wurde, gleich daneben, in einem salonartigen Raum serviert. Es war karg, viel karger als in der Mühle bei Tante Berta, die sich auch jetzt nach fünf Kriegsjahren immer noch etwas Fettes zu verschaffen wußte. Robert sah, wie Janda die Nase rümpfte, als es nur Kartoffeln und Rüben gab. Doch ehe dieser sein Mißfallen äußern konnte, trat ihn Robert warnend ans Schienbein.

Er wollte die Verwandten um keinen Preis verärgern.

Zwölf Tage hatte Janda freibekommen, zehn Tage wollten die beiden bleiben. In diesen Tagen ging Robert eine neue Welt auf. Es war hier nicht nur alles hübsch, blank und aufgeräumt, es gab auch Bücher im Haus, eine Unzahl Bücher (in der Mühle hatte es nur ein altes Kochbuch und einen Kalender gegeben); die Frau und die Kinder lasen darinnen; es gab auch ein Klavier, auf ihm spielten alle drei mit erstaunlicher Geschicklichkeit. Mit fassungsloser Verwunderung hörte Robert den Knaben, jetzt, mitten in den Ferien, fremdklingende Wörter memorieren; auf seine Frage, was das für eine Sprache sei, erfuhr er, es sei Latein, auch Helga lerne Latein, und im nächsten Jahr würden sie sogar mit dem Griechischen beginnen.

Das alles kam Robert teils lächerlich unsinnig, teils überwältigend und anziehend vor, und er litt darunter, daß Janda darüber nur feixte. Wenn Robert bei Vetter und Base saß, suchte sich Janda auf seine Weise die Zeit zu vertreiben, er strich ums Haus, er schnupperte im Garten herum.

Schon nach zwei Tagen hatte er etwas herausgebracht: »Du, merkst du nichts? Die verstecken doch was. Wir dürfen nie die hintere Treppe gehen. Dort ist immer zugesperrt. Aber irgendwer ist da, irgendwer.« Robert zuckte die Achseln.

»Die bringen Essen hinauf. Und ein Klo ist auch oben. Ich hab's spülen gehört.«

»Wer soll denn da sein? Der Onkel ist an der Front.«

»Der Onkel, der Onkel! Es gibt schon noch andere Leute, die müssen sich verstecken. Rote zum Beispiel oder Deserteure – oder Juden.«

Zwei Nächte später weckte Janda Robert auf: »Horch! Horch! Da schreit doch wer. Oben im Haus. Ein Kind.«

Robert setzte sich schlaftrunken auf. »Die haben einen Judenfratzen versteckt, da schwör ich drauf.« Nun wurde auch Robert hellwach: »Meinst du? Aber das ist doch verboten – oder?«

»Und wie! Wenn das herauskommt, kriegen sie alle Zuchthaus.«

Helga und Zuchthaus! Robert preßte beide Fäuste vor den Mund. Morgen wollte er das Mädchen fragen.

Er fragte. Das Mädchen wurde blaß. Zuerst versuchte es zu leugnen, dann aber umschlang es Robert mit beiden Armen, preßte ihn an sich, küßte und streichelte ihn und erzählte schließlich zitternd und unter Tränen: Ja, ja, das war ja wirklich ein Geheimnis. Ein Judenkind, ein armes, armes. Die Eltern – abgeholt. Im letzten Augenblick sei es ihnen gelungen, das Kind hierher zu bringen zu Leuten, von denen sie glaubten –. Es sei ja so krank, das Kind, so arm und krank, es wäre sicher schon auf dem Transport gestorben.

»Du darfst es aber niemandem sagen, dem Janda schon

gar nicht und niemandem, niemandem! Die Mutter hat es den Eltern geschworen: Niemand wird es bemerken. Auch der Vater hat es geschworen: Sie werden das Kind über den Krieg bringen – und dann – und dann –«

Robert versprach der Cousine unverbrüchliches Schweigen. Aber was war dieses Schweigen wert, da Janda schon wußte?

Ihre Besuchszeit näherte sich ihrem Ende. Die Gastgeberin suchte ihnen den Zug aus dem Fahrplan heraus und richtete für Tante Berta ein Päckchen zurecht. Es war ihr anzumerken, daß sie die Stunde herbeisehnte, daß die beiden aus dem Hause verschwinden würden. Ihr war deren Gegenwart von Anfang an unheimlich gewesen, vor allem Janda hatte sie nur mit stillem Grauen ansehen können.

Dennoch sollten die jungen Leute am Tag vor ihrer Abreise ein gemeinsames Vergnügen haben. An der Donaulände unter dem Schlößchen war ein Fahrzeug vertäut, eine Plätte. Ein Mann wurde bestellt, er sollte die vier über den Strom bringen. Drüben sollten sie den Strom entlangwandern und in einem ländlichen Wirtshaus zu einer Kegelpartie einkehren.

So geschah es auch. Es war ein lustiger Tag. Bei der Heimkehr übernahm es Janda, die Plätte selbst an die Kette zu legen. Er versprach, sie verläßlich abzuschließen und den Schlüssel ins Haus zu bringen.

Noch war eine Stunde Zeit bis zum Abendessen. Janda hieß Robert im Garten warten. Robert trieb sich hinter den Hecken herum, als er mit einem Male Jandas rennende Schritte im klirrenden Kies vernahm. Als Robert hinter den Hecken hervorkam, sah er Janda zur Lände jagen. Im Arm hielt er etwas: Robert schien es zunächst ein großer dunkler Vogel, halbnackt gerupft, mit schlagenden Flügeln. Robert lief hinterdrein. Janda war schon am Ufer und setzte das Ding in die Plätte. Jetzt sah Robert: es war kein Vogel, es war ein Mensch, sehr klein, hager, gelbgesichtig, ein Kind, drei, höchstens vier Jahre alt. Es starrte aus riesig aufgesperrten schwarzbraunen Augen schreckhaft um sich. Janda sprang aus der Plätte zurück, verfehlte das Ufer, platschte ins Wasser. Aber er gab der Plätte noch einen Stoß, die Kette rasselte ab, sie war nicht geschlossen, das Fahrzeug glitt weg. Janda versuchte noch einmal nachzustoßen, es war nicht mehr nötig. Die Strömung wirkte bereits, die Plätte schwoite zuerst langsam, dann schneller ins schwere Wasser hinaus.

»Janda, Janda«, schrie Robert. Dann schrie er nicht mehr. Janda zerrte ihn ins Haus. In Roberts Kopf ging es um wie ein Wirbel von dürren Blättern. Am Ende hielten sich seine Gedanken an einem einzigen Punkt fest: Helga – ins Zuchthaus mußte sie nun doch nicht mehr.

Dann aber, keine Stunde später, stürzte die Frau, weiß wie ein Leintuch, ins Zimmer. Sie wankte, versuchte zu reden, griff sich ans Herz und stürzte dann der Länge nach auf den Estrich. Als sie wieder zu sich kam, konnte sie nur noch stammeln: »Fort. Fort. Wer hat –? Wer hat –?«

Es stellte sich heraus: Das leichte Gitter zur Hintertreppe war aufgebrochen worden. Im Laufe des Abends entdeckte man auch das Verschwinden der Plätte. Man setzte ihr nach, zuerst zu Fuß, dann auf Rädern, stromabwärts, immer stromabwärts, bis es unmöglich schien, sie noch zu erreichen. Die Dunkelheit machte auch jeder Suche ein Ende. Am nächsten Morgen suchten Helga und ihr Bruder noch einmal die Ufer ab. Sie fanden die Plätte unweit in einer mit Weiden bestandenen Bucht. Die Plätte war leer.

Am selben Tag traten Robert und Janda zum Abschied an. Zu dritt standen die Gastgeber im Flur, weiß in den Gesichtern, beinah versteinert. Janda verbiß ein Grinsen. Mit starrer Hand reichte die Frau des Hauses Robert das Päckchen für Berta. Er ließ es fallen und sagte: »Ich hab's getan.«

»Du? Du?« schrie Helga und trat auf ihn zu.

Die Mutter zerrte sie am Kleid, doch sie hatte Robert schon ins Gesicht gespuckt.

Sekunden später fiel das Tor hinter ihnen ins Schloß.

Im April des Jahres 45 schoß Robert die Schrotflinte seines Vaters auf Jandas Nacken ab. Der Schwerverletzte wurde aufgefunden und zum Arzt gefahren. Doch er kam nicht mehr zu sich.

Niemand fand in jener Zeit, in der so viel und auf so vielerlei Arten gestorben wurde, daß dieser Fall einer großen Untersuchung wert sei. Man tat ihn als Unfall ab und vergrub ihn unter den Akten.

Die Ache

Lange haben wir hier gehaust
an der Ache. Hinter unserm Gartenzaun
hat das weiß' und grüne Wasser
immer leis gesaust.
Wenn die Fenster offenstanden in der Nacht,
hat uns dieser Ton beruhigt
und in Schlaf gebracht.
Viele Male sahen wir die Fluten
bräunlich schwellen,
wenn Gewitter in den Bergen barsten
oder wenn die Schmelze aus den Karsten
niederritt auf Schaum und Wellen.
Aber immer hielt der Damm,
und wir lebten mit der Ache
wie mit einem Spielgesellen.

Zwar – der alte Michel aus der Reute
warnte, als wir unser Haus erbauten
und voll Stolz nach seinem Firste schauten.
»Glaubts ihr, sie ist immer so wie heute?
Denkts an mich! Ich hab schon viel gesehen.«
– »Was denn, Alter?« – Da ließ er uns stehen
und entfernte sich mit seinem Humpelgange.
Und wir bauten weiter, zogen ein – und lange
ist uns nichts geschehen.

Aber neulich nachts – um elfe –
draußen schüttet's wie aus Kannen
und der Sturm heult wie ein Rudel Wölfe,
kommt ein Unbekannter angelaufen,
und er schreit: »Packts euch zusammen!
Alle weg!« – Wir rennen an die Tür,
riegeln auf – 's ist niemand hier.
Wer da schrie, ist wie ein Spuk davon.
Doch jetzt hören wir den Ton,
der die Nacht mit seinem Brausen füllt,
Brausen, Brüllen, Kollern, Rumpeln, Knicken . . .
näher kommt's und näher wie ein Drachenwurm,
der die Panzerringe vorwärts schiebt,
um uns einzukreisen und uns zu erdrücken.

Vater ruft: »Die Ache!« Mutter jammert:
»Jesus, unser Garten!«
und ich denke: Meine kleine Katze!
Doch da fährt schon eine schwarze Tatze
aus dem Finstern auf uns zu:
Was bewegt sich droben auf dem Damm?
rennt in Sprüngen, springt in Bogen?
strudelt droben auf den Wogen,
torkelnd kommt's vorbeigezogen,
Blöcke, Bäume, wilde Hatz von Dingen . . .
Und in diesem Augenblick
fühl' ich Wasser durch die Schuhe dringen.

Meine Katze! denk' ich noch einmal.
Aber dann ist alles nur noch Rennen,
hin und Her durch Flur und Zimmer,
jeder reißt noch was aus Schrank und Betten.

Mutter packt den Kleinen. Sein Gewimmer
klingt mir jetzt noch in den Ohren,
schlimmer noch als Vaters: »Bricht der Damm –
gnad uns Gott! – sind wir verloren!«

Und da kommt's auch schon in breitem Schwall
in den Flur hereingeschossen,
knietief, eine dunkle Suppe,
jagt zur Stube, stürzt zum Keller –
Wirbelnd dreht sich wie ein Teller
schon der Strom um unser Haus.

Jemand faßt mich am Genick,
stößt mich von der Treppenstufe
nieder, vorwärts in den Graus,
und des Vaters ganz entstellte Stimme
schreit an meinem Ohr: »Jetzt nichts als raus!«

Draußen faßt die Flut mich an den Beinen
und ich kämpfe – kämpfe, nicht zu fallen.
Hinter mir hör' ich die Mutter weinen,
dann ein Gurgeln und ein Lallen,
wieder Gurgeln – und ein geller Schrei! –
Mich treibt's weg – an Busch und Baum vorbei.
Eisig schlägt's mir um die Lenden,
irgend etwas reißt mich an den Händen,
schleift mich vorwärts, schlägt mich in den Rücken ...
Einmal noch wag' ich zurückzublicken.
Ach, wo ist denn unser Haus?
Alle Lichter gingen drinnen aus.

Als es Morgen wurde, lag ich droben
auf der Wiese unsrer Nachbarin.
Unter mir – so breit das Tal – ein Toben
grau und gischtend. Ein paar Inseln drin:
Brückentrümmer, die im Strudel kreisen,
Dachgestühl – und dort – ein Boot.
Herrenlos, gekentert treibt's hinab –
und auf seinem Kiele hockt der Tod.

Niemand hat es uns erlaubt
heut hinabzusteigen in die Wüste,
wo daheim zu sein wir lang geglaubt.
Aber niemand hat's uns auch verwehrt,
und so sind wir eingekehrt
in das Trümmerfeld aus Stein und Schlamm.
Sieh, da lag ein Stück noch von dem Damm
im Gewirr der ausgerauften Bäume.
Nebendran ein Eck zerstürzter Mauern.
Ich getraute mich nicht hin. Von weitem
sah ich meinem Vater niederkauern
und mit seinen großen schweren Händen
ein paar Ziegel hin und her umwenden.

Niemand sagt mir, wo die Mutter ist
und der kleine Bruder, den sie trug.
Nur mein Kätzchen hat sich eingefunden,
und die Nachbarin goß aus dem Krug
Milch in eine Schale, und das Kätzchen trank,
trank noch einmal; dann hatt's wohl genug,
putzte sich und sprang auf meinen Schoß.

Onkel Roderich

Friede seiner Asche. Von allen Originalen unserer an Originalen reichen Familie war er bestimmt das originellste, einer der sonderbarsten Käuze, die mir je über den Weg gelaufen sind. Ich bewahre sein Bild als Glanzstück im Schrank meiner Erinnerungen auf, eine Art Petrefakt aus dem Steinbruch der Vergangenheit, ein Fossil aus der riesenhaften Fossiliensammlung Kakanien: Hubert-Roderich, der Held, der Erfinder, der Abenteurer, Liebling der Damen, bewundertes Ideal meiner Kindheit, schlimmste Plage meiner späteren Jahre.

Onkel Roderich, älterer Bruder meiner Mutter, war einer meiner Taufpaten, obwohl er damals schon seinem ererbten christlichen Glauben abgeschworen hatte und Mohammedaner geworden war. Wie ging das zu?

Hubert-Roderich zählte zu den Männern, die sich um die Wende unseres Jahrhunderts um die Erschließung auch der abgelegensten Winkel des Balkans verdient gemacht haben. Damals war der Balkan ein Gebiet, das wir heute ein Entwicklungsland nennen würden. Und wie sich jetzt in solchen Ländern auch heute die verschiedensten Mächte einen erbitterten Wettstreit liefern, wessen Waren jeweils gehandelt und wessen Pulver verschossen werde, so war es auch damals – etwa in Albanien. Österreichs Interessen stießen dort gegen Interessen Italiens, es kam zu Plänkeleien und Kämpfen, und Onkel Roderich fand dabei Gelegenheit, sich hervorzutun. So hörte ich ihn oft davon erzählen, wie er, zum Adjutanten des Fürsten Wied bestellt, dessen Fort – mittels der einzigen Kanone, die vorhanden war, und nur mit seinem Offiziersdiener zusammen – verteidigt habe, so lange, bis sich der Souverän auf ein hinter dem Fort ankerndes Boot gerettet hatte. Da sei die letzte Munition verpulvert gewesen, die Albaner stürmten heran, Hubert-Roderich geriet in ihre Gefangenschaft. Nun habe er sich schon für einen toten Mann gehalten. Doch siehe da, die tapferen Moslems dachten gar nicht daran, ihm den Garaus zu machen. Sie näherten sich ihm vielmehr wie Freunde, beinahe unterwürfig: Sie wüßten einen mutigen Feind zu schätzen und trugen ihm ihre Freundschaft an, worauf er seinerseits – aus Höflichkeit – zum Islam übertrat und den Fez nahm.

Hubert-Roderich war eine Abenteurernatur. Meine ersten Erinnerungen zeigen ihn mir in der Zeit des Ersten Weltkrieges, wenn er im Haus seiner Eltern – meiner Großeltern – auftauchte, um hier Urlaub zu machen oder um sich nach einer eben erlittenen Verwundung zu erholen. Dreimal hatte es ihn erwischt, einmal hatte ihm sogar ein Geschoß den Hals durchschlagen, doch – erstaunlicherweise – nie war er *schwer* verletzt, nie hatte er einen wirklichen Schaden erlitten. Immer wieder stand er rank und schlank auf, witzelnd, leichtfertig und zu neuen Abenteuern aufgelegt.

Er war ein schöner, hochgewachsener, eleganter Mann; sein Haar war von seidigem Glanz, die Nägel seiner schmalen langfingrigen Hand von diskreter Politur. Täglich machte er große Toilette, wobei er sich der verschiedensten Utensilien aus einem kostbaren Necessaire bediente. Mit Andacht sah ich ihm zu, wie er Haar und Bart und Brauen mit verschiedensten Bürstchen bearbeitete, wie er sich mit Messern rasierte, die zu berühren mir strengstens verboten war: Sie schnitten, hieß es, wie Gift. Onkel H.-R. liebte es überhaupt, sich mit einer Aura des Geheimnisvollen und Zaubermeisterlichen zu umgeben. So führte er immer umfangreiches Gepäck mit und überschwemmte die Wohnung, in der er abstieg, mit einer Unzahl technischer Geräte, Theodoliten, Lichtbildapparaten, Fernrohren, Elektrisiermaschinen und deren Bestandteilen. Niemand wußte, wozu er die Dinge brauchte, doch niemand durfte sie berühren oder auch nur nach ihren Zwecken fragen. Onkel Roderich hatte Technik studiert und hatte auch einmal in der Türkei eine Brücke und in einem noch ferneren östlichen Land eine Bahn gebaut. Das war nun freilich schon etliche Jahre her. Seither zeigte er zu bürgerlichem Broterwerb nicht mehr viel Lust. Wenn ihn die Familie dazu ermahnte, sich doch wieder nach einer soliden Beschäftigung umzusehen, wußte er ihre Zumutungen mit allerlei Witzeleien aus dem Feld zu schlagen: »Was, man mutete ihm zu, am Morgen in ein Büro zu gehen? – Alle Hausfrauen und dienstbaren Geister schütteln ihre Staubtücher zwischen acht und elf aus den Fenstern auf die Straße. Wie komme ich dazu, daß mir der Schmutz einer ganzen Stadt auf den Kopf geworfen wird? Das können sich meinetwegen andere antun. Ich betrete die Straße nicht vor zwölf. Und um zwölf geht ein anständiger Mensch ins Kaffeehaus und liest seine Zeitung.« –

Jetzt, im Krieg, lagen die Dinge natürlich anders. Jetzt focht er als Hauptmann an einer Front im Südosten. Mit Stolz registrierte die Familie, daß sein Name gleich zweimal im Heeresbericht wegen schneidigem Einsatz rühmend hervorgehoben worden war. Gerührt hörte man seine Berichte darüber, wie er immer wieder seinen Mann gestellt habe, und immer waren diese seine Berichte auch mit witzigen Episoden gewürzt. So erzählte er etwa, ihm habe – nach einer eben überstandenen schweren Nierenkolik – der Militärarzt widerraten, aus dem Lazarett an die Front zurückzukehren; er müsse sich von Milch ernähren, und Milch werde sich dort nicht auftreiben lassen. Nun sollte aber eben eine neue Offensive gestartet werden ... und nicht um die Welt wollte er die versäumen. So habe er sich gleich zu helfen gewußt. Er kaufte eine Kuh und begab sich mit der Kuh in die Schlacht ...

»Und was ist aus der Kuh geworden?«

»Das, liebes Kind, frag mich nicht!«

Er war in den letzten Monaten des Krieges auf irgendeine geheimnisvolle Weise zu einer Menge Geld gekommen. Und nun überraschte er seine Familie damit, daß er mit diesem Geld etwas Einleuchtendes und Nutzbringendes unternehmen, daß er *ein Landgut* kaufen wollte. Seine Wahl fiel auf Kärnten, weiß der Himmel warum, denn Kärnten war damals 1919/20 das einzige Bundesland Neu-Österreichs, in dem es nach Friedensschluß noch blutige Unruhen gab. Deutsche und Slowenen führten Krieg miteinander, das erschreckte Onkel Hubert-Roderich nicht, er zog auf dem Andrähof ein.

Es war ein schöner Hof, einer der größten in der Gegend, zweihundert Joch in einer hübschen Landschaft. Im Süden säumten die Karawanken den Horizont, im Norden sanfte grüne Hügelschwellen. Eine Reihe mächtiger Linden beschattete das Wirtschaftsgebäude und das kleine Blockhaus. In diesem Blockhaus sollte die *Herrschaft* wohnen. Onkel H.-R. richtete sich darin mit seiner Gattin ein.

Diese, nebenbei gesagt seine zweite Frau, war eine sehr langgewachsene, hager-knochige und etwas lederhäutige Italienerin, die er knapp vor dem Krieg geheiratet und dann bei seinen Eltern in Pilsen abgesetzt hatte. Ich kannte sie gut, diese Tante Niny. Ihre größte Leidenschaft war, auf violettem Briefpapier mit giftgrüner Tinte – oder auf grünem Briefpapier mit violetter Tinte endlose Briefe zu schreiben. Gern fädelte sie auch winzige Glasperlen auf lange Fäden und verstrickte diese zu den in jenen Jahren modern gewordenen gläsern funkelnden Beuteln. Bei anderen Tätigkeiten hatte ich sie nie beobachtet. Glaubte der Onkel, diese Frau werde jetzt eine tüchtige Gutsherrin werden?

Er jedenfalls stürzte sich mit Elan in das für ihn neue Abenteuer der Landwirtschaft. In seiner Ausrüstung befanden sich etliche Paar hoher, glänzender Schaftstiefel: Sie würden ihm auf seinen Wegen über Wiesen und Felder vortreffliche Dienste leisten. Auch machte er zu Pferd eine tadellose Figur: Diese Umstände belebten seine Begeisterung. Was allerdings seine Kenntnisse in der Landwirtschaft betraf, so gingen sie vermutlich nicht weit über die Erfahrungen hinaus, die er mit der bewußten, im Krieg verlorenen Kuh gemacht hatte. Sicher glaubte er, so schwierig könne es nicht sein, einen Hof zu führen: Was unbeleckte Bauernlümmel zustande brächten, das werde er, der Hochgescheite, doch wohl mit dem kleinen Finger schupfen!

So war es, nachdem er sich notdürftig im Andrähof eingerichtet hatte, seine erste Tat, seine ganze zahlreiche Familie zu sich einzuladen.

Die Familie kam. Wie denn auch nicht? Damals im Jahr 20 litt man noch immer Mangel, und selbst dort, wo der Mangel schon aufgeholt war wie in der Tschechoslowakei: Die lange Notzeit des Krieges saß noch in aller Knochen. Ein Leben auf dem Land, auf einem *Gut*, das strahlte Verlockung aus, das spielte in köstlichen Farben: Da gab es Eier, Butter, leckere Braten, Obst und Beeren und duftigen Speck. Da stellte man sich vor, man würde schmausen und tafeln und dazwischen spazierengehen und balsamische Lüfte atmen. Und so, voll herrlicher Erwartungen, rückten die Scharen an: des Gutsherrn Mutter, meine Großmutter, die beiden Schwestern Anci und Marci, meine Eltern mit meinem Bruder und mir, eine Cousine, ein Vetter . . . Mit wäre angst geworden an Hubert-Roderichs Stelle. Ihm nicht. Wohlgelaunt spannte er den zwanzigjährigen Fuchs, Lisa, oder die beiden Wallache ein, den Schecken, der auf dem linken Auge blind war, und den Schimmel, der an der rechten Hinterhand lahmte. So kutschierte er nach Klagenfurt, die Gäste abzuholen, mal mit der Kalesche, deren Federungen gebrochen, mal mit dem Brückenwagen, der sonstwie angeknackst war. Unter munterem Peitschengeknall fuhr man in Lehndorf ein. Die Gäste bejubelten die Gegend: »Wie hübsch, wie reizend, das Bächlein, die Berge, die Linden! Ach, Roderich, ein Paradies!«

Freilich, wenn man von der Straße abbog und in den Andrähof einfuhr, gab es bestürzt gerundete Augen. O Himmel, was war denn da geschehen? Das Wirtschaftsgebäude, von dem H.-R. doch immer berichtet hatte, es sei so stattlich und solide gebaut – auch auf den verschiedentlich verschickten Bildchen hatte es so geschienen – es sah jetzt plötzlich erschreckend mitgenommen aus: das Dach zur Hälfte abgedeckt, die Mauern von Rissen durchzogen, die Fensterhöhlen gähnend leer. Wie war das passiert? Hatte hier der Krieg zuletzt doch noch gewütet? Alle Fragen schnitt der Gutsherr mit souveräner Geste ab. Er selbst nämlich hatte das Haus demolieren lassen. Es hatte ihm plötzlich nicht mehr gefallen, es war ihm zu derb, zu bäurisch erschienen, die niedrigen Räume hatten ihn gestört, nachdem er sich selbst einmal den Kopf an einem Balken angerannt – kurz und gut, er wollte das Haus umbauen, vergrößern, modernisieren lassen. Doch mitten in der Arbeit waren Schwierigkeiten aufgetaucht, er hatte die Lust daran verloren und alles stehen lassen, wie es stand. Zwei, drei Räume im Erdgeschoß waren noch benützbar, das mochte langen.

Da war ja noch das Blockhaus, das – Gott sei Dank – noch nicht umgebaut worden war. Es war zwar klein, drei enge Stuben im Souterrain, zu zwei Kammern kroch man auf einer Art Hühnerleiter empor. Hier wurden die Gäste untergebracht, nach Männlein und Weiblein getrennt. Es ging ziemlich eng her, wir lagen, wenn ich mich recht erinnere, zu sechst in einer Reihe auf Strohsäcke geschichtet wie die Sardinen in der Büchse. Schränke gab es nicht, kaum Stühle, nur an Mäusen war kein Mangel. Sie gehörten, so ließen wir's uns erklären, sozusagen zu der Hinterlassenschaft des letzten Gutsherrn, der seine Vorräte im Krieg hinter den Täfelungen gestapelt hatte, betrügerischerweise und um allfälligen Kontributionen zu entgehen. So hatte er die Mäuse herangezüchtet, nun lebten sie zu Hunderten unter den Dielen, liefen nachts über unsere Gesichter und schossen zwischen unseren Füßen hin und her. Fallen nutzten nicht viel, aber Onkel Roderich hatte ein Verfahren entwickelt, den huschenden Grautieren nachzuspringen und sie mit einem Tritt zu erledigen, das seiner Behendigkeit alle Ehre machte. Mehrere Male wurden auch Ratten gesichtet, leider, und einmal mußte eine, die beim Schließen eines Fensters mit dem Schwanz eingeklemmt worden war, mittels eines Kerzenleuchters erschlagen werden.

Niemand hatte daran gedacht, elektrisches Licht einzuleiten, auch kein Wasser gab es im Haus, schließlich fehlte es auch an der allergewöhnlichsten Bequemlichkeit – war diese doch nichts als ein wackliger Bretterverschlag an der Tennenrampe; sie aufzusuchen mußte man den ganzen Hof überqueren, was nicht nur lästig, sondern auch für uns weibliche Benützer eine peinlich genannte Sache war.

Wurden diese Mißstände durch Gewöhnung erträglich – und die ganze Familie war ja herzlich bereit, sich in alle Umstände auf Onkels Gut zu schicken –, so wurde doch ein Übelstand mit der Zeit nur unerträglicher, der nämlich, daß es nichts zu essen gab auf dem berühmten Andrähof. Die Kühe im Stall sahen erbärmlich aus, wie dem Traum des Pharao von den sieben Hungerjahren entstiegen, sie standen trocken oder waren doch nahe daran, vor Alter oder wegen unzureichender Fütterung ihre Milchabgabe einzustellen. Wohl gackerten etliche Hühner in einem Verschlag, doch ihre Eier wurden, wie es sich später herausstellte, von dem diebischen Hüterbuben regelmäßig beiseite geschafft. Truhen und Kisten waren leer, nicht einmal die Hunde hatten satt zu fressen, und das einzige Schwein, das der Onkel hielt, sprang vor Hunger aus dem Pferch und richtete unter dem Federvieh eine blutige Verheerung an.

Kurz entschlossen griffen die Gäste zur Selbsthilfe. Sie ließen anspannen und fuhren in die Gegend hinaus, um da und dort bei barmherzigen Krämern und Müllern oder bei glücklicher wirtschaftenden Grundbesitzern für Geld und gute Worte etwas Nahrung zusammenzuhamstern. Die einen brachten einen Sack Buchweizen, die anderen Türkengrieß, ein Glücksvogel ergatterte eine Speckseite, Butter und einen Korb voll Eier.

Nun wurde gekocht und gebacken, die Stimmung hob sich: Noch war es ja früh im Jahr, noch stand die Ernte aus. War die einmal herein, dann würde das Schlaraffenleben beginnen.

Doch seltsamerweise hatte Onkel Hubert-Roderich, der Hochgescheite, der Brücken- und Bahnerbauer im Orient, Held von Durazzo usf., wenig Glück auf den eigenen Feldern. Da hatte er sich's zum Beispiel in den Kopf gesetzt, statt der landesüblichen Kartoffeln feine Gemüse zu pflanzen, Blumenkohl etwa, den er selbst gern aß. So ließ er fünf Hektar weit draußen vor dem Dorf – fernab von Brunnen und Bach – mit Setzlingen bestellen. Aber die zarten Pflanzen mochten die grobe Erde nicht und wurzelten nicht an. Der Rest verschmachtete in der Hitze oder erstickte im Unkraut, die letzten wurden von den Raupen des Kohlweißlings bis auf die Strünke abgefressen. Auf zehntausend Kilogramm schneeweißer Rosen hatte der Onkel gerechnet und ihren Erlös kalkuliert, nun geisterte sein Traum über dem dürren und gänzlich verwilderten Feld traurig aus.

Immer wieder ging es dem Onkel auf diese Weise. Nie wollte er sich dem Landesbrauch beugen, nie auf die Ratschläge der Einheimischen hören. Immer glaubte er, der Techniker, auch mit der Natur nur nach seiner Berechnung, nur nach seinen Entwürfen verfahren zu können. Da war zum Beispiel diese Sache mit dem Truthahn: Es gab auf dem Andrähof einige Truthühner und natürlich auch einen Truthahn, einen prächtigen Burschen übrigens, der den ganzen Tag mit nichts anderem beschäftigt war, als seine Federn zu sträuben und gurrend und kollernd seine Damen zu umkreisen. Ich vermute, dieses aufdringliche Betragen hatte Onkel Hubert-Roderich geärgert. So sehr er selbst darauf erpicht war, den Kavalier zu spielen, dem weiblichen Geschlecht zu imponieren und hinter ihm her zu schwänzeln, um so gereizter zeigte er sich, wenn auch ein anderer auf seine Rechnung kommen wollte – und war's auch nur ein Truthahn.

Nun war eine der Hennen brütig und wollte auf ihren Eiern sitzen. Jeder vernünftige Mensch hätte ihr das gestattet. Doch Onkel Roberich fand, damit würde die Henne schon zu viel des Guten getan haben. Habe sie die Eier hervorgebracht, sollte der Gatte dafür brüten. (Warum hatte er sich auch so brünstig aufgeplustert?) So wurde der Truthahn gefangen, in die Ruine des Wirtschaftsgebäudes geschleppt, dort mit Gewalt auf das Nest gepreßt, ein Korb darüber gestülpt, mit Stricken niedergebunden. Der Truthahn protestierte aus Leibeskräften, es nutzte ihm wenig. Er mußte nieder und sich ducken, indessen die Henne trauernd herumirrte und ihr Gelege suchte. Beim Mittagessen verkündete Onkel Roderich triumphierend: Er habe den männlichen Egoismus des eitlen Prahlers bezwungen und einen gerechten Ausgleich der Lasten für das weibliche Geschlecht erkämpft. Doch – noch war die Mahlzeit nicht beendet – da verriet ein Lärm vor dem Tor, daß sich etwas Unvorhergesehenes ereignet hatte. Der Truthahn war aus seinem Kerker ausgebrochen, er hatte, nicht ohne die ihm unterlegten Eier zu zertreten, die Stricke gesprengt, den Korb abgeworfen und war entflohen. Zorngeschwollen wanderte er jetzt in der Ruine umher, erschien in den Fensterhöhlen und flog endlich unter triumphierendem Gekreisch aus dem öden Gemäuer zu seinen Hennen herab.

So hatte Onkel Hubert-Roderich wenig Glück mit dem, was er sich vornahm. Trotzdem sah man ihn niemals bedrückt oder mißlaunig oder bereit, auch nur den geringsten Fehler zuzugeben. Gern gab er Einladungen für städtische Sonntagsgäste. Dann mußten seine Schwestern am Samstag ausziehen und in der Nachbarschaft Rahm und Schinken besorgen. Die Fremden tafelten an vollbesetzten Tischen und lobten Onkel Roderichs Landwirtschaft. – Nun war es eben an einem solchen Sonntag, als ein fürchterliches Gewitter losbrach. Schon lang hatte man eine schwarze Wolkenmauer im Norden brauen gesehen, finster geballt und sich immer mehr verfinsternd, bis sie sich mit einem Mal in Bewegung setzte und in das Klagenfurter Becken niederbrauste, von einer Windsbraut geführt, die sich wie eine rachsüchtige Mänade in die Lindenkronen des Andrähofs warf. Wir alle hatten uns in die mittlere Stube des Blockhauses geflüchtet, ein grausiges Brüllen und Dröhnen orgelte um den Dachstuhl, das ganze Haus zitterte unter dem Anprall des Orkans. Vom Sturmwind eingedrückt, sprangen die nordwärts gelegenen Fenster auf, aber gleich darauf wurden auch die gegenüberliegenden Fenster aus der Verriegelung gerissen. Hatte sich das Wetter gedreht, oder wütete eine Windhose über uns? In weißen Güssen stürzte das Wasser herein – und gleich darauf auch ein peitschender Hagelschlag, die Eiskörner sprangen über Bretter und Estrich, ein prasselnder Aufruhr, ein eumenidisches Strafgericht.

Es war gelungen, die Fenster wieder zuzuzwängen und

mit raschen Hammerschlägen zuzunageln. Aber draußen tobte das Element mit ganzer Kraft, und jammernd schrien wir durcheinander:

»O Gott, der Weizen! O Gott, das Heu! O weh, die Äpfel, die Birnen, die Bohnen.« Weh über alles, was draußen im Unwetter war.

Nach Minuten häuften sich die Schloßen vor dem Haus wie Schnee im Dezember, vermischt mit einem Gehäcksel abgeschlagener Zweige, zerfetzter Blätter, gebrochener Äste und losgerissener Sparren.

Wie die Nacht verging, weiß ich nicht mehr. Man hatte mich in den Oberstock auf die kollektive Strohmatratze gebracht, wo ich, als das Toben der Natur nachließ, von Angst und Aufregung erschöpft, eingeschlafen sein muß.

Der nächste Morgen bot ein klägliches Bild. Weiß war die Landschaft, winterlich – und doch nicht winterlich, denn überall, wo die Sonne leckte, trat das Grün hervor, noch saftig und frisch, doch geknickt und niedergewalzt, zu Tode getroffen.

Gleich neben dem Andrähof hatte sich ein See ausgebreitet. Der kleine reizende Bach, der sonst zwischen Vergißmeinnichtinseln dahinscherzte, war über die Ufer getreten und hatte weite Flächen überflutet. Da schwamm das Heu, nach mühseliger Mahd, die Straße war überschwemmt, eine Brücke war weggerissen. Auch in den Stall war das Wasser eingedrungen und hatte dem ohnehin dürftigen Vieh grausam zugesetzt. Die Kühe standen bis über den Bauch darin, die Schafe waren in ihrer Not auf die Hühnerleiter geklettert und äugten aus grünen Lichtern schreckhaft herunter. Die Truthühner aber und alles übrige Federvieh waren jämmerlich ersoffen.

Das war nun freilich ein trauriges Fazit aller Bemühungen, aller Experimente und Pläne und zugleich das Ende des so hoffnungsvoll begonnenen Sommers. Vernichtet war alle Hoffnung auf reichliche Ernte. Aber besonders erbitternd war die Tatsache, daß wohl der ganze Landstrich unter dem Wetter gelitten, daß sich aber die volle Wut des Himmels gerade über dem Andrähof entladen hatte.

Wie die Klagenfurter Sonntagsgäste in jener Nacht davongefahren oder sonstwie zur Stadt zurückgekehrt waren, davon erfuhr ich nichts. Aber auch wir anderen, Hubert-Roderichs Familie, rüsteten nolens volens zur Abreise. Mein guter Vater hatte sich die ganze Zeit bemüht, bei der Arbeit auf Hof und Feld zu helfen. Er hatte mit angepackt, wo er konnte, und war sich nicht zu gut vorgekommen, mit den Knechten zu säen, zu mähen und Heu zu wenden. Er wollte sich und seine Familie nicht ohne Gegenleistung beherbergen lassen. Er hatte auch immer versucht, Onkel Hubert-Roderich ins Gewissen zu reden, ihm von seinen Experimenten abzuraten, ihn auf den Landesbrauch zu verweisen. Ohne Erfolg. Nun, vor unserer Abreise schloß er sich noch einmal mit dem Gutsherrn ein und redete allen Ernstes mit ihm: Ein gutes Stück Land wie dieser Hof sollte doch nicht verkommen, sollte doch nicht verdorben werden. Es habe ein Anrecht auf gute Wirtschaft, habe ein Anrecht auf Bemühung und Vernunft. Mein armer Vater predigte tauben Ohren. Höflich bedankte sich der Onkel – und fuhr fort zu wirtschaften wie bisher.

Ein Jahr später mußte er wegen totalen Ruins den Hof verkaufen. Nicht genug damit: aus dem Verkauf entwikkelte sich ein Prozeß, aus dem Prozeß ein zweiter und dritter, eine ganze Schlangenbrut fruchtloser und vergeblicher, am Ende nur noch lächerlicher Streitigkeiten. Die meisten gingen zu des Onkels Schaden aus. Er verarmte ganz und gar.

Schon bald nach unserer Abreise hatte er sich von Tante Niny getrennt und sich mit einer anderen, einer viel jüngeren anmutigen und anschmiegsamen Wienerin, verheiratet. Aber die junge Frau war auch nicht imstande, Onkel Hubert-Roderichs unternehmungslustige Phantasie zu zügeln, geschweige denn seine Leidenschaft für juridische Verwicklungen zu zähmen. Er trennte sich auch von ihr, das heißt, er ließ sie mit ihrem Kind einfach bei ihren Eltern sitzen, ihr Vater, ein honoriger jüdischer Geschäftsmann aus der Wieden, nahm Tochter und Enkelkind wieder auf.

Er selbst kaufte sich mit dem Rest seiner Barschaft einen alten verrosteten, schrottreifen Donaudampfer und gondelte auf diesem einige Monate lang umher. Dann hatte er auch davon genug (vielleicht setzte ihm die feuchte Wasserluft mit Gliederreißen zu.) Weitere Prozesse bezahlten seine Geschwister, der treue Hermann-Friedrich und die noch treuer ergebenen Schwestern Anci und Marci. Zum Lohn las er ihnen aus seinen Akten vor: Sie strotzten von Invektiven und ironischen Wendungen gegen Minister, Gerichte, Behörden, gegen die ganze österreichische Republik. Den kinderreichen Staatspräsidenten Miklas nannte er ein Kaninchen, einen hohen Verwaltungsbeamten namens Hirsch einen beträchtlichen Sechzehnender. Schließlich wurde es der so oft gefoppten Obrigkeit zu bunt, sie setzten ihn hinter Schloß und Riegel.

Nun war es aus mit Witzchen und Gelächter. Mit großen Anstrengungen und unter großen Kosten wurde der Spaßmacher aus dem Gewahrsam befreit. Da er sein österreichisches Bürgerrecht in einer Aufwallung von Staatsverdrossenheit abgelegt hatte, konnte er als Staatenloser ausgewiesen werden. Wohin konnte er gehen? Er flüchtete in das Haus seiner Mutter (der Vater war gestorben) und zu seinen Schwestern nach Pilsen.

Hier lebte er nun, von den alternden Frauen ernährt und gekleidet und mit einem Taschengeld versehen, das er zum größten Teil für Präsente ausgab: Veilchen und Bonbonnieren für junge Damen.

Dieser Mann stand eines Tages vor meiner Tür, um von mir in meinem Haus aufgenommen zu werden. Es war im Jahr 45, und mir ging es so schlecht, wie es mir mein Lebtag noch nie gegangen war. Wir hungerten, hatten kein Geld und waren zusammengepfercht auf kleinstem Raum. Er kam als Flüchtling, halb nackt, aus einem tschechischen Gefängnis, ausgewiesen, ausgemergelt, halb wahnsinnig durch die erlittenen Entbehrungen. Obgleich ich ihn nicht mochte, obgleich ich Gründe hatte ihn zu hassen, ihn, seine Leichtfertigkeit, seinen kalten sophistischen Witz, seinen in chevalereske Redensarten verpackten Egoismus – es kam nichts anderes in Frage als ihn aufzunehmen. Ich zögerte keine Sekunde. Ich hieß ihn willkommen. Ich fütterte ihn. Ich stellte ihm in unserer überfüllten Wohnung noch ein Bett auf. Mein Bruder gab ihm Kleidung aus unseres Vaters hinterlassenen Beständen. Wir teilten alles mit ihm; ein ganzes Jahr wohnte er bei uns. Drei weitere Jahre wohnte er in der Nachbarschaft und verbrachte die Tage in unserem Kreis. Zuerst duckte er sich, war still, bescheiden und erzählte nur von seinen entsetzlichen Erlebnissen. Aber nach vier Wochen kam seine Natur wieder zum Vorschein: Er begann Pläne zu schmieden, er begann uns zu tyrannisieren. Er machte mir Vorschläge, was im Haus zu tun und was zu lassen sei. So wollte er unseren ganzen Garten umgraben und mit Spinatsamen besäen lassen. So sollten die Stiele unserer Löffel geschliffen werden, damit man sie auch als Messer gebrauchen könnte. So füllte er den Raum, in dem er wohnte, mit Papieren, Plänen, Akten, Zeichnungen, Reißschienen, Zirkel, Kabeln, Zungenschabern und uferlosen Schriften. Er entwarf Projekte zur Austrocknung des Neusiedler Sees, zur Regulierung der Donau und zur Erdbebenverhütung in der Türkei. Er konstruierte auch eine Vorrichtung, die es einem Kettenhund ermöglichen sollte, rund um das Haus zu laufen. Er schrieb: Das hatte er sich so angewöhnt in den Zeiten seiner Rechtsstreitigkeiten. Er machte Eingaben, verfaßte Memoranden – und Sonette. Mittels der Sonette, so behauptete er, habe er die Monate der Gefangenschaft überstanden, denn indem er Reime gesucht und unermüdlich zu Sonetten verschlungen habe, habe er seinen Geist wach- und sich aufrecht erhalten und sich über die Elendsumstände erhoben, denen seine Zellengenossen, die nicht dichtenden, wehrlos erlegen seien. Und da ich inzwischen Schriftstellerin geworden war und mit Büchern zu tun hatte, so sollte ich dafür sorgen, daß seine Sonette im Druck erschienen.

Es war eine lange und, wie mir vorkam, unleidliche Zeit. Eines Tages war sie dann doch zu Ende. Er verließ Hall, er verließ Tirol und suchte woanders eine Bleibe. Nachdem er uns noch weitere zwei Jahre mit allerlei Sperenzen, mit wechselnden Vorwürfen, Anklagen, ja, sogar Prozeßdrohungen in Atem gehalten hatte, starb er.

Ich atmete auf, ich glaube, wir alle atmeten auf. Doch fast im gleichen Augenblick, als wir die Nachricht erhielten, setzte ein anderer Vorgang ein. Unser Widerwillen verstummte. Die kaum eingestandene, aber in unserem Inneren still bohrende Furcht vor seiner Rückkehr, vor neuer Plage, neuem Ärger, neuer Tyrannei, diese Angst konnte nun füglich ruhen. Die Erinnerung machte sich über die Bilder her, die wir von ihm hatten, und milderte ihre Schärfe. Plötzlich verblaßten die Züge, die uns gegen ihn aufgebracht hatten, andere traten hervor, solche aus besseren Zeiten, solche aus freundlicheren, versöhnlicheren, ja, rührenden Situationen. Plötzlich vergaben wir ihm. Plötzlich lachten wir über ihn, unbeschwert, ja, in einer Anwandlung heiterer Zärtlichkeit. Plötzlich liebten wir ihn wieder.

Ich liebte ihn wieder, wie ich ihn als kleines Mädchen geliebt und bewundert hatte, wenn er mir erlaubte, sein Bärtchen zu bürsten und seine seidigen Haare zu streicheln: das erste Idol, der erste Kavalier meines Lebens.

Die Feuersäule

Es war am 14. Feburar 1945.

E. und ich machten uns auf, um zu einem Bauern ins Voldertal zu gehen. Wir hatten kaum noch etwas zum Heizen, vielleicht konnte uns der Bauer Holz liefern. Überdies meinte E., wir könnten mit ihm darüber verhandeln, ob er uns nicht ein oder zwei Kisten unserer Habseligkeiten einlagern lassen könnte, Lebensmittel oder Wertsachen. Seit Stalingrad hatte ich Lebensmittel zu horten begonnen, ich hatte durch meine Schwangerschaften höhere Zuteilungen an Haferflocken, Grieß und Zucker erhalten, die hatte ich gestapelt für noch schlechtere Zeiten. Nun überlegten wir, sie wegzubringen auf einen sicheren Platz. Bei allem, was man besaß, tauchten jetzt solche Überlegungen auf: verstecken, verlagern, vergraben; der alte archaische Urtrieb gefährdeten Lebens erwachte: das Raubtier, das seinen Knochen vergräbt, der Hamster, der seine Höhle versorgt, der Igel, der sich in den Laubhaufen wühlt, sie wurden uns jetzt zum Vorbild. Trotzdem hielten wir das Land, in dem wir wohnten, hielten wir Tirol nicht für *unmittelbar* gefährdet; unmittelbare und konzentrierte Gefährdung, so meinten wir, würde vermutlich erst in Wochen eintreten, wenn der Ring der Fronten noch mehr zusammengeschnürt, die Verteidigungslinie noch gründlicher zusammengedrückt, wenn schließlich nur mehr das Berggelände, *die Alpenfestung,* übriggeblieben sein würde. Dann allerdings werde sich hier der Endkampf ereignen.

So machten wir uns also an jenem Februartag auf den Weg. Die Kinder blieben daheim. Ein Mädchen war da und meine Schwägerin, sie wohnte ja nun bei uns im Haus in der unteren Wohnung, sie würde, wenn es nottat, nach dem Rechten sehen, unbesorgt konnten wir gehen. Es war ein herrlicher Tag, blauföhnig und strahlend, der erste wärmere Tag nach einem grauenhaft kalten Winter, zum erstenmal hörten wir Tropfen in der Dachrinne klingeln, zum erstenmal lag eine Ahnung von Vorfrühling in der Luft. Wir überquerten den Inn, folgten der kleinen Straße und stiegen dann durch den Wald auf. Hier auf der Schattenseite war es viel kälter als drunten, hier hingen die Bäume voll Schnee, und der steile Hohlweg war eine einzige Fläche blanken Eises.

Es mochte gegen Mittag gehen, da hörten wir die Sirene aus dem Tal, Fliegeralarm, und bald darauf das Brummen hoch aus dem Blau. Quer über das Inntal flog ein starker Pulk. – Nach München – sagten wir –, sie fliegen heute wieder nach München, neue Bomben auf Bombentrümmer, aber sie geben ja nicht nach, bis alles zermalmt ist. –

Wir stiegen weiter, ohne an etwas Schlimmes zu denken, bis wir eine Kante erreichten, hier blieb der Wald zurück, vor uns eine freie Leite, von hier ging der Blick hinab ins Tal gegen Innsbruck und auf Hall. Wir blieben stehen, wie wir hier jedesmal stehenblieben, wenn wir diesen Weg nahmen, um zu verschnaufen nach der ersten Anstiegsstufe und um der Aussicht willen. Unter uns liegt Hall, spielzeugklein aus der Vogelschau und gestochen klar im Mittagslicht, die kompakte Rosette der Altstadt mit den großen grauen Kirchendächern, mit der Bogenlinie des

Grabens und den locker gestreuten äußeren Vierteln. Der Inn ist grün wie Smaragd, und die Äcker im Norden sind schon mit aperen Rainen gestreift. Wir stehen und schauen noch immer, aber mit einem Male wird mir so sonderbar: Plötzlich ist es mir schrecklich, das Städtchen da unten zu sehen, aufgeschlagen wie ein Bilderbuchbild, schutzlos und überklar unter dem offenen Himmel, und mich durchzuckt der Gedanke: Es liegt doch da wie ein Angriffsziel. Mich faßt ein Bangen: die Kinder unten, die Kinder in dem leichtgebauten Haus, nicht besser als eine Streichholzschachtel, und ich denke: Soll ich zurück? Und wie ich noch denke und zweifle und wäge, da ist ein Ton in der Luft, ein ferner brummender Ton, er nähert sich, nähert sich, seltsam drohend, und da ist auch schon die Spitze sichtbar im Blau, blitzend, die ersten Staffeln. – Ja, aber was ist das? Sie kommen nicht von Norden, aus Richtung München, sie halten nicht auf den Süden zu, sie kommen das Inntal entlang, in geringer Höhe, in gedrosseltem Flug. In mir gellt Entsetzen auf: Innsbruck! Innsbruck! Sie halten auf Innsbruck, o Gott, sie werden doch nicht auch Hall –? Notwurf – wir haben's ja schon erlebt.

Aber da funkelt es schon über uns in der Luft, schwebende Silberpünktchen, niedertorkelnde Blitze, drei, fünf, zehn, immer mehr, immer mehr.

»Bomben!« schrei ich und geh in die Knie und springe auf und stürze wieder, »Bomben!« Und ich denke, es kann nicht sein, und ich sehe: es ist. – Und dann geht es drunten schon an.

Östlich der Stadt, auf fast freiem Feld, wirft die erste Lage eine schwarze Fontänenreihe auf, turmhoch und höher. Drei, vier Sekunden später das Krachen der Detonationen. Da ist auch schon die nächste Lage niedergegangen, besser gezielt, zwischen Häusern und Gärten, und dann die dritte, die vierte, ein Teppich neben dem anderen, jetzt ist der Bahnhof dran und die westliche Vorstadt – und dort, dort – unser Haus, unser Haus, die Streichholzschachtel, und nun springen auch dort schon die schwarzen Geysire.

Meine Kinder!

Wenn es wahr ist, daß der Mensch im Angesicht des Todes sein ganzes Leben noch einmal nacherlebt, es in einem blitzartigen Ablauf von Bildern vor sich sieht, daß in ihm eine Art rasendes Arpeggio über die ganze Klaviatur seines Daseins aufdröhnt – wenn das wahr ist, dann habe ich allerdings damals auch so etwas wie einen letzten Augenblick erlebt. Denn während ich die Stadt unter mir in schwarzen flammendurchzuckten Wirbeln mehr und mehr verschwinden, während ich neue und immer neue Pulks heranfliegen und ihre Bombenschächte leeren sah, während ich beobachtete, wie zwei Flugzeuge, von der Flak getroffen und aufgeschlitzt, wankten, taumelten und dann wie zwei flammende Papierdrachen in Schraubenbewegungen niedergingen und im Anprall zerbarsten – sah ich zugleich meine Kinder wimmernd ins Kellereck gedrückt und unter brechenden Mauern begraben, ich sah mich selbst wie ein Tier den Schuttberg mit bloßen Händen durchwühlen, ich sah das Grab meines Vaters auf- und seinen zertrümmerten Sarg hervorgerissen (gottlob, daß er nichts mehr fühlte!), sah mich selbst, aufs unerträglichste beraubt, auf der Flucht in den Irrsinn hinaus nach Deutschland und den Fronten entgegentaumeln.

Und doch hatte ich das Bewußtsein meiner selbst nicht verloren, im Gegenteil: Ich blickte auf mich hin wie auf eine fremde Person, wie ich dort auf der Kante des Steilhanges durch den knietiefen Schnee rannte, die Hände rang und mit den Armen um mich schlug, schreiend, schluchzend, die Bomben auf mich niederwünschend und doch erbebend, wenn ein Reihenwurf diesseits des Flusses einen der Hänge unter uns zerwühlte; ich sah mich wie eine weit entfernte fremde groteske Figur, grotesk im Ausbruch ohnmächtiger Verzweiflung, in meinem alten blaukarierten Mantel, in Bergschuhen, ein weinrotes Wolltuch auf dem Kopf.

Ich fluchte dem Krieg, der da als silberfunkelnder, hundertfach geflügelter und geschwänzter Drache schräg über mir im sonnigen Blau dahinzog, satanisch schön. Aber ich fluchte auch dem Frieden, der uns mit verlogenen Parolen und schmeichlerischen Entwürfen in einen verderblichen Traum gewiegt hatte. Ich fluchte der Glasglocke, in die mich die Liebe der Meinen gesetzt und in der sie mich verpäppelt und mit verzuckerten Illusionen genährt hatte. Diese Glasglocke war jetzt endgültig unter dem Schlag einer entsetzlichen Belehrung zerborsten. Ich sah unter den immer steigenden Erdfontänen, unter den Detonationsflammen und wirbelnden Trümmern die eigene Jugend – mit allen ihren verwegenen Glückserwartungen und Ansprüchen – in einem Malstrom von Dreck und Feuer vergehen. In mir war Haß, aber Haß nicht nur auf die Mächte der Vernichtung und die verbrecherische Narrheit, die diese Vernichtung auf uns losgelassen, sondern auch auf den Traum von bürgerlicher Sicherheit, in dem ich erzogen worden war, auf diesen Traum voll Hochmut und Selbstgewißheit, der jetzt unter dem Keulenschlag einer brutalen Erniedrigung endgültig in Brüche ging.

Als unten nichts mehr zu sehen und die ganze Stadt unter einer Wolke von Rauch und Staub verschwunden war, riß ich mich los und rannte den Weg, den wir gekommen waren, zurück. E. rannte mit mir; er hatte die Zeit des Angriffs in Deckung verbracht, in einem nahe der Leite im Wald tief eingeschnittenen Bachbett. Gleitend, stürzend, schlitternd, von neuem aufgerafft, so schafften wir den Hohlweg, dann die Straße. Ich weiß nicht, wie wir es zuwege brachten, noch vor der Entwarnung über die Brücke zu kommen. Hier war das ganze Gelände aufgerissen, Trichter an Trichter, rauchende Trümmer, wohin wir sahen. Der alte Münzturm stand unbeschädigt, ein brennendes Haus sperrte eine Gasse, keuchend mußten wir noch einen Umweg nehmen. Doch als wir die Fuxmagengasse hinaufliefen, kam uns ein Mann aus der Nachbarschaft entgegen, er sagte: »Ihr Haus steht, den Kindern ist nichts geschehen.«

Ich fiel ihm um den Hals.

Ja, das Haus stand – und den Kindern war nichts geschehen.

Zuerst hatte sich die Nachricht verbreitet, ein Zeitzünder habe das Dach durchschlagen und sei in einer der Zimmerdecken steckengeblieben. Als meine Schwester davon hörte, kam sie aus ihrem Lazarett herbeigerannt und wollte sich auf das Geschoß stürzen und es bei Gefahr von Leib und Leben aus dem Hause tragen. Aber zum Glück war das Ding kein Zeitzünder, sondern nur die Lichtmaschine eines abgeschossenen Flugzeugs, man konnte es in aller Ruhe entfernen. Die Scheiben der Fenster waren geborsten, überall lagen Scherben und losgebröckelter Verputz, die nächste Bombe war in Nachbars Garten niedergegangen. Meine Schwägerin hatte die Kinder in den Keller gebracht und hatte mit ihnen ausgeharrt, tapfer und gefaßt, obwohl sie selbst hochschwanger und knapp vor ihrer Niederkunft war. Der kleine Junge lag, als wir ankamen, schon wieder ruhig schlafend in seinem Körbchen, die beiden Mädchen waren noch blaß, aber schon eifrig beschäftigt, herumzusausen und die Schäden im Haus in Augenschein zu nehmen.

Ich hatte sie wieder, die Meinen. Ich holte Besen und Schaufel und kehrte Mörtel und Scherben zusammen und nagelte Pappendeckel in die Fensterrahmen.

Darüber war es Nacht geworden, und ich konnte nun auch zur Ruhe gehen. Rings um mein Bett waren die drei Bettchen aufgestellt, ich ging von einem zum anderen, sie schliefen friedlich, die Kinder, mit vom Schlaf gerundeten Wangen, jedes in seiner gewohnten Ruhestellung, Rike mit zierlich ineinander geschlungenen Händchen, Traudi auf dem Bauch liegend, das Gesicht zur Seite gedreht, den dicken Lutschedaumen zwischen den blühenden Lippen. Ich beugte mich über jedes, zog dem einen die Decke herauf, streifte sie dem anderen vom feucht verschwitzten Köpfchen, im Licht der kleinen Lampe sah ich die zarten Schatten zucken, die ihre Wimpern warfen. Ich löschte das Licht und legte mich hin, und eine Weile hörte ich sie noch atmen, und das still webende Wispergeräusch wiegte auch mich in den Schlaf. –

Doch schon am nächsten Tag holte ich ein leeres Heft hervor und begann wieder zu schreiben.

An einer Grenze

Wir
trillern Jammer
und Empörung über jeden Flohbiß.

Dort
stößt die Faust
noch das Todesächzen in die Kehle zurück.

Eins durch das andere.
Versteht.

Zeit für Kellerhälse

Wäre ich ein Autor, der auf seinen Ruf hält, ich würde diese Geschichte nicht niederschreiben. Heute schreiben Autoren, die auf ihren Ruf halten, nur Elend und Malheur, bestenfalls schwarzen Humor und giftige Satire, keinesfalls aber eine heitere Geschichte wie diese hier. Heiterkeit hat bei uns ausgespielt.

Wir haben uns seit vierzig Jahren der Melancholie ergeben.

Seit es uns gutgeht, züchten wir Mißmut, Trauer, Groll, Wut – und haben dabei schon erstaunliche Ernten erzielt. Auch unser Nachwuchs tut bereits tüchtig mit. Wenn früher die Jugend die Zeit der Hoffnung, das Reich der Träume hieß, so ist sie jetzt zu einer Zeit des Frusts geworden, eine öde Landschaft, die nichts hervorbringt als die Monokultur des Unbehagens. Schon unsere Jüngsten sind dahintergekommen, daß es für schicker gilt, lieber nicht geboren zu sein als sich des Lebens zu freuen und zu lachen.

Ich für meine Person lache noch immer gern.

Natürlich weiß ich, wer wüßte es nicht? – das volle Recht zu lachen hat niemand von uns. Dieses Recht haben wohl schon Adam und Eva im Paradies verspielt. Dennoch gehört Lachen zu ihrem Erbe – wie Dornen und Disteln und Schweiß im Angesicht.

Ich habe einige Leute gekannt, die haben mich lachen gemacht, unter ihnen Frau Kellerhals.

Von ihr möchte ich erzählen.

Die Zeit, in der wir sie kennenlernten, war wahrlich eine Dornen-Distel-Zeit, eine Zeit voll Blut und Tränen.

Mein Bruder hatte im Krieg eine junge Rheinpfälzerin geheiratet, die, während er an der Front war, in ihrer linksrheinischen Heimat blieb. Aber als sich der westliche Kriegsschauplatz näherte, als die pausenlosen Luftangriffe dort auch schon die kleinsten Ortschaften zu verwüsten begannen, brach sie auf, um zu uns, zur Familie ihres Mannes, zu kommen. Wir lebten in Tirol. Die jungen Eheleute hatten sich in unserem Haus eine kleine Wohnung eingerichtet, die Frau erwartete ein Kind, so war es nur zu natürlich, daß sie bei uns Zuflucht suchte.

Aber die Flucht wollte ihr nicht gelingen.

Es war Dezember 1944, die junge Frau stand auf den zerbombten Bahnhöfen der winterlichen Städte und brachte es nicht fertig, in einen der Züge zu kommen, die südostwärts rollten. Die Züge waren zum Bersten überfüllt und wurden, wo sie sich leerten, sofort wieder von einer durch Angst und Schrecken aufgebrachten Menge gestürmt. Die junge Frau in ihrem der Schonung bedürftigen Zustand wurde zurückgestoßen und samt ihrem Gepäck beiseite gedrängt. So ging es ihr einmal, zweimal, immer wieder; ohne Obdach und Nahrung, von Alarmen gescheucht, gab sie ihr Vorhaben endlich auf und kehrte in ihre Heimatgemeinde zurück.

Dort waren aber auch die Ihren im vollen Aufbruch begriffen. »Was«, hieß es, »jetzt bist du wieder hier, wo wir selbst auf Flucht gehen müssen? Wir dachten, du bist längst drüben und in Sicherheit!« Das war nun schlimm und sozusagen eine verzweifelte Lage: Bleiben und Gehen gleicherweise unmöglich. Die Zeit drängte, die Gefahr wuchs, aus dem benachbarten Bienwald grollten schon die Geschütze.

Da aber erschien, groß wie ein Grenadier, rundköpfig wie eine Katze, mit straff in einen Knoten gewundenem Haar, ihre stämmige Gestalt in breiten Hüften wiegend, Frau Kellerhals. Wer war sie? Irgendwer, eine Häuslerfrau, aus Schlesien gebürtig und durch die Ehe mit dem schmächtigen Nachtwächter des Dorfes Pfälzerin geworden, ehemals dienstbarer Geist in vornehmen Häusern, jetzt gelegentlich Aushilfe auf dem väterlichen Gut der jungen Frau. »Ich bring Sie hinüber«, sagte sie, »das wäre doch gelacht.«

»Aber wie wollen Sie dann selbst zurückkommen, Frau Kellerhals?«

»Hach, das lassen Sie man nur meine Sorge sein!«

Sie packte das Gepäck der jungen Frau und packte die junge Frau selbst und fuhr mit ihr los. Nun kam es freilich nicht mehr vor, daß ein Zug wegfuhr und sie hilflos auf dem Bahnsteig zurückblieben. Gewaltig wuchtete Frau Kellerhals Koffer und Körbe in den Wagen, wuchtete ihren Schützling nach, schwang sich zum Schluß noch selber hinein, unbekümmert, ob sie wem dabei die Zehen zermalmte. Schimpfreden und Flüche wurden laut, sie kümmerten Frau Kellerhals nicht, sie boxte sich durch und eroberte für ihre Herrin noch ein Sitzplätzchen in einem Abteil oder wenigstens auf der Kante eines Koffers. Immerhin dauerte auch diese Fahrt drei Tage in den Fährnissen und Zerstörungen jener Zeit. Eines Mittags, als wir bei Tisch saßen, schon in Unruhe, wo denn die längst angekündigte Schwägerin bliebe, öffnete sich die Tür, und Frau Kellerhals füllte den Rahmen: »Da sind wir«, ließ sie sich triumphierend vernehmen, »wir haben's geschafft.«

Sie fuhr dann wieder ab. Aber als die Zeit herannahte, da das Kindchen zu erwarten war, siehe, da stellte sie sich wieder ein, die Schwerlötige, Unverzagte, die auch die zweite mörderische Fahrt nicht gescheut hatte, um zurechtzukommen. Freilich: dieses Mal hatte sie sich nicht mehr an Personenzüge halten können, in Lastzügen war sie gefahren, hatte sich geduckt, wenn der Himmel vom Flakfeuer bellte, hatte im nächsten Grabenloch überstanden, wenn in der Nähe Bomben barsten. Nun war sie da und blieb und kam eines Tages glückstrahlend zu uns herauf, in schneeweißer Schürze blitzend, die Hände in die Hüften gestemmt: »Guten Morgen, meine Herrschaften. Wir haben soeben eine Tochter geboren.«

Das Kind brauchte Pflege, denn seine Mutter wurde nach der Geburt ernstlich krank. Es war nicht daran zu denken, daß Frau Kellerhals Urlaub nahm.

Die kleine, bislang immer noch vaterlose Familie wohnte in unserem Haus im unteren Stockwerk, da hatte auch mein Mädchen ihr Zimmer, eine kleine, falsche, diebische Elster, der nur ich noch nicht auf die Schliche gekommen war, weil ich, aus längst überlebten Zuständen stammend und von Kindheit an zu törichter Vertrauensseligkeit erzogen, immer meinte, nur das Beste von den Mitmenschen glauben zu müssen. So hatte ich meine kleine Elster mit übertriebener Schonung behandelt, hatte manchen ihrer Fehltritte, ja manchen Unterschleif geflissentlich übersehen – zum Teil aus törichtem Zartgefühl, zum Teil aus Bequemlichkeit, wohl aber vor allem, weil ich bisher noch nie in die Lage gekommen war, mich meiner Haut ernstlich wehren zu müssen. Ganz anders Frau Kellerhals. Nicht nur, daß Zartgefühl für sie eine unbekannte Vokabel war. Sie hatte es sich wahrscheinlich auch niemals leisten können, ihre Mitmenschen – sich selbst zum Schaden – in den blauen Dunst eines unangebrachten Idealismus zu hüllen.

So geschah es eines Abends, daß aus dem unteren Stockwerk unseres Hauses ein wahrhaftig ungeheures Gebrüll ertönte.

Ich stürzte hinunter und fand Frau Kellerhals vor der versperrten Zimmertür meines Mädchens, mit einem dicken Prügel bewaffnet, in drohender Haltung. »Rosi!« schrie sie. Vor Zorn und Empörung quollen ihr die Augen aus dem Kopf. »Rosi, du hast mir meine Marken gestohlen. Gib sie her, oder ich schlag' dich tot. Mit diesem Holzscheit schlag' ich dich tot, so wahr ich da stehe.«

»Um Gottes willen, Frau Kellerhals«, rief ich, »irren Sie sich denn nicht? Vielleicht haben Sie die Marken verlegt oder verloren?«

»Ach, was! Verlegt oder verloren, das gibt's nicht bei mir!« Und wieder schwang sie den Prügel und brüllte die Drohung grausamen Totschlags ins Schlüsselloch. Hinter der Tür raschelte es ängstlich hin und her. »Hören Sie nur!« Frau Kellerhals rüttelte an der knirschenden Klinke. »Butter hat sich das Luder gekauft und Wurst, ich hab' sie in den Laden gehen sehen. Da – jetzt rappelt sie mit dem Fleischerpapier! – Mach auf, da drinnen, willst du gleich aufmachen, du! Sonst schlag' ich dich mit dem Holzscheit tot.«

Und richtig tat sich die Tür auf, und das Mädchen warf, kreidebleich und des Entsetzlichen gewärtig, der Hereinbrausenden die zerschnitzelten Marken vor die Füße. Doch Frau Kellerhals hielt sich nicht mit dem Papierzeug auf. Mit einem Satz war sie bei dem Bett des Mädchens und angelte unter der Matratze ein Viertelpfündchen Butter hervor, mit einem zweiten Satz war sie beim Ofen und fischte aus dem schwarzen Feuerloch ein anderes Päckchen, die fragliche Wurst. Schnell waren dann auch die Marken aufgelegt, geglättet, gezählt, ihr geminderter Bestand mit dem Beutegut verglichen: »Hundert Gramm hast du schon verschlungen, Rosi, du Kreatur! Wer gibt mir meine hundert Gramm zurück?« Und den Knüppel schwingend, zog die siegreiche Kellerhals mit den Viktualien davon.

Was war doch Frau Kellerhals für eine tüchtige Wirtschafterin! Nicht nur, daß sie die Wohnung blitzblank sauber hielt, das Kindchen hütete, den Garten umgrub und bestellte, strickte, flickte und bügelte – sie hatte auch bemerkt, daß es im Haus an Holz fehlte, von Kohlen ganz zu schweigen. So machte sie sich auf, Holz herbeizuschaffen. Auch in unserer kleinen Stadt waren Bomben gefallen und hatten ein ganzes Viertel niedergelegt. Nun gab es viele, die ein paar Latten aus den Trümmerhaufen klaubten, um sich heute oder vielleicht auch morgen über ihnen eine Suppe zu kochen. Frau Kellerhals ging die Sache weit gründlicher an. Sie rüstete sich mit Schaufel, Säge und Pickel aus und drang in das Innere der Trümmerberge ein, sie wühlte sich wie ein Maulwurf durch Mörtel und Ziegelhalden, um feste Balken auszugraben und ganze Trame als Beute heimzukarren.

Jeden Tag rückte sie mit neuen Lasten an. Auch auf der Straße war ihr nichts zu gering, es mitzunehmen, sei es, daß ein anderer Holzsammler unachtsam ein Trumm verloren, sei es auch, daß eine etwas lose gewordene Zaunlatte dazu verführte, vollends abgerissen und mitgeschleift zu werden. Im Hof sägte und kliebte Frau Kellerhals die wilden Stücke zu handlichen Scheitchen, sie schichtete sie zu hölzernen Burgen – immer mit einem treuen Seitenblick auf das Körbchen hin: Das Kind sollte doch nicht frieren müssen im kommenden Winter.

Dazwischen rückte sie auch dem Hunger zu Leibe, und, ich möchte fast sagen, sie weidete uns auf den frühlingsgrün sprießenden Wiesen; denn was wir nicht gelernt hatten, lehrte sie uns: Sie lehrte uns, auf freiem Feld ein wenig Nahrung finden, Gänsezungen rupfen und Wegerich stechen, die junge Brennessel zu mildem Spinat und das zackige Löwenzahnblatt zu bitterpikantem Salat zu lesen. So kläubelten wir nun, unter Frau Kellerhalsens Vorantritt, selbst beinahe wie Gänse im Grünzeug herum und lernten die Schnäbel, die wir bislang wohl ein wenig zu hoch getragen hatten, demütig hinabsenken zu Mutter Erde, damit sie uns nährte, wenn auch nur mit den unscheinbarsten Kindern ihrer Flora.

Im Sommer, viele Wochen nach Kriegsende, nachdem die junge Frau genesen und auch ihr Mann, unser Bruder, glücklich heimgekehrt war, fand Frau Kellerhals, daß sie nun entbehrlich geworden sei, und sie wollte nach Hause zurück. Sie hatte die ganze Zeit nichts mehr von ihrem Nachtwächter und nichts mehr von ihrem Dorf gehört, und oft dachte sie an ihr Häuschen in der Pfalz, an dem ihr Herz hing. »Wenn es nur noch steht!« ließ sich die Schwägerin sorgenvoll vernehmen: Soviel war ja gewiß, die Gegend dort am Bienwald war lange heiß umkämpft gewesen.

»Wenn mein Haus hin ist, bring ich mich um«, verkündete die Resolute. »Aber heim komm ich, da mag es gehen, wie es will, und müßte ich durch die Bach schwimmen.« – »*Die Bach*«, so nannte Frau Kellerhals den Rhein.

Nein, durch die Bach mußte Frau Kellerhals nicht schwimmen, doch ihr Häuschen fand sie wirklich zerstört, bis auf die Grundmauern niedergebrannt. Alles, was ihr lieb und teuer gewesen, was sie sich binnen dreißig Jahren mit ihrer Hände Arbeit erworben hatte, war dahin. Das mag ein schlimmer Tag gewesen sein für die arme Frau, als sie die Bescherung vorfand. Trotzdem brachte sie sich nicht um, wie sie vorher kategorisch versichert hatte, keineswegs brachte sie sich um. Ganz im Gegenteil. Denn – jetzt erst im Rückblick wird es klar – jetzt brach die große Zeit an für Menschen Kellerhalsscher Art, die große Zeit für *Kellerhälse*. Wie eine Springflut ging das allgemeinste Ungemach über das ganze Land, in eine wirbelnde Wasserwüste schien das Dasein verwandelt. Da wurde weggeschwemmt, was zart und zerbrechlich war, da konnte nur rudern und sich oben halten, was starke Arme hatte, und die Kellerhälse hatten starke Arme. Aller bürgerlichen Konvention entbunden, ganz allein auf sich gestellt, auf ihren unverzagten, zähen Hausverstand verwiesen, kämpften sie sich durch die Fluten, schlugen sich durch Not und Gefahr und fanden allemal noch Zeit zu einem grimmigen Lachen, mit dem sie sich's selbst bestätigten, daß sie wieder ein Abenteuer hinter sich gebracht, wieder einen Streich geliefert, wieder eine Klippe umschifft und irgendeins ihrer Schäflein ins trockene gebracht hatten.

Gefahr und Abenteuer waren, wie es scheint, Frau Kellerhals zum Bedürfnis, ja geradezu zur zweiten Natur geworden. Und Gefahr und Abenteuer bestand sie nicht nur für sich, sondern, wie wir gesehen, gern auch für andere. So ließ sie sich von Bekannten anheuern, eine gelähmte Großmutter, die die Kriegsschicksale unglücklicherweise aus der Pfalz nach Berlin verschlagen hatten, aus der vielfach zernierten Stadt herauszuholen und über alle Zonen- und Ländergrenzen den Ihren wiederzubringen. Das war damals ein beinahe aussichtsloses Beginnen, und keiner der Söhne oder Enkel der alten Frau hätten sich darangewagt. Frau Kellerhals wagte sich daran. Mit allerlei Täuschelware im Sack machte sie sich auf den Weg, denn ohne Täuschelware war in jenen Jahren nicht einmal eine lahme Großmutter zu erreichen, geschweige denn, durch hundert Kontrollen und Schlagbäume hindurchzuschmuggeln. Die Geschichte dieser Fahrt ist sehr schön und könnte es aufnehmen mit mancher berühmten Anabasis. Einmal hatte man der Kellerhalsen schon den Sack abgenommen, sie aber schwang sich, als sie das kostbare Täuschelgut im Zöllnerwagen davonrollen sah, hintenauf, drang zu ihrem Sack vor, warf ihn aus dem Fenster und sprang hinterdrein. In Berlin trug sie die lahme Großmutter von Niederschönweide bis Wilmersdorf, packte sie dann von Zug zu Zug, hungernd, frierend, in endlosen Stationen aufgehalten, verhaftet und in den Kotter gesperrt. Wieder freigekommen, stöberte sie die Großmutter in einem Flüchtlingslager auf, wohin der Arm einer uneinsichtigen Obrigkeit sie gesteckt hatte, und landete schließlich mit ihr, auf einem Kohlentender thronend, schwarz beide wie die Mohren, doch glücklich, in der pfälzischen Heimat.

Doch das verwegenste Abenteuer bestand Frau Kellerhals, geborene Plaschke, um ihres Küchenschrankes willen. Ihr alter Küchenschrank war nämlich, als die Granate das Häuschen in Brand gesetzt hatte, mit allem anderen zusammen verbrannt. Nun aber hielt, ohne Küchenschrank zu leben, Frau Kellerhals für eine unerträgliche Schmach, für einen unzumutbaren Zustand. Sie hatte einen Bruder im Thüringischen, der Tischlermeister war und ihr versprach, ein Küchenmöbel zu bauen. Indessen war Thüringen russische Besatzungszone geworden, Stacheldraht schied hüben und drüben, vermint waren die Wälder, über Kahlschlägen und Schneisen wachten Maschinengewehre. Fast täglich spielten sich hier blutige Tragödien ab. So lagen die Dinge, als Frau Kellerhalsens Bruder den Küchenschrank fertig hatte.

»Helene, ich will nicht wissen, was du damit tust«, sagte er.

»Brauchst du auch nicht«, erwiderte sie. »Das Schränkchen da wird mir auch nicht den Hals brechen.«

Sie lud das Möbel auf einen Leiterwagen und ratterte los. Nahe der Zonengrenze lud sie ab, verstaute den Schrank im Gebüsch, brachte den Leiterwagen zurück und wartete, bis es finster wurde. Dann ging sie hin, huckte sich den dreiteiligen Schrank auf den Buckel und schickte sich an, den Wald zu durchqueren. Nun sei es allerdings schauerlich gewesen, erzählte sie später, wie die Zweige unter ihrem Gewicht geknackt, wie das Laub geraschelt hatte. Glühten nicht hier ein paar Augen aus dem Dickicht? Hob sich nicht dort die Mündung eines Gewehrs?

Vielleicht war sie längst von einem Posten gesichtet worden, wie sie unter ihrer unförmigen Last dahinkeuchte, eine gräßliche Ungestalt im schummrigen Waldesdunkel, und vielleicht hatte sich der Posten selbst ängstlich geduckt und – in einer abergläubischen Anwandlung seiner östlichen Seele – die Erscheinung an sich vorüberziehen lassen.

Unbehindert kam die Kellerhalsen drüben an. Heil brachte sie den Küchenschrank hinüber, den hölzernen Herzenstrost, für den Kopf und Kragen zu riskieren sie sich nicht gescheut hatte.

Bald hatte Frau Kellerhals nicht nur Schrank und Bett, sondern auch ein neues Häuschen auf demselben Platz, wo das alte gestanden hatte, und es schien ihr weit schöner und war um vieles komfortabler als das erste. Sie wohnte darin mit ihrem Mann Wilhelm, dem Nachtwächter, und plagte sich weiter – Jahr für Jahr. Denn Küchenschrank und Bett und Haus waren ja nur der Anfang gewesen in Frau Kellerhalsens neuem Leben. Andere Dinge folgten, an die sie früher nicht einmal im Traum gedacht hätte: ein Radio, ein Eisschrank, eine Waschmaschine, ein Küchenboy, ein Glotzophon; dann eine Hausbar, ein elektrischer Rasenmäher, ein Teewagen, ein Kamin mit Knopfdruckfeuerschein. – Nicht daß Frau Kellerhals dieser Dinge wirklich bedurft hätte, die meisten ließ sie auch unbenützt herumstehen das ganze Jahr. Doch die Nachbarn hatten derlei gekauft und in ihrem Haus montiert, und das war unerträglich anzusehen und nicht desgleichen zu haben oder womöglich noch mehr. So mußte man kaufen – und schaffen, damit man wieder kaufen konnte, das war doch klar! Frau Kellerhals wurde krank, aber sie erlaubte es sich nicht, krank zu sein, sie raffte sich auf, biß die Zähne zusammen und schaffte weiter.

Da, eines Tages, starb Wilhelm, der Nachtwächter. Frau Kellerhals atmete auf: Gott hab ihn selig! denn er hatte ihr nie sehr treulich zur Seite gestanden in ihrem Kampf um

Wohlstand und Ansehen, nein, er hatte sie immer nur allein schuften lassen, war lieber seinen eigenen Vergnügungen nachgegangen bei Flasche und Kartenspiel.

Nun aber war Frau Kellerhals endlich imstande, etwas anzuschaffen, was die Nachbarn noch nicht angeschafft hatten, denn die Nachbarfamilie hatte schon lange keinen Trauerfall mehr gehabt. Jetzt wollte es ihnen Frau Kellerhals zeigen, daß sie ihnen wenigstens in diesem *einen* Punkt voraus und überlegen war.

Sie ging zum Steinmetz und kaufte einen Grabstein, ein prächtiges Stück, Marmor, rundum glänzend poliert, mit einem weinenden Ölbergjesus in Schleifgravur; sie ließ den Stein mit goldener Schrift versehen und auf Wilhelms Grab pflanzen.

»Ja, können Sie sich denn das leisten, Frau Kellerhals?« fragte man bewundernd. »Ich schon!« sagte sie stolz wie eh und je. »Hab' doch mein Lebtag lang geschafft.« – Und engsten Freunden vertraute sie an: Eine schöne Summe habe sie zurückgelegt mit Wilhelm zusammen, so brauche sie sich nicht lumpen lassen, auch nicht in alten Tagen, sie habe vorgesorgt.

Eine Weile plagte sich Frau Kellerhals noch weiter. Dann war es auch für sie genug.

Sie ging zur Bank und wollte sich ausheben lassen, wieviel sich da gesammelt habe auf ihrem Sparbuch mit Zins und Zinseszinsen.

Nun aber geschah etwas Schlimmes, und ich bin froh, daß ich's nicht miterlebte. *Nichts* hatte sich angesammelt und aufgestockt, nur ein schäbiges Restchen geisterte noch herum auf dem abgeräumten Konto, denn Wilhelm, der Nachtwächter, hatte alles schon abgeholt, hatte sich's ausbezahlen lassen, das Bitterersparte und Zusammengerackerte, er hatte es verjubelt in schlechter Gesellschaft.

Wie konnte man ihm das heimzahlen?Kein Besen erreichte ihn mehr, kein noch so gezielt geschleuderter Kochtopf. Nur noch den Stein – ja, den Stein! –, den konnte sie ihm überm Kopf weg verkaufen. Gedacht, getan. Ein Morgen graute über verzweifeltem Entschluß. Frau Kellerhals ging und verschacherte den Marmorblock, das Ehrenmal des Ehrlosen, und ließ ihn fortschaffen, so rasch es ging. Der Steinmetz mußte den Namen Kellerhals wegspitzen und sein Andenken löschen. So geschah es, und das Grab blieb nackt und leer, ein armseliger Hügel, zurück.

Leider hatte sich Frau Kellerhals mit diesem Racheakt selber betrogen. Denn – sei es, daß ihr ohnehin schon angeknackstes Herz durch die letzten Aufregungen weiteren Schaden erlitten hatte, sei es, daß ihre Uhr ohnehin abgelaufen war, sie starb kurz darauf und wurde, weil sie zu einer neuen Regelung keine Zeit mehr gefunden, an Wilhelms Seite beigesetzt. Man rammte ihr ein hölzernes Kreuz in den Hügel, wie das üblich ist bei jeder Bestattung. Niemand sorgte dafür, daß es später durch einen Stein ersetzt wurde, niemand kümmerte sich um das Grab. Die Leute, die Frau Kellerhals beerbt hatten, ließen sich nie blicken.

Das Haus wurde verkauft, alle die kostbaren Dinge darin verramscht, von der Hausbar bis zum Knopfdruckkaminfeuer. Das hölzerne Kreuz auf dem Grab ist auch schon nahe daran, das Zeitliche zu segnen und – zu zwei weißlichen Latten vermorscht – ins Unkraut zu sinken. Dann wird niemand mehr wissen, wo die Tüchtige ruht, niemand wird noch ihrer gedenken, die Heldensage der Kellerhalsen wird verklingen.

So traurig enden auch die heiteren Geschichten heutzutage. Sie kommen nicht auf gegen die Weltzeit der Bitternisse und machen sich beschämt aus dem Staub.

Das tägliche Elend

Ariel
quietscht sein Entzücken
aus dem Kasten.

Tiger im Tank
setzt mit lautlosem Sprung
in Knabenträume.

Keli und Cola
erklären Pansgelächter
für käuflich auf allen Blumenwiesen.

Wie gierig
streckt unser Herz
die lange rote Hundezunge aus,
um Glück zu lecken
aus schweißigen Händen.

Das Ende einer Kindheit

Julias erinnertes Leben hatte in einem Versteck begonnen.

Sie lag in einem Dickicht, in einem Wald dunkelbrauner, glatter und knotiger Stämme, der sich über ihr zu einer dichten Decke schloß. Sie lag im Moos, bäuchlings im grünen Moos, in grüner, brauner, bergender Dämmerung. Ihr gegenüber, draußen im Hellen, war ein Gesicht, es stand still, weiß auf schwärzlichem Grund, schmale Augen, zarter Mund, ein kleines Bärtchen auf der Oberlippe. Das Gesicht war ernst, aber freundlich, und wenn man lange genug darauf hinsah, begann es zu lächeln. Komm, sagte das Gesicht, komm zu mir, ich zeige dir etwas.

Man wußte schon, was das Gesicht damit meinte; denn es bewachte ein Buch, und in diesem Buch war ein Bild, das Bild eines kleinen Mädchens in Schäfertracht mit einem großen bändergeschmückten Hut auf den Locken. Das Mädchen hieß Hedwig, und es war herrlich, das Mädchen hervorzuholen aus seinem Versteck. Denn es sprang gleich hervor auf Julias Arm und von dort hinunter ins Moos. Dabei flogen die Bänder seines Hutes, blaue und rosa Bänder, und seine Stimme zirpte: Fang mich! Fang mich! – Dann ging die Jagd durch den ganzen Wald, von Ast zu Ast, die Stämme hinauf und hinunter und hin und her. Endlich ließ es sich fangen, lag winzig und warm in der hohlen Hand und ließ sich küssen.

Ein herrliches Spiel, doch leider verboten. Verboten, Hedwig zu holen, sogar zu wissen, daß Hedwig da war. Es sollte Hedwig gar nicht geben. Nur das Gesicht hatte nichts dagegen und lächelte aus schmalen Augen.

Draußen rief eine Stimme: »Julia! Julia!«

Das Kind zuckte zusammen. Es lag nicht im Wald und nicht im Moos. Es lag unter dem Tisch, zwischen den Beinen des Tisches und der sechs Stühle, die an diesen Tisch gerückt waren. Das Moos war der Teppich, und das Gesicht war ein Bild, es hing drüben an der Wand, goldgerahmt, in weißem Passepartout und hieß: Papa.

Jetzt flog die Tür auf, die Mutter kam herein, schwarze Schnürschuhe, langer schwarzer Rock, die Falten schlugen um die Knöchel.

»Julia! Julia!«

Das Kind rührte sich nicht. Hastig laufen die Schuhe aus dem Zimmer, laufen den Flur entlang, immer ängstlicher wird das Rufen:

»Julia, Julia!«

Später wird das Kind gefunden. »Du läßt mich suchen und versteckst dich. Was hast du da unten getan? Was?« Ein Schlag ins Gesicht, ein harter Griff, das Kind schreit auf. Es wird in den Winkel gestellt, es weint, es trotzt und möchte weit weg sein, weit weg und jemand ganz anderer: Hedwig.

Julia hatte ihren Vater nie gekannt, er war zwei Monate vor ihrer Geburt in Galizien gefallen. Julia lebte mit Mama allein. Mama war eine große, schöne Dame in Trauerkleidung, immer ernst, sehr streng und um Julia besorgt. Weil

Papa tot und der Krieg verloren war und weil Brot und Milch und Gas und Kohle so viel kosteten, mußte Mama Stunden geben: Sie hatte einen Flügel und ein Pianino. Auf dem Flügel unterrichtete sie die fortgeschrittenen Schüler, auf dem Pianino die Anfänger. Tonleitern, Fingerübungen, Sonatinen. »Fis!« erscholl die Stimme der Mutter hinter der Tür. »Fis! Fis!« und sie schlug den Ton an, überlaut und grell.

Unterdessen saß Julia in der Küche und sollte sich beschäftigen. An Spielzeug fehlte es ihr nicht: Sie hatte Puppen, Puppenbetten und Bausteine, auch einen kleinen Herd und winziges Geschirr. Manchmal trug ihr die Mutter auch eine Arbeit auf, Erbsenklauben oder Häkeln. Julia langweilte sich. Vor der Küche lag ein Balkon. Er ging auf den Hof. Dann und wann trieben sich Kinder unten herum, warfen mit Bällen oder hüpften über die Springschnur. Julia hätte gern mitgetan, aber das durfte sie nicht. Die Mutter erlaubte ihr nie, mit anderen Kindern zu spielen. Sie sah es nicht gern, wenn Julia mit anderen Menschen sprach. So hatte Julia ein schlechtes Gewissen, wenn sie auf dem Balkon stand und darauf wartete, daß Ulrike erschien.

Ulrike war das Dienstmädchen der Mietpartei schräg unten nebenan. Ulrike hatte ein rundes Gesicht, rote Wangen und dichtgekraustes Haar. Sie kam Julia sehr schön vor. Sie war auch immer lustig, sang und pfiff vor sich hin, man hörte sie, wenn man sie nicht sah. Sobald sie auf den Balkon kam, schaute sie gleich zu Julia herauf. Julia warf ihr etwas zu, Ulrike fing es in der Luft und warf es zurück. Das war ein herrliches Spiel. Julia liebte Ulrike und dachte sich aus, daß sie in Wirklichkeit kein Dienstmädchen, sondern eine verzauberte Prinzessin sei. Einmal träumte sie, daß sie mit Ulrike in einem Schlitten fuhr, es war Nacht, es schneite. Vor den Schlitten waren, statt der Pferde, Hirsche mit goldenem Geweih gespannt. Am Morgen erzählte Julia ihrer Mutter diesen Traum. Die Mutter hörte ihn nicht gern. Ihr großes, weißes, kummervolles Gesicht verfinsterte sich. »So also träumst du«, sagte sie. »Mit Ulrike fährst du spazieren, mit diesem leichtsinnigen Tuch – sie ist dir wohl lieber als ich?« Julia erschrak, sie wußte nicht, was sie antworten, wie sie die Mutter wieder versöhnen sollte. Von nun an durfte sie nicht mehr in der Küche, sondern sollte im Zimmer spielen. Immer öfter gab ihr die Mutter den Häkelfleck. Vor Weihnachten sollte Julia auch ein Deckchen sticken, Kreuzstichmuster, vorgedruckt. Julia bemühte sich, aber als sie damit fast fertig war, schnitt sie ein Loch hinein, das Deckchen war verdorben.

Jeden Abend kam die Mutter an Julias Bett, setzte sich zu ihr und fragte: »Nun?«

Julia errötete und biß sich auf die Lippen. Sie wußte genau, was diese Frage bedeutete: Sie sollte eingestehen. Hatte sie heute genascht oder gar gelogen? – Die Mutter wußte viel, sie wußte beinahe alles, beinahe alles mußte man ihr gestehen. Und schließlich fragte sie: »Und sonst?«

Julia errötete noch mehr und bohrte sich noch tiefer in die Kissen. Diese Frage fürchtete sie am meisten, sie wurde ihr täglich gestellt, täglich, seit – Julia zuckte zusammen, wenn sie daran dachte: das *Böse* – »Wenn du es noch einmal tust«, hatte die Mutter damals gesagt, »wächst dir ein großer schwarzer Vogel auf dem Bauch.« – Der schwarze Vogel – er wuchs immer noch nicht. Julia vergewisserte sich täglich, wenn sie allein war, aber auch das gehörte schon zum Bösen, das Böse lauerte überall, es war einfach allgegenwärtig. Es mußte in Ulrike sitzen, darum hatte die Mutter sie ein leichtfertiges Tuch genannt. Den ballspielenden Kindern im Hof war ebenfalls nicht zu trauen, sie gebrauchten grobe häßliche Wörter. Auch auf Spaziergängen konnte es unvermutet auftauchen – da saß zum Beispiel ein alter Herr auf einer Anlagenbank und fütterte Vögel; man blieb dabei stehen, um den Piepmätzen zuzusehen, da winkte der Herr, stellte Fragen, bot einen Apfel an ... In diesem Augenblick rief die Mutter, es klang überlaut, grell (beinahe wie das hohe Fis). Wenn die Mutter so rief, war es rätlich, sofort zu gehorchen. »Komm weg von hier, Julia, schau dich nicht um!«

Im Sommer – auf dem Land – war es dasselbe, nur daß das Böse jetzt auch in Tiergestalt erschien: »Die Kuh kann treten – das Pferd kann schlagen – Julia, laß den Hund in Ruh', er hat Würmer, er wird beißen, man rührt ein fremdes Tier nicht an.«

Manchmal ist die Mutter krank. Dann kommt der Onkel Doktor, ein Schwarzbärtig-Bleicher, Melone, Zwicker, steifes Hemd. Er kommt mit besorgter Miene, hat es eilig, in Mutters Schlafzimmer einzutreten; dann bleibt er lange drinnen, man hört ihn murmeln, Geräte klirren. Wenn er endlich herauskommt, blickt er düster. »Wie alt bist du, Kleine?« – »Fünf Jahre.« – »Fünf? Lieber Himmel!«

Die Hausmeisterin kehrt aus und kocht, solange die Mutter liegt. Für die Schüler wird eine Tafel an die Tür gehängt: Krankheitshalber kein Unterricht. Bitte nicht läuten!

Dann und wann geht die Klingel doch. Es ist der Gasmann oder der Kohlenhändler. Die Hausmeisterin: »Schscht!« – und will sie hinausbugsieren. Aber sie wollen nicht: »Erst die Rechnung!« Die Mutter ruft: »Wer ist denn da?« – Julia flüchtet sich in einen Winkel.

Wo ist Hilfe? Papa – nur ein Bild und ein großes steifes schwarzumrandetes Blatt Papier, Julia lernt an seiner Schrift das Buchstabieren: Innigst geliebter Gatte – auf dem Feld der Ehre – für Kaiser und Vaterland.

Die Zeit vergeht. Die Mutter wird wieder gesund. Aber sie gibt keine Stunden mehr, der Arzt hat es ihr verboten. Eines Tages wird das Pianino verkauft, der Flügel wird ins Wohnzimmer geschoben, das Zimmer wird vermietet. Dann verschwindet ein Teppich, eine Silberschale, wieder ein Teppich. Aus einem alten Rock näht die Mutter für Julia das erste Schulkleid.

Sie bringt das Kind zur Schule und holt es wieder ab. Einmal läuft Julia knapp vor einem Wagen über die Straße. Sie wird gestreift, kommt zu Fall, das Rad dreht sich knapp an ihrem Kopf vorbei. Julia steht auf, mehr verdutzt als erschrocken. O weh, sie ist voll Schmutz! Aber – was ist das? Dort drüben – die Leute laufen zusammen, heben etwas auf, Julia kann nicht sehen, was. Doch da rollt ein Hut, schrecklich bekannt: Mama!

Am Abend danach – der Arzt und die Hausmeisterin sind gegangen, auch die Damen von nebenan – ist es still und dunkel, nur das Nachtlicht brennt, eine kleine gelbe Lampe, deren Schein auf den Polsterzipfel fällt. Spitzen malen krause Schatten auf der Mutter Arm. Ihr Gesicht ist verborgen, sie liegt ganz ruhig da, sie kommt heute nicht an Julias Bett, sie stellt heute keine Fragen. Sie hat auch, als sie heute mittag aus der Ohnmacht erwachte, keine Fragen gestellt, keinen Vorwurf erhoben, hat Julia nur angesehen – und dann die Augen mit der Hand bedeckt.

»Kind«, sagt jetzt die Mutter, »schläfst du schon?«

Julia setzt sich auf. »Nein, Mama.«

»Ich möchte dir nämlich etwas sagen. Ich werde vielleicht nicht mehr lange leben, Julia. Ich weiß das schon eine ganze Zeit, seit du auf der Welt bist. Verstehst du mich, Julia?«

»Ja, aber –«

»Der Arzt sagt, ich darf mich nicht anstrengen. Er sagt auch, ich darf mich nicht erschrecken. Heute – es hätte leicht sein können, daß ich heute vor Schreck gestorben wäre.«

»Ach, Mama –«

»Es ist nichts geschehen. Danken wir Gott! Aber ein anderes Mal . . . Hast du nicht bemerkt: meine Füße sind immer geschwollen. Das ist die Krankheit. Das Herz. Der Doktor sagt: Mein Herz ist nicht dreißig, es ist achtzig Jahre alt. Und darum möchte ich dir heute etwas erzählen, was ich dir noch nie – ich dachte immer, das hat Zeit. Aber du sollst es nicht von fremden Leuten hören. – Dein Papa hat vor mir eine andere Frau gehabt.«

»Oh –!«

»Lange vor dem Krieg«, fährt die Mutter fort, und jetzt schwankt ihre Stimme ein wenig. »Er war noch sehr jung. Die Frau ist gestorben. Aber sie hatten ein Kind, ein Mädchen . . .«

Julia weiß nicht, warum sie »Hedwig« denkt.

Da spricht es die Mutter schon aus: »Hedwig heißt sie. Sie ist also deine Schwester, deine Halbschwester. – Hörst du mich, Julia?«

Lautlos flüstert das Kind: »Ja.«

»Du hast ihren Namen sicher schon gehört, wenn Besuch kam. Die Leute konnten es ja nicht lassen, mich nach ihr zu fragen. Sie lebt bei ihren Großeltern, weit weg von hier. In Lajon.«

Bei diesem Namen steigt in Julia etwas Glühendes auf. Er ist ihr nicht so unbekannt, wie die Mutter meint. Sie weiß: Lajon liegt irgendwo in den Bergen, in Tirol. Unter alten Ansichtskarten, die ihr die Mutter manchmal zum Anschauen überläßt, hat sie auch eine von Lajon gefunden, einen Buntdruck: eine kleine weiße Kirche auf einem Hügel, dahinter rote Berge, rosenrote. Gibt es das: rosenrote Berge? Märchenland.

Dort also ist die Schwester, Hedwig, das kleine Mädchen im Schäferkleid, mit dem großen Hut, mit den Bändern und Locken ... Schwester! Wie süß das Wort klingt! Wie ein winziger zitternder Vogel schlüpft es ins Herz ...

»Du sagst ja gar nichts?« fragt die Mutter aus ihrem Bett herüber.

Julia wirft die Decke zurück und tut, was sie schon lange nicht getan, sie kriecht zur Mutter, schlingt die Arme um ihren Hals und schmiegt sich an sie. Sie ist zu glücklich, um allein zu bleiben.

Eines Tages, Jahre später, kommt diese Schwester sie holen. Der Mutter geht es wieder schlecht. Das Wort Sanatorium ist gefallen und fällt seit Wochen immer öfter. Die Mutter hat zuerst abgelehnt, jetzt ist sie mürb. »Aber was tu ich mit dir, Julia?«

Die Eltern der Mutter sind gestorben. Sie hat niemanden auf der Welt, den sie mit gutem Gewissen bitten könnte, das Kind zu sich zu nehmen. Da trifft ein Brief aus Lajon ein. Immer schon kamen Briefe aus Lajon: zu Weihnachten, zu Ostern – die Mutter hat sie gelesen und weggesteckt. Diesen aber liest sie Julia vor.

»Wenn du eine Erholung brauchst, liebe Mama – du könntest mir Julia ruhig anvertrauen. Ich käme sie holen –«

Julia wagt kaum zu atmen: Lajon! Die liebe kleine Schwester mit dem bebänderten Hut. Aber sie wagt auch nicht, ihre Freude zu zeigen. Die Mutter blickt so furchtbar ernst, ihr Gesicht ist schneeweiß, um ihre Lippen zuckt es: »Was sagst du dazu?«

Julia versteckt ihr Gesicht im Schoß der Mutter.

»Es ist so weit weg«, sagt die Mutter. »Und diese Leute – ich kenne sie gar nicht . . . Aber ich muß wohl. Die Ärzte sagen: eine Hoffnung. Und ich möchte doch noch so gerne leben, Julia. Für dich.«

Vorher geschieht noch mancherlei. Das Sanatorium ist teuer, so läßt die Mutter das Silber abholen, noch einen Teppich, zuletzt den Flügel. Von ihm trennt sie sich am schwersten. Sie hat gerne gespielt, früher oft, in letzter Zeit selten. Jetzt schlägt sie zum letztenmal Chopins Nocturne auf. Dann erscheinen riesige Männer mit nackten blaubemalten Armen und schleppen das Instrument hinaus. Aus seinen Saiten wimmern verworrene Töne. Die Mutter hält sich die Ohren zu.

Morgen soll Hedwig kommen.

Seltsam verloren irrt Julia durch die verödete Wohnung. Alles, was schön war, scheint die Flucht ergriffen zu haben. Auch das Gemälde mit dem Segelschiff ist verschwunden, nur mehr ein graues Viereck auf der Tapete. Die Mutter packt Julias Koffer und den eigenen.

Zum letztenmal sitzt die Mutter an Julias Bettrand. Sie wiederholt alles, was sie schon tausendmal gesagt hat: »Geh nie allein in den Wald. Gib acht auf dich. Geh nie in die Ställe, klettre auf keinen Baum. Spiel nie mit Buben, hörst du, Julia, versprich mir das. Sei artig – und schreib mir, schreib mir, so oft du kannst.«

Als Julia am nächsten Morgen erwachte, stand eine fremde, schöne junge Dame vor ihr. Sie mußte eben von draußen hereingekommen sein, denn sie hatte noch ihre Mütze auf, eine Mütze aus Marderfell, und in den feinen braunen Stichelhaaren hingen noch schmelzende Schneekristalle. Mit der behandschuhten Hand tippte sie Julia an die Wange. »Du also bist Julia? Ich bin Hedwig. Komm, steh auf!«

In der Droschke fuhren sie zu dritt zum Bahnhof. Es regnete, und die Scheiben des Wagens waren von blanken Tropfen schräg gestriemt. »Bei uns blühen schon die Narzissen«, sagte Hedwig, »und in der Raschötz blüht der Seidelbast.«

Die Mutter schwieg.

»Seffo hat zwei schöne Pferde«, fuhr Hedwig fort. »Er gibt mir Reitunterricht. Vielleicht darfst auch du –? Möchtest du reiten lernen, Julia?«

Die Mutter schüttelte heftig den Kopf.

Julia schlug die Augen nieder.

Die Droschke hielt: Da war der Bahnhof. Der Kutscher schnallte das Gepäck los. Hedwig reichte ihm das Geld. Die Mutter wollte selbst zahlen, aber Hedwig lachte nur: »Laß doch, Mama! Darauf kommt es mir wirklich nicht an!« Die Mutter knüllte ihren schwarzen Pompadour. Julia verstand: Sie wäre am liebsten wieder eingestiegen, hätte sie, Julia, mitgenommen und Hedwig allein fortfahren lassen. Ihre Lippen waren blau, als sie die Treppe zum Bahnsteig erstieg.

Noch war der Zug nicht eingefahren. Irgendwer sprach von Verspätung. Leise ächzend drückte die Mutter Julias Hand.

Unterdessen sprach Hedwig lächelnd weiter: »Sei unbesorgt, Mama! Wir werden uns vertragen, nicht wahr, July? Du schläfst in meinem Zimmer, willst du das? Aber du kannst auch ein eigenes haben, wir haben Platz. Mayregg ist groß: ein Riesenfuchsbau, sagt Seffo immer.«

»Wer ist Seffo?« fragte Julia.

In Hedwigs Zügen erschien eine leise Verschmitztheit. »Sollen wir es ihr sagen?« fragte sie die Mutter. Und, statt eine Antwort abzuwarten: »Ein Herr, der mich zu heiraten wünscht.«

»Und du?« fragte Julia.

Hedwig lachte blinzelnd: »Du willst viel wissen, Kleine.«

Julia sah, wie ihre Mutter die Lippen zusammenpreßte. »Ich bitte dich –«, sagte sie ungeduldig.

»Natürlich werde ich ihn heiraten.« Jetzt sprach Hedwig leise und schnell. »Ömchen ist auch begeistert: eine so gute Partie . . . Er hat sie auch schon richtig um die Finger gewickelt. Seffo kann das, Seffo setzt alles durch, was er will.«

»Ist er denn nett?« wollte Julia wissen.

»Frag nicht so viel!« sagte die Mutter.

»Sehr nett!« antwortete Hedwig und zupfte an Julias Haubenbändern. »Sehr nett und unterhaltsam und lustig. Du wirst ja sehen . . .«

Nun schwiegen sie. Julia begriff, daß das, was Hedwig gesagt hatte, der Mutter nicht gefiel, warum, war ihr dunkel. Vielleicht gefiel ihr auch Hedwig nicht, sie witterte etwas wie Haß gegen das Mädchen. Warum nur? Hedwig war lieb und schön.

Jetzt fuhr der Zug ein. Alles lief durcheinander, stieß sich und schrie. Julia blieb neben der Mutter stehen, während Hedwig ein Abteil suchte. Jetzt winkte sie aus dem Fenster: Hier –

Julia fühlte die Arme der Mutter um sich geschlungen, das große weiße, tränennasse Gesicht an ihr Gesicht gedrückt, die schwere, weiche Brust, den keuchenden Atem: »Bleib brav, Julia, Kind, bleib mir nur brav.«

Die Tür klappt zu. Langsam setzt sich der Zug in Bewegung. Unter dem Fenster rollt das Pflaster vorbei, ein Eisenpfeiler läuft vorüber, ein zweiter hintennach. Jetzt blendet Licht, die Halle bleibt zurück, ein dunkler Tunnel, tiefe dämmergraue Höhle, in der hinten ein weißes Flämmchen zuckt, auf- und niederzuckt: Mamas Taschentuch.

Als Hedwig mit Julia ankam, war es Nacht, es regnete mit Schnee vermischt, Eiskörner peitschten ihre Gesichter, als sie steifgefroren und durchgeschüttelt aus der Kutsche krochen. Am nächsten Tag regnete es immer noch, am dritten lag der Schnee fußhoch auf den Narzissenwiesen. Aber die Sonne schälte sich aus dem Gewölk, eine Sonne, so hell, wie Julia sie noch nie zu sehen vermeint hatte, und mit einem Schlag war die Welt verändert: Die großen niederen Stuben, die gestern noch unter ihren schweren Balkendecken wie Sargschächte erschienen waren, sie waren von Licht überschwemmt. Es blühte in den tiefen Fensterlaibungen der ellendicken Mauern, lag golden auf den krummen Planken der Estriche, es rieselte und tropfte, spielte und funkelte: In diamantblau durchschatteten Wogen zog es draußen die Hänge hinab, es sprühte von Bäumen und Dächern, es wärmte und leckte und begann zu glucksen. In den Dachtraufen kicherte es, patschte von Ästen, sammelte sich zu Bächen und trieb das Grüne aus dem Weißen hervor. Zu Mittag war der Schnee geschmolzen, ein Netz von funkelnden Rinnsalen spann sich vom Wald herab.

»Willst du nicht ins Freie?« fragte Hedwig die kleine Schwester.

»Darf ich?« fragte Julia.

»Freilich darfst du. Warum denn nicht?«

Julia durfte alles. *Hier* durfte sie alles. Das hatte sie eigentlich schon am ersten Tag bemerkt, als sie die jungen Kätzchen in der Holzkiste entdeckte, einen ganzen Wurf süßer, rot und weiß getigerter, wonnigwarmer, wonnigschmiegsamer Tierchen. Niemand hatte es ihr verwehrt, sie sich zu greifen, mit ihnen zu spielen, sich Wangen und Hals von den Pelzchen kitzeln zu lassen. Die Alte hatte ein bißchen gepfaucht, aber niemand hatte dieses Pfauchen ernst genommen, niemand verbot Julia, platt auf dem Boden zu liegen und die Kätzchen liebzuhaben.

Niemand warnte sie vor dem Hund, einem alten fetten triefäugigen Bernhardiner, niemand fand etwas dabei, wenn sie zu den Ställen ging und in die Ställe hinein. Noch fürchtete sie sich vor den mächtigen Leibern der Kühe, noch wagte sie kaum in die Koben zu spähen, in denen die Schweine quiekten. In respektvoller Entfernung sah sie zu, wie der Pächter das Vieh versorgte. Aber als er ihr anbot, mit ihm auf die Tenne zu gehen, tat sie es mit Entzücken, sie durfte ihm sogar helfen, Heu durch das Futterloch zu werfen – ein herrliches Spiel, die duftenden Fuder zu fassen, das Gesicht in das dürre Geknister zu vergraben.

Alles hier in Mayregg war wunderbar, aufregend, abenteuerlich.

Julia verfliegen die ersten Tage, sie weiß nicht wie. Dann und wann fragt Hedwig: »Hast du schon deiner Mutter geschrieben?« Julia errötet. Nein, noch nicht. Dann sitzt sie einen halben Nachmittag vor einem weißen Blatt Papier und quält sich ein paar Zeilen ab: Es geht mir gut, ich bin gesund, ich hoffe, es geht Dir besser. – Nichts von den Kätzchen, nichts von den Kühen, nichts von dem, was Julias Tage hier ausfüllt, denn alles, was sie tut und schreibt, was ihr gefällt, sie aufregt und zu immer größeren Wagnissen verleitet, wäre Mama nicht recht, steht unter dem Signum: Verboten. Was soll sie also schreiben? Wenn sie endlich eine halbe Seite zuwege gebracht und ihre Unterschrift gesetzt hat, atmet sie auf. Hedwig fügt noch ein paar Worte hinzu, dann wandert der Brief zur Post. Julia ist froh, wenn er aus dem Haus ist.

Eines Tages sagt Hedwig: »Höre, Julia, ich denke, wir schicken dich hier in die Schule. Du kannst doch nicht den ganzen Tag nur so herumlungern. Onkel Seffo sagt es auch. Du mußt doch schließlich etwas lernen. Wie wäre es, wir fangen gleich morgen an? Fanni kann dich begleiten, sie meldet dich auch an. – Na, was ist, du scheinst ja nicht besonders entzückt zu sein?«

Nein, Julia ist nicht entzückt, sie hat die Schule schon gesehen – von weitem: ein düsterer Bau aus grauen Hausteinen. Er sieht nicht verlockend aus. Julia fürchtet sich.

Doch am anderen Tag scheint Hedwig die Schule wieder vergessen zu haben. Kein Wort mehr davon, und Julia schweigt wohlweislich.

Eines Mittags – Anfang Mai – ist Julia wieder einmal in den Wald gelaufen. Zuerst war sie nicht allein, der

Pächterbub war mit; aber dann bog er ab, war verschwunden –

Julia schlenderte vor sich hin. Sie pflückte Blumen, warf mit Tschurtschen, pflückte wieder. Es trieb sie weiter und weiter. Nach einer Weile wußte sie nicht mehr, wo sie war. Sie hatte keine Angst – oder doch nur ganz wenig, erst als der Sumpf kam und der Boden schmatzte, wenn sie darüberlief . . .

Dann kam sie an den Weiher.

Er lag mitten im Wald, grüngolden, still. Julia hatte schon manches Wasser gesehen: die Donau, die Wien, den Traunsee; aber ein solches Wasser noch nie. Es war gar kein richtiges Wasser, sondern ein moosiger Schlamm. Der Rand war mit Borkenstückchen, Zweigen und Blättern bedeckt, und dazwischen wuchs und quoll es von Stengeln und Ranken, Blasen und Schaum. Julia hockte sich nieder und sah über die Fläche hin, weiter draußen glitzerte sie, und etwas Blaues, durchsichtig Geflügeltes schoß darüber hin. Plötzlich erschrak Julia, denn zwischen den Stengeln und Ranken saß etwas Lebendiges und glotzte sie aus schwarzen Stecknadelköpfen an; es saß unbeweglich, breit und flach und furchtbar häßlich, aber das unheimlichste war, daß etwas daraus hervorquoll, weißliche Blasen . . . Und dann sah Julia, daß die ganze Bucht mit solchen schleimquellenden Wesen besetzt war, unter jedem Stengel, unter jedem Blatt: das Böse . . .

Julia hielt den Atem an. Sie begriff und begriff auch nicht, es grauste sie und war doch wieder wie ein längst erahntes, endlich erobertes Geheimnis, das sie festhielt. Sie wollte sich ihm nähern, aber sie hätte sich geekelt, in den Schlamm hineinzuwaten, so sah sie sich um – da lag ein Ast, sie ergriff ihn und wollte ihn nach den Tieren werfen.

»Laß das!« sagte eine Stimme hinter ihr. Sie fuhr herum. »Komm lieber her«, fuhr die Stimme fort, »ich zeige dir etwas.«

Zuerst sah Julia niemanden. Doch rechts von ihr zog sich ein Felsen empor und den Weiher entlang, er fiel senkrecht zum Wasser ab, auf seinem höchsten Punkt war eine Mulde, und in der Mulde lag ein Mann. Sie sah zuerst nur seinen Kopf und seine Schultern. Als sie sich näherte, streckte er ihr die Hand entgegen und zog sie zu sich herauf. »Schau dorthin«, sagte der Mann. »Schau dorthin!« Er zeigte in das Wasser, das hier unter dem Steilufer tief und klar war. Goldene Lichter spielten darin. »Da, siehst du nicht?«

Nein, Julia sah nichts, bis sie begriff, was der Mann meinte. In der stillen Flut lag ein dunkler Prügel, regungslos.

»Ein Hecht«, flüsterte ihr der Mann ins Ohr. »Er steht auf Beute.«

In diesem Augenblick schoß der Prügel los und zuckte durch das Wasser. Es schnalzte und schlug, dann liefen zitternde Ringe nach allen Seiten. Julia fragte: »Was war das?« Der Mann sah sie an. Zum erstenmal begegnete ihr sein Blick. Er lächelte. »Weißt du das nicht? Der Hecht hat einen Fisch gefangen.« – »Und gefressen?« – »Und gefressen.« – »Armer Fisch«, sagte Julia. Der Mann lächelte noch mehr. »Du bist nicht von hier«, sagte er. – »Nein.«

Nach einer Weile: »Wir werden jetzt nach Hause gehen. Vielleicht sucht man dich schon.«

Sie gingen durch den Wald; als sie auf die Mähder hinaustraten und das erste Dach hinter einer Hügelschwelle auftauchte, sagte der Mann: »Jetzt kannst du dich schon allein zurechtfinden – oder?«

Julia nickte.

Aber dann begleitete er sie doch noch bis Mayregg.

Als sie sich trennten, wußte sie, daß er der Lehrer von Lajon war, und am übernächsten Tag ging sie zur Schule.

Adam mit dem Apfel

Adam denkt nach:
Sieh da, ein Apfel,
apfelrund,
apfelrot,
apfelfrisch,
immer noch Apfel,
Apfel vom Baum der Erkenntnis.

Was wäre aus mir geworden,
denkt Adam,
hätte ich nie in den Apfel gebissen,
denkt Adam,
und erst aus dir –?
und lächelt höflich und schlau
schräg nach oben.

Madonnen

Nach einem Museumsbesuch

Mütter,
geschnitzt,
bemalt,
in blauen Mänteln,
mit Rosenwangen,
zärtlichen Mandelaugen
und einem Lächeln:
schmelzender Lilienschimmer.
Heilige Mütter,
Madonnen,
in euch
blühte das Abendland.

Doch
was geschah? Die,
die euch ersonnen,
geschnitzt,
bemalt,
und ihre Söhne
erfanden die Donnerbüchsen
und die Kartaunen,
den Großen Tod,
der immer noch wächst.

Wieso?

ANEKDOTEN

Kakanische Anekdoten

1. Wahre Bildung

Die Rekruten der k. u. k. Armee wurden nicht nur im Exerzieren und Griffeklopfen gedrillt, sondern auch im Lesen, Schreiben und Rechnen unterrichtet.

Soeben wird irgendwo in einer ungarischen Garnison so eine Rechenstunde abgehalten. Als Hospitant ist zugegen ein Offizier der befreundeten deutschen Armee, ein Preuße. Der Ausbilder fragt: »Rekrut Janosch, sag Er mir: Wieviel ist acht mal acht?«

Janoschs Antwort kommt wie aus der Kanone geschossen: »Zu Befehl, Herr Hauptmann, acht mal acht ist achtundachtzig.«

Der Ausbilder scheint zufrieden, alle scheinen zufrieden, nur der deutsche Gast gibt Zeichen des Protestes.

Darauf der Ausbilder: »Aber bitt scheen, Herr Kamerad, erstens treiben wir hier nicht höhere Mathematik, zweitens tun wir hier nicht Haare spalten.«

2. Kopf oder Wappen

Doktor Nußbächer in Kronstadt ist ein leutseliger Mann. In seine Ordination kommen nicht nur seine deutschen

Mitbürger, es kommen auch Rumänen und Zigeuner; unter den Zigeunern auch Karczi, Primasgeiger der lokalen Zigeunerkapelle.

Karczi kommt nicht nur, wenn er krank ist, er kommt auch sonst einmal, wenn ihn der Schuh drückt.

Eines Tages ist er wieder da, feierlich-verlegen. Er hat seinen Geigerfrack angezogen, sogar ein frisches Hemd, seine Stiefeletten sind gewichst, sein blauschwarzes Strähnenhaar trieft von Pomade. Er muß etwas Besonderes auf dem Herzen haben! – »Also, Karczi, was ist los mit dir? Heraus mit der Sprache!«

Karczi legt seine schmelzendste Platte auf: »Wenn der Herr Doktor so gietig wären – hob ich geheert, hat der Herr Doktor Freind in Wien, hob ich geheert, hat Freind von Herrn Doktor Kaffeehaus und hat, hab ich geheert, Zigeinerkapelle in Kaffeehaus.«

»Na, und was weiter?«

»Hat sich Karczi gedacht, bitte scheen und nix für ungut, möchte Karczi spielen in Kaffeehaus, möchte spielen scheenste Musik, wenn der Herr Doktor so gietig wären und empfehlen mechten den Karczi?«

Dr. Nußbächer wundert sich. Der Karczi hat hier in Kronstadt eine hübsche junge Frau und er hat auch sein gutes Auskommen, was will er so plötzlich in Wien?

Darauf Karczi unter neuen Bücklingen: »No, mechte sehen Karczi große Wienerstadt – und was die Hauptsach' wäre, nix fir ungut, mechte Karczi einmal auch sehen den *Kaiser!*«

Aha, den Kaiser! Das ist natürlich ein Grund. Dafür hat Dr. Nußbächer Verständnis. Nun gut, er wird den Karczi empfehlen. –

Die Sache läuft, der Freund ist einverstanden, Karczi

wird engagiert, fährt nach Wien, geigt dort ein halbes Jahr. Dann kommt er zurück.

Er meldet sich bei Dr. Nußbächer, man weiß doch, was sich gehört, auch ein Zigeuner muß sich bedanken. Wieder hat er seinen Geigerfrack angezogen, wieder hat er ein frisches Hemd, geputzte Stiefeletten und eine halbe Büchse Pomade im Haar.

»Na, da bist du ja wieder, Karczi! War's schön in Wien?«

»Zu dienen, Herr Doktor, ja, es war scheen.«

»Und hast du den Kaiser gesehen?«

»Hab' ich gesehen den Kaiser, jawoll!« Die Antwort klingt reichlich trocken. Dr. Nußbächer wird aufmerksam. »Na, und? Hat er dir nicht gefallen?«

»Natierlich hat mir Kaiser gefallen, Herr Doktor, särr gefallen – is sich ein scheener Herr, ein fainer Herr. Aber, Herr Doktor, is sich ja doch nur ein Mensch wie Sie und ich!«

»Natürlich ein Mensch. Wie hast du ihn dir denn vorgestellt, Karczi?«

»No, Herr Doktor«, antwortet Karczi, und seine schwarzen Zigeuneraugen sind voller Trauer, »hab' mir Kaiser doch eher vorgestellt wie *Doppeladler.*«

3. *Umschwung*

»Es ist halt schon ein Jammer«, klagt ein Liberaler um 1900, »ein wahrer Jammer mit der breiten Masse des Volkes. Man kann tun, was man will: Es bleibt indolent, untertänig, hat keinen Schimmer von Bildung.«

»Diesen Eindruck habe ich aber nicht«, antwortet die Dame. »War ich doch neulich wieder in Wien, in der Josephstadt, und suche das Tulpengasserl und finde und finde es nicht. Ich bin schon ganz verzweifelt, da wende ich mich an einen Droschkenkutscher: Sagen Sie mal, wissen *Sie*, wo das Tulpengasserl ist? – Schaut mich der Mann ganz eisig an von seinem Kutschbock und sagt: ›Hearn S', was geht den *Sie* des an, was i waß – und überhaupt! Bittschön sagt man, Sie *Trampel!*‹«

Ökumenisch

Ein einziger Papst liegt in Deutschland begraben. Es ist Clemens II.: Er lebte kurz nach der Jahrtausendwende, als sich das Abendland schon anschickte, das Heilige Grab zu Jerusalem zu erobern und die Ungläubigen, die es besetzt hielten, mit Stumpf und Stiel auszurotten.

Dieser Papst starb in Bamberg und wurde dort bestattet. Bei einer gründlichen Restaurierung des Domes sollte sein Sarkophag geöffnet und auf seinen Inhalt untersucht werden.

Man hatte dazu auch Experten für alte Textilien geholt, denn man nahm an – mit Recht, wie sich's später herausstellte –, daß man den Leichnam des Papstes nicht nackt, sondern in dem kostbarsten aller damals greifbaren Prunkgewänder begraben habe.

Und richtig: Als man den schweren steinernen Deckel aufhob, fand man auf den letzten noch nicht zu Staub zerfallenen Gebeinen eine dunkle baumrindenartige Masse, die die vermoderten Reste von oben bis unten umschloß. Vorsichtig löste man die Masse ab und übergab sie den Experten zu weiterer Behandlung. Sie legten sie in destilliertes Wasser und weichten sie auf und wuschen und wuschen in immer wieder erneuerten Wässern und mit den zartesten Mitteln. Allmählich entfaltete sich die schwärzliche Rinde zu einem weiten, weißlichen Gewebe und das Gewebe zu einem hauchdünn genetzten, bestickten Schleier arabischer Arbeit der köstlichsten Art. Und der ganze Schleier war mit immer denselben Schriftzeichen wie mit erlesenen Ornamenten durchwirkt.

Nun holte man neue Experten, solche nämlich für altarabische Schrift, und legte ihnen das Prunkstück vor, und sie entzifferten, was da stand und worin die Leiche des Papstes so lange eingehüllt gewesen war, und es lautete:

Allah ist groß, Allah ist groß, Allah ist groß . . .

Spanisches Hofzeremoniell

Der große Regisseur wohnte höchst prunkvoll in dem großen, schönen, berühmten Schloß.

Da er ein wirklich großer Regisseur war, führte er Regie bei allen Anlässen.

Seine Gäste wurden immer stilgemäß empfangen, bewirtet, beherbergt und entlassen.

Eines Tages hatte sich ein Mitglied des ehemals regierenden Erzhauses, ein Erzherzog, als Gast angesagt. Der große Regisseur wollte dem Erzherzog zeigen, daß er ihn auch in der Tat erzherzoglich empfangen konnte. Er studierte das spanische Hofzeremoniell und alle seine Vorschriften.

Der Abend verlief glänzend. Als der Erzherzog gegen Mitternacht den Wunsch äußerte, sich in sein Zimmer zurückzuziehen, erloschen alle Lichter.

Sechs livrierte Diener traten ein, sie hielten brennende Fackeln und formierten eine Gasse, denn nach spanischem Hofzeremoniell hatte das Zubettgehen eines Erzherzogs mit nicht weniger als sechs Fackelträgern zu erfolgen. Der Erzherzog wußte nicht recht, wie ihm geschah. Er zögerte und blickte unsicher herum, von den Fackelträgern zum Hausherrn und von ihm zu dem erloschenen Luster an der Decke.

»Ah ja«, sagte er dann, »jetzt versteh' ich: *Ihr habt's an Kurzen.*«

Erstklassiges Lokal

Wir waren – nach Jahren wieder einmal – bei Tomaselli in Salzburg, und es gefiel uns dort wie eh und je. Da war noch dieselbe alte Vertäfelung der Wände in rotem Mahagoni, dasselbe gemütlich verschnörkelte Mobiliar, derselbe vorzügliche Kaffee, die gleichen knusprigen Kipfel; derselbe höfliche Ober, dasselbe liebe, ein bißchen verzopfte, nobel beklopfte Salzburger Publikum. Wir dachen: Wieviel hat sich doch verändert auf der Welt und auch in dieser Stadt, aber der Tomaselli, der Tomaselli ist immer noch wunderbar!

Als der Ober zum Kassieren kam, wollte ich ihm ein Kompliment machen: »Sagen Sie mir, Herr Ober, wie stellen Sie es nur an, daß Sie immer noch ein so erstklassiges Publikum haben?«

Der Ober lächelt geschmeichelt und verbeugt sich, er verbeugt sich noch einmal tiefer für unser Trinkgeld, wir stehen auf und wollen gehen.

Draußen regnet es in Strömen.

Wir suchen unseren Schirm.

Er ist gestohlen.

Der Alte

Es geschah in den siebziger Jahren: In einem niederbayerischen Städtchen wurde zum erstenmal ein sozialdemokratischer Bürgermeister gewählt.

Der Mann geht mächtig ins Zeug. In der ersten Gemeinderatssitzung verkündet er, nun müsse alles anders werden. Man müsse alle Probleme aufgreifen, durchdenken, durchleuchten, bis auf den Kern durchforschen, Bewußtsein bilden. Eine lange Rede. Endlich macht er Schluß und setzt sich nieder.

Nun ist der Zweite Bürgermeister an der Reihe. Es ist der alte, abgewählte, der von der Union.

Der steht ganz langsam auf, stützt sich breit auf den Tisch und spricht einen einzigen Satz:

»Dumm werd'n ma sein und nachdenka.«

Verschlimmbessern
oder
Zwei Beispiele dialektischen Verhaltens

Vom jungen Brecht wurde mir folgende Geschichte erzählt:

Er ging noch zur Schule und war kein eifriger Schüler. Da er sich außerdem durch Aufmüpfigkeit hervortat, geriet er in Gefahr, von der Schule verwiesen zu werden. Immerhin gab man ihm eine letzte Chance. Er sollte in seinem schlechtesten Fach eine schriftliche Arbeit liefern; ihr Ergebnis würde entscheidend sein. Bert schrieb die Arbeit – auf *nichtgenügend.*

Das junge Genie war ratlos.

Dann fiel ihm ein Trick ein.

Er verschaffte sich rote Tinte von demselben Rot, das der Lehrer für seine Korrekturen benützte. Mit dieser Tinte strich Bert etliche Stellen an, die richtig waren, er kennzeichnete als fehlerhaft, wo ihm kein Fehler unterlaufen war.

Mit dem so präparierten Heft begab er sich zu seinem Lehrer. Schüchtern klopfte er an. Schüchtern legte er das rote Schlachtfeld vor. Ihm schiene, begann er mit ersterbender Stimme, hier sei ein Irrtum passiert, auch hier und auch hier.

Der Lehrer prüfte nach und war bestürzt. Bei Gott! er hatte ja die besten Stellen durchgestrichen!

Hastig griff der Mann nach der Feder. So ungerecht durfte kein Schüler behandelt werden! Er strich das *nichtgenügend* aus und schrieb eine *Drei* unter die Arbeit.

Gerettet war der schlaue Bert.

Der zweite Fall: Helene diente bei einer reichen Russin in Berlin. Es war in der Zeit zwischen den Kriegen, es gab viel Not und wenig Arbeit. Helene war eine Perle, tüchtig und stark und, wie man damals sagte, ein Dragoner: rundköpfig, mit gewaltigen Hüften und Armen, so muskelprotzig wie Ringerschenkel. Dazu war sie resolut und beinah immer guter Laune.

Freilich, der Posten bei der reichen Russin war kein Vergnügen. Die Russin war sekkant, launisch, geizig. Ihre Beine waren gelähmt, sie fuhr im Rollstuhl. Jede Woche wurde sie an einem bestimmten Tag von einem Mietauto abgeholt und zum Arzt gebracht; vom Arzt zum Masseur, vom Masseur zum Friseur und Pedikeur. Sonst saß sie in ihrem mit kostbaren Teppichen, silbernen Leuchtern und erlesenen Porzellanen ausstaffierten Zimmern und quälte ihre Helene.

Insbesondere quälte sie ihre Helene damit, daß sie ihr täglich in den Ohren lag, ja sorglich mit dem Inventar der Wohnung umzugehen und vor allem darauf achtzugeben, daß ein auf einem geschnitzten Taburettchen aufgebautes chinesisches Teeservice keinen Schaden nähme. »Eine jede Tasse«, pflegte sie drohend zu sagen, »ist an die dreihundert Mark wert. Wenn Sie mir *eine* zerbricht, Helene, zieh ich Ihr das vom Lohn ab, und Sie kriegt keinen Pfennig von mir, bis die Tasse bezahlt ist.« Helene verbiß ein Ächzen. Dreißig Mark betrug ihr Monatssalär. Verhüte Gott, daß ihr eins der Dinger zerbräche!

Helene liebte die Russin nicht. Sie hatte Gründe, sie nicht zu lieben. Die Russin trug kostbare Seidenstrümpfe. Wenn die Strümpfe den kleinsten Schaden zeigten, warf sie sie weg. Helene fischte sie aus dem Abfall und trug sie selbst. Als die Russin das merkte, schnitt sie die Füßlinge ab. Helene versuchte, die Teile zusammenzuflicken. Nun zerschnitt die Russin die Strümpfe kreuz und quer.

So schwelte ein Haß zwischen Herrin und Dienstmagd.

Eines Tages geschah es dann: Helene war beim Bohnern unversehens an das Chinesenservice gestoßen. Eine Tasse lag in Scherben.

Helene war außer sich. Zuerst versuchte sie das eierschalendünne Porzellan zu kleben. Vergeblich. In der Nacht lag sie schlaflos und wälzte sich in Qualen. Am liebsten wäre sie, erzählte sie später, aus dem Fenster gesprungen.

Da hatte sie einen Einfall.

Noch hatte die Russin nichts von dem Schaden bemerkt. Am anderen Tag wurde sie wieder auf ihre Tour gebracht: zum Arzt, zum Masseur, zum Pedikeur, Coiffeur. In dieser Zeit wollte Helene ihr Vorhaben ausführen. – Endlich war die Russin fort, niemand im Haus. Helene nahm den kräftigsten Besen und ging in den Salon. Sie stellte sich neben das Taburettchen mit dem Service und stieß, sie stieß den Besenstiel gegen die Decke.

Breitbeinig stand sie da, auf breiten Hüften, mit Ringerschenkel-Armen und stieß und stieß aus allen Kräften. Nichts rührte sich da oben über dem Taburett. Endlich zeigte sich ein zarter Sprung. Helene stieß noch einmal, was sie konnte. Da stürzte die Decke ab mit Donnergepolter. Die halbe Zimmerdecke kam herunter, prasselnd.

Helene hatte sich mit einem behenden Sprung in Sicherheit gebracht. Da stand sie in einer Wolke von Staub und rieb sich die Augen: Das ganze Teeservice lag unter Trümmern, zerschlagen.

Als die Russin nach Hause kam, stürzte ihr Helene entgegen und meldete das Malheur: Plötzlich, aus heiterem Himmel sozusagen, sei die Bescherung erfolgt.

Die Russin war hoch versichert. Der Beamte kam und wunderte sich: Ein solcher Fall war ihm noch nie untergekommen. Eine gesunde Decke in einem neuen Haus? Immerhin gab er zu: Es gebe Unbegreifliches. Die Versicherung zahlte.

Auch Helene war gerettet.

Weltruhm

Man plant eine Dokumentation über Lenins Leben. Ein Fernsehteam wird in die Schweiz geschickt, es folgt den Spuren des berühmten Mannes während seines Exils.

Es ist gar nicht mehr so leicht, Leute aufzutreiben, die Lenins Wege gekreuzt haben.

In Zürich findet man eine alte Frau. Lenin hat damals im Hause ihrer Eltern gelebt. Man fragt sie, ob sie sich noch erinnern könnte.

»Ja freilich, freilich«, sagt sie, »der Herr Lenin hat bei uns gewohnt, ich weiß es noch genau: So viele Bücher hat er gehabt, überall sind Zeitungen und Papiere herumgelegen, in der ganzen Wohnung war eine große Wirtschaft. Und immer sind so viele Herren auf Besuch gekommen, mit großen Bärten, und haben die halbe Nacht geredet und haben Lärm gemacht und haben geraucht und schrecklich viel Tee getrunken. Ja, und dann – dann ist der Herr Lenin weggezogen, und *niemand* hat jemals wieder von ihm gehört.«

Namen

Es gibt Namen und Namen: solche, von denen Telephonbücher, Einwohnerlisten und Grabsteine wimmeln, und solche, die einem nur einmal im Leben unterlaufen. Was hatten sich die Generationen vor uns mit Karls und Annen herumzuschlagen, mit Josephen und Marien! Wir haben es ja eher mit Helmuten und Sonjas zu tun, nachdem Sigberte und Sigrunen nach kurzem Boom jäh abhanden gekommen sind. Doch ein Name war – für mich jedenfalls – ein Unikat.

»Und wie heißen Sie?« fragte ich, als sie sich vorstellte.

»Apollonia.«

»Wie, bitte?«

»Apollonia.«

Gibt es das? *Apollonia!* Das klang ja nach grauer Vorzeit, nach römischen Katakomben und Martyrologien. Und etwas Märtyrerhaftes hatte sie an sich, eine Aura von Demütigung, von Verfolgt- und Geschlagensein. Auch an mittelalterliche Tafelbilder fühlte ich mich erinnert: Da kauern doch oft neben Heiligen und Stiftern, klein und zusammengekrümmt, solche Figuren: Sie haben Bettlerschalen neben sich, manche halten ein Kind im Arm oder lassen sich ihre Schwären von einem Hündchen lecken. In diesen Gestalten wollten die mittelalterlichen Maler das Elend dieser Welt sinnfällig machen. Auch unsere Apollonia war elend; *wie* elend, erfuhr ich erst später.

Sie kam zu uns putzen. Pünktlich um sieben stand sie jeden Morgen vor unserer Tür. Wir hatten damals noch keinen elektrischen Herd, geschweige denn eine Zentralheizung. So mußte Apollonia zuerst die Asche aus Herd und Öfen fegen; dann trug sie Holz und schleppte Kohlenkübel. Dann kehrte sie Treppe und Flur. Dann weichte sie die Wäsche ein, dann putzte sie die Schuhe. Am Nachmittag, wenn das Geschirr gespült war, jätete sie den Garten, und dann und wann fand sie noch Zeit, ein Paar Strümpfe zu flicken.

Apollonia war zu jeder Arbeit bereit.

Wenn ich ihr das Essen zuteilte, knappe und höchst bescheidene Mahlzeiten in karger Nachkriegszeit, bedankte sie sich mit strahlendem Lächeln und bellender Stimme, denn Apollonia hatte einen Wolfsrachen. Dazu schielte sie, und ihr Gebiß war ein Ruinenfeld. Aber wenn ich ihr ein Buch lieh, war sie selig. Apollonia war nicht dumm – und in gewisser Weise war sie sogar ein gebildeter Mensch.

Ihr Mann dagegen –! Ja, ihr Mann! Der kam sie öfters abholen, vor allem, wenn sie Zahltag hatte. Er war ein kleiner, hagerer Kerl, schwarzhaarig, borstig, häßlich. Er sah aus, als hätten ihn Ratten oder Lemuren angenagt, und lemurenhaft war auch sein Beruf.

Er war nämlich Sargträger auf dem Städtischen Friedhof. Ich sah ihn etliche Male seines Amtes walten, in schwarzer Pelerine, mit einem schwarzen, silberbortenbesetzten Dreispitz auf dem Schädel und mit einer Miene, in der sich professionelle Kaltschnäuzigkeit mit schlecht geheuchelter Trauer auf so fatal perfide Weise mischte, daß ich eines Tages im Familienkreis entschieden erklärte: Sollte ich sterben, so wolle ich von jedermann, nicht aber und keinesfalls von Apollonius zu Grabe getragen werden.

Apollonius! Der Name hatte sich nämlich bei uns eingebürgert. Apollonias Mann hieß für uns eben der Apollonius, wie er sonst auch heißen mochte! – Und der Junge, den sie hatten, ein Adoptivkind, das freilich seinem Adoptivvater verräterisch ähnlich sah, der war für uns der *Kleine Apollonius.*

Die drei wohnten in der Altstadt, in einem uralten turmartigen Gebäude in der Mustergasse. Solche Häuser sehen ja von außen sehr malerisch aus, und jeder Liebhaber alter Bauformen geht mit Recht für sie auf die Barrikaden.

Aber darin zu leben mochte damals, ehe man die Vokabel *Altstadtsanierung* erfunden und die Methode entwikkelt hatte, auch aus der düstersten Gespensterburg eine angenehme wohnliche Bleibe zu zaubern – darin zu leben also mochte in jenen Jahren kein Spaß gewesen sein. Wenn ich Apollonia einmal aufsuchen wollte, mußte ich über eine abenteuerlich gewundene Treppe steigen, über morsche Dielen und unter krummen Gewölben. Ich fand sie in einer winzigen schwarzverrußten Küche am offenen Feuer mit Pfannen hantierend. Fensterlos waren Küche und Kammer, und unter einer elenden Funzel stand eine vorsintflutliche Strickmaschine, wo Apollonia aus ruppiger Trennwolle schäbige Pullover wirkte. Denn auch das mußte sie noch leisten zwischen Putzarbeit und Kochen; Apollonius trieb sie an. Sie mußte schuften.

Leider erschien sie des öfteren bei uns in einem kläglichen Zustand, blaugeschlagen, mit Schürfwunden im Gesicht, mit kahlen Stellen im ergrauenden Strähnenhaar; da waren ihr ganze Büschel ausgerissen worden.

An solchen Tagen war die sonst so fleißige Apollonia zu nichts zu gebrauchen. Sie schwankte beim Gehen, sie keuchte beim Treppensteigen, sie lehnte weinend am Fenster und hielt sich mit einem Schürzenzipfel den bibbernden Mund zu. – Eines Tages vertraute sie mir mit kläglichem Wolfsrachengebell an: Jetzt habe sich ihr Mann eine fremde Frau genommen, die sei jetzt immer mit dabei, er tue ihr schön, kaufe ihr Geschenke; schlage aber sie, Apollonia, um so mehr. Das könne sie nicht mehr ertragen, sie wolle zu ihren Eltern zurück.

Ich wußte, ich würde sie vermissen. Trotzdem konnte ich ihr nichts anderes raten: »Ja, wenn es so ist, dann ist es besser, Sie gehen.«

So fuhr Apollonia ab. Ihre Heimat war in der Steiermark. Ich habe sie niemals wiedergesehen. Doch kurz nach ihrer Abreise erhielt ich einen flehentlichen Brief: Ihr Mann habe sie auf böswilliges Verlassen geklagt. Sie werde schuldig geschieden werden, wenn ich nicht hülfe: Ich solle Zeugnis ablegen für sie vor dem Gericht.

Dazu erklärte ich mich bereit.

Es war die erste Gerichtsverhandlung, der ich als Zeugin beiwohnte. Apollonius' Anwalt machte die Frau so schlecht wie möglich. Apollonias Anwalt gab sich keinerlei Mühe. Dann trat ich in den Zeugenstand und erzählte, was eben zu erzählen war.

Ich merkte, der Richter schenkte mir Glauben. Schließlich stellte er mir noch eine Frage: Was denn wohl das Schlimmste an dieser Ehe für die Frau gewesen sei?

Ich überlegte: Die Plage? Die Schläge? Die ausgerissenen Haare? – Nein. Das Endgültig-Unerträgliche war wohl für sie, daß sie einer Nebenbuhlerin hatte weichen müssen.

Ich wollte mich unmißverständlich, doch nicht grobschlächtig-geradezu ausdrücken: Ich sagte: »Das Schlimmste war wohl für sie, daß ihr Mann auch bei anderen Damen Anwert gefunden hat.«

Der Richter schmunzelte. Bald darauf setzte er das Barett auf, um das Urteil zu sprechen. Er schied die Ehe aus des Mannes Schuld.

Nun aber stiegen *mir* Bedenken auf. Es lag ja auf der Hand, daß *meine* Aussage den Schuldspruch herbeigeführt hatte. Mußte der Mann nicht wütend auf mich sein? Vielleicht schmiedete er Rachepläne? Setzte womöglich mein Haus in Brand –?! Schon kam er auf mich zu –.

Ich erwartete eine wüste Beschimpfung. Aber nein! Er streckte mir, freundlich grinsend, die Klaue entgegen – und *dankte* mir. Er dankte mir, daß ich so *schön* für ihn ausgesagt hätte und daß ich erklärt habe, er finde auch bei anderen Damen Anwert, das werde er mir nie vergessen.

Das sind nun viele Jahre her. Ich weiß nicht, ob sie noch leben: Apollonia, Apollonius, und was aus dem kleinen Apollinchen geworden ist. Doch immer fallen sie mir ein, wenn ich Namen dieses Klanges höre: Apollodor, Apollinaire, Apollon – Künstler, Dichter, Götter.

Sie alle haben ihre Schatten.

Der König der Wüste

Eines Tages stellt die Mutter mit Entsetzen fest, daß ihr kleiner Jockl noch nicht lesen kann.

»Zehn Jahre bald – und noch nicht lesen können! Das muß anders werden«, spricht die Mutter und holt ein Buch.

»Hier! Lies!«

Jockl zerdrückt einige Tränen. Die Mutter bleibt hart.

»Fang an!«

Jockl beginnt. Mit Mühe buchstabiert er eine Überschrift: »DER – LÖ-WE –«

»Nur weiter!« sagt die Mutter.

Jockl, Rotz und Wasser im Gesicht, schluckt und schluchzt: »Der – Lö-we ist der – K-K-König – der – Wü-ste. An – an – seinem Schw-Schwanz hat er – eine – eine –«

Das Folgende bereitet Jockl Qualen.

»Eine?« fragt die Mutter mit schon schriller Stimme.

Jockl windet sich. Er wird beinahe blau vor Anstrengung. Aber plötzlich geht ein Leuchten über sein Gesicht, er hat die Lösung:

»An seinem Schwanz hat er eine OASE.«

Gedämpfter Mutterstolz

Die junge Mutter ist verliebt in ihre kleine Tochter. Da sie selbst humanistisch gebildet ist, hat sie auch in dieser Hinsicht für ihre Tochter große und größte Rosinen im Kopf.

Die junge Dame geht eben in die dritte Volksschulklasse. Sie bekommt ein Poesiealbum geschenkt. Die erste, die hineinschreiben soll, ist natürlich die Mutter.

Die Mutter überlegt sich lange einen passenden Sinnspruch. Sie möchte darin alles zusammenfassen, was sie für die kleine Tochter erhofft, für sie erwartet: kurz, ein Motto fürs ganze Leben.

Schließlich holt sie ihren »Goethe« herbei, blättert und findet den Vierzeiler:

Alles geben die Götter, die unendlichen,
ihren Lieblingen ganz:
alle Freuden, die unendlichen,
alle Schmerzen, die unendlichen, ganz.

Diesen Spruch schreibt sie ein.

Das kleine Mädchen liest ihn, zuckt die Achsel und steckt das Album in die Schultasche. Morgen soll die Freundin etwas hineinschreiben. Zwei Tage später kommt die Kleine glückstrahlend nach Hause. – So etwas Schönes hat ihr die Freundin eingeschrieben, so etwas Wunderschönes! Die Mutter schlägt das Album auf und liest leicht erblassend:

Lebe glücklich, lebe froh,
wie der Mops im Paletot,
der auf seinem Sopha saß
und 'nen Korb voll Äpfel fraß.

In ewiger Liebe

Deine Putzi

Die Ermahnung

Die alte Dame verabschiedet den jungen Mann am Bahnhof.

Sie steht auf dem Bahnsteig, er am offenen Fenster seines Waggons.

Sie überschüttet den jungen Mann mit Ermahnungen: »Vergiß deinen Mantel nicht! Laß deine Mütze nicht liegen! Vergönn' dir ein ordentliches Essen! Geh in den Speisewagen! Aber rauch' nicht zu viel! Und schwimm' nicht zu weit hinaus ins Meer! Es soll dort Haifische geben . . .«

Der junge Mann tritt schon ungeduldig von einem Fuß auf den anderen. Immer wieder schaut er auf die Uhr. Wann ist denn Abfahrtszeit?

Endlich ist es soweit. Die Räder beginnen zu rollen. Die alte Dame streckt die Hand hoch in der Hoffnung, die Hand des Jungen noch zu erreichen. Sie erreicht sie nicht mehr. Sie macht noch zwei, drei holpernde Laufschritte neben dem fahrenden Wagen und ruft mit dem Ausdruck liebevoller Verzweiflung: *»Und gib acht, gib acht, daß der Zug nicht entgleist!«*

Kleines Charakterbild

Die Dame des Hauses ist eine berühmte Schönheit. Nicht mehr ganz jung, ist sie noch immer bereit, ihr feuriges Temperament unter Beweis zu stellen. In Gesellschaft erscheint sie nie anders als tief dekolletiert, in auffallenden Roben. In ihrem Badezimmer stehen die raffiniertesten Kosmetika in langen Reihen.

Einmal komme ich in ihre Küche. Sie ist winzig klein, aber penibel sauber. Doch auch hier fehlt ein Spiegel nicht. Mit Lippenstift ist quer über ihn in flammenden Lettern geschrieben: *Amore – Amore – Amore.*

Doch darunter ein Zettel für die Putzfrau aufgespießt: *Pauline, wischen Sie die Pfannen auch unten ab!*

Der kleine Nachbar

Am Zaun
vor fremdem Gras,
Birkenzweigen, Seidelbast,
vor Maulwurfshügeln im schmelzenden Schnee
und Eichhörnchens Spuren,
flink genetzt
über Nußverstecken –
da steht er und schaut,
Einzelkind,
Spätling,
immer allein.

Neun Stunden des Tages
läuft bei ihm zu Hause
strahlenschauernd das blaugrüne Scheibenlicht.

Dennoch steht er und schaut –

Ob ihm der Maulwurfshügel
doch noch ein wenig glaubhafter scheint
als Mickymaustown
in Disneyland?

Eichhörnchens Sprung
ebenso kühn
wie Cowboys Ritt?

Seiner Zunge, gebeizt
von Chewinggum,
wär' ihr die Nuß denn noch süß,
die sie nie kosten wird,
weil das Moos sie schon schluckte?

So steht er am Zaun
immer allein,
Spätling, Einzelkind,
schattenlos,
schattenhaft,
nachbarlich,
fern.

DIE DUNKLEN KRÜGE

Die Hochzeitsnacht

Es war im Jahre 1870: Im Hause Bourdanin wurde Hochzeit gefeiert. Ehe die Sonne des langen glühendheißen Augusttages unterging, führte der Bräutigam, der kaiserliche und königliche Rittmeister Balthasar Bourdanin, seine jungangetraute Frau aus der Gesellschaft der Festgäste in die für ihn eingerichtete Zimmerflucht seines Vaterhauses. Die Stuben waren still und leer. Die Fenster standen offen; durch die weißen Schleierbahnen der Vorhänge drang, in schräge Strahlen gebrochen, das schwere gelbrote Abendlicht. Der Rittmeister warf Hut und Handschuhe ab und schwang seinen Hochzeitsrock über die Sessellehne. »Und nun«, sprach er, »nun sage mir auch, Marie, wie glücklich du bist.«

Zwischen den Fenstern hing ein Spiegel. Der Mann konnte es sich nicht versagen, sein Bild mit einem Blick zu messen.

Balthasar Bourdanin war ein schöner Mann, fest und gedrungen gebaut, breitschultrig, rundköpfig, von kräftiger Hautfarbe und dunklem Haar. Die Nase stand zwar ein wenig schief im Gesicht und zielte mit ihrer Spitze abwärts gegen den buschigen Schnurrbart; doch stand sie nicht übel zu dem festen Mund, zu der starken Braue, zu dem dunkelrollenden hephaistischen Blick. Der Rittmeister mußte es sich selbst gestehen, er war ein in seiner Art prächtiger Mann; darum hielt er die Frau, die ihn bekommen, für ein vollendet glückliches Geschöpf. Die Frau saß hinter ihm auf dem geblümten Ruhebett. Die gute Marie! – der Mann lachte ein wenig in sich hinein: Hatte *das* einer Mühe bedurft, bis er sie bekam, seine Base und Kindheitsgespielin, obwohl ihr doch, soviel er wußte, vorher die Freier nicht gerade das Haus eingelaufen hatten!

Auch diese Ehe hatte wie jede ihre eigentümliche Vorgeschichte:

Als Kinder schon waren Balthasar und Marie im Spiel darauf verfallen, einander Treue zu geloben. Viele Jahre später hatte er sich des kindlichen Verspruchs wieder erinnert. Es war damals, als er, durch dienstliche Ungelegenheiten verärgert und des rastlosen Lebens in den Garnisonen müde geworden, beschlossen hatte, den Abschied zu nehmen und in der Heimat einen Hausstand zu gründen. Er schrieb an Marie, sie willigte ein. Aber als sie ihre Verlobung bekanntgaben, erhob sich die ganze Verwandtschaft dagegen. Mariens Eltern, seine eigene Mutter, seine vier Schwestern, alle fielen über sie beide her; Marie sei kränklich, sie passe nicht zu ihm, er nicht zu ihr, und überhaupt tauge es nicht, wenn Vetter und Base einander ehelichten.

Der Rittmeister verlachte alle diese Gründe. Aber Marie schien beeindruckt und hätte sich, nach Frauenzimmerart, leicht abspenstig machen lassen. Da riß ihm die Geduld, und er beschloß zu handeln. In einem offenen Zweispänner war er eines schönen Sonntagmorgens vor ihrem Hause vorgefahren; unter einem Vorwand gelang es ihm, das Mädchen aus der Wohnung und über die Treppen herabzulocken. Marie war, weil sie am Morgen nie fertig werden konnte, noch in Schlafrock und Häubchen.

Hinter dem Tor ergriff er sie und trug sie auf den Armen aus dem Haus. Der Wagen wartete; ehe sie sich entwinden konnte, hatte er die Braut hineingesetzt, den Schlag zugeworfen und dem Kutscher zugerufen, frisch drauflos und dreimal um den Ringplatz zu fahren.

Es war noch früh am Tage; aber die Maiensonne schien schon recht dreist hernieder, die Leute waren auf dem Weg zur Kirche. Sie machten Augen wie gläserne Teller, als sie die sittsame Marie Bourdanin ungekämmt, im Negligé, das Rüschenhäubchen im Genick, an der Seite des Vetters vorbeikutschieren sahen. Das Mädchen jammerte, schrie, machte einen Versuch, den Schlag zu öffnen und hinauszuspringen. Der Mann ließ sie lachend gewähren, denn er wußte, Marie würde nicht springen; sie sprang auch nicht, sondern gab sich darein, kauerte kläglich in ihrer Ecke, ein Häufchen Elend, und wagte nicht aufzuschauen. Dafür blickte er stolz umher und weidete sich daran, wie die Leute gafften. Nach der dritten Runde ließ er den Kutscher halten und entließ die Schluchzende in die Dunkelheit des heimischen Torflurs. Eine Stunde später erschien er, einen riesigen Rosenstrauß in der Hand, bei Mariens Eltern. Jetzt, gab er ihnen zu verstehen, könnten sie ihm die Hand der Tochter nicht mehr verweigern.

So begann Balthasar Bourdanins Brautzeit.

Von nun an erschien er täglich, eine Blume im Knopfloch, bei den Verwandten. Er blieb zum Kaffee, er spielte mit Mariens Bruder Schach oder führte achtungsvolle Gespräche mit ihrem Vater, seinem Onkel. So gewalttätig er aufgetreten war, um seinen Willen durchzusetzen, so sehr bemühte er sich jetzt, den gekränkten Eltern durch artigritterliches Wesen genugzutun. Sie schienen sich auch bald beruhigt und abgefunden zu haben; nicht so die Braut: Sie hielt sich meist abseits, wenn der Bräutigam zu Besuch kam. Sie hatte nie viel mit ihm zu reden gewußt. Jetzt ließ sie sich manchmal entschuldigen, sie habe Kopfschmerzen oder Herzklopfen, und schloß sich in ihrem Zimmer ein. Ihre Mutter, Frau Margaret, blickte den Neffen kummervoll an und seufzte: Ja, es sei nur zu wahr, Mariechen sei ein doch gar zu schwächliches Kind.

Der Rittmeister lachte. Ein Kind war Marie wahrlich nicht mehr zu nennen mit ihren bald dreißig Jahren, und für schwächlich konnte man sie ebensowenig halten, war sie doch eher rundlich geraten und zu früher Behäbigkeit neigend. Sie sollte nur froh sein, daß sie noch unter die Haube kam, dazu in der eigenen Familie!

Die längst vorbereitete Ausstattung wurde aus ihren Truhen und Verstecken gehoben. Leinen und Damaste stapelten sich zu wahren Gebirgen. Von Zeit zu Zeit wurde ein Teil in Buckelkörbe verpackt, und Mariens Mutter zog mit drei keuchenden Lastträgerinnen in die zukünftige Wohnung der Tochter. Dort füllte sie die Schränke, steckte Vorhänge auf und zierte die Wände mit frommen Bildern. Diese Arbeit des Nestbaues stimmte die gute Frau wie jede ehrliche Mutter, die ihrer Tochter das Ehehaus bereitet, wehmütig, aber zufrieden.

Nur das eine war merkwürdig, daß Marie selbst niemals den Wunsch zeigte, sich an diesen Unternehmungen zu beteiligen.

Balthasar Bourdanin wohnte in der Neustadt, in einem Haus, welches sein Vater gekauft hatte; es hieß »das Kamerale«, weil in einem seiner Flügel eine Behörde, eben das Kameralamt mit seinen verstaubten Registern und Katastern, einquartiert war. Die Bourdaninschen Wohngemächer nahmen den anderen, besseren Trakt des Baues ein.

Es war ein großer, gelbgestrichener Kasten im nüchternen Stil der josephinischen Fiskalbauten. Der Weg dahin war nicht weit. Aber Marie, die sonst eine eifrige Spaziergängerin war, schien in jener Zeit den Gang vor die alte Stadt zu scheuen. Wenn die Mutter sie aufforderte, mitzukommen und sich doch auch einmal in ihrem neuen Heim umzutun, senkte die Tochter das ein wenig schwere, ein wenig gelbliche Gesicht und erwiderte mit sanfter Stimme: »Ach, Mamachen, das wirst du allein alles viel besser machen.«

Aber am Abend des Hochzeitstages gab es keine Ausflüchte mehr, da halfen nicht Kopfschmerzen oder Herzbeschwerden: Das Weib mußte dem Manne folgen, wie das Gesetz es befahl. So stieg sie in den Wagen, nahm Abschied, sie streckte die Hände noch nach den Ihren aus, als die Pferde schon anzogen. Eine späte pommeranzenfarbene Sonne stand über dem Horizont und schien der Braut in das hochglühende Gesicht. Sie tastete nach dem Miederrand: Dort stak das Muttergottesbild, das ihr die alte Küchenmagd heute morgen ins Schnupftuch gebunden, es sei dreimal stark geweiht, hatte ihr die Alte zugeraunt, dreimal mit besonderem Segen. Daran dachte die Braut, während sie an der Seite des Mannes saß, und es war ihr in diesem Augenblick der einzige Trost. Balthasars Mutter und seine Schwestern waren dem jungen Paar schon vorausgefahren. Marie kam nicht als Herrin in ein eigenes Heim. Die alte Witwe Bourdanin herrschte noch immer dahier, und ihr Sohn, der Rittmeister, fand es nur natürlich, daß seine Frau unter der Regentschaft seiner Mutter, ihrer Tante, hausen sollte. In *einer* Küche sollten sie wirtschaften, von demselben Gesinde bedient werden. Von den vier Bourdanin-Töchtern, seinen Schwestern, waren drei verheiratet. Aber auch diese tauchten fast alle Tage im Kameralamt auf. Das lag den Bourdaninschen so im Blute, daß sie sich eng beisammenhielten oder, wenn sie schon einmal getrennt waren, unfehlbar zurückstrebten zu der alten Einheit.

Der Torbogen des Hauses war bekränzt. Als die Neuvermählten ankamen, standen die Mutter und die Schwestern des Ehemannes schon davor. Sie traten auf die Braut zu und hießen sie willkommen, wie es sich gehörte. Sie hatten alle ein wenig Furcht vor Balthasar. Auch hätte es gegen die Spielregeln ihres Standes und ihrer Bildung verstoßen, heute, am Tag der Vermählung, in starrsinniger Ablehnung zu verharren. Sie waren Bürgersfrauen und Österreicherinnen und also erfahren, wie man Feldzüge mit Anstand verliert und wie man halsstarrige Absolutismen durch mildere Patente ersetzt.

Später am Abend weilte Frau Josefin Bourdanin in der Küche und überwachte die Arbeit der Mägde, die das durch die vorausgegangenen Feierlichkeiten in Unordnung gebrachte Silberzeug putzten und polierten. Unablässig liefen die Augen der Frau zählend und prüfend über die Reihen der Bestecke, aber ihre Gedanken irrten ab und suchten das junge Paar, das allein zu lassen jetzt Sitte und Anstand geboten. In der Mutter des Mannes wallten allerlei Ahnungen. Ihr war bänglich zumute, und doch empfand sie eine Art Genugtuung, als nun das Stubenmädchen zu ihr trat und mit einem schlecht verhehlten Lächeln raunte: Die Gnädige möchte so gut sein, zur jungen Gnädigen zu kommen. Die junge Gnädige liege auf dem Sofa und weine.

Die Hausmutter warf dem Mädchen einen eisigen Blick

zu, band sich die weiße Schürze vom schwarzen Taftkleid ab und begab sich in die Wohnung der Neuvermählten.

Balthasar war nicht zugegen. Die Schwiegertochter lag abgewandt auf dem Ruhebett, sie hatte den Arm über das Gesicht gelegt und atmete hörbar.

»Marie«, sagte Frau Josefin und berührte sie an der Schulter.

Marie ließ den Arm sinken. Sie hatte nicht geweint, aber ihre Augen blickten starr vom Ausdruck dumpfer Ängstlichkeit. –

»Tante!« rief sie und richtete sich auf. – »Ich glaube, ich muß nach Hause. Zu Hause wird mir besser.«

»Ist dir denn schlecht, Mariechen?« fragte Frau Josefin.

»Ja, o ja, ich spüre mein Herz. Ich kann nicht atmen.«

»Nach Hause kannst du jetzt nicht«, sagte Frau Josefin. »Du mußt dich auch hier beruhigen.«

»Daheim habe ich den Baldrian«, sagte die Jüngere.

»Baldrian habe ich auch«, antwortete die Schwiegermutter. Sie ging, die Flasche zu holen. Der Widerstrebenden flößte sie einen Löffel ein. Danach lag jene still, mit geschlossenen Augen. Frau Josefin betrachtete ihr Gesicht. Es war noch nicht alt, aber auch nicht mehr jung, es war nicht schön und nicht häßlich. Es war stark geprägt, die Stirn rund, auf der Oberlippe zeigte sich ein dunkler Anflug und am Kinn der Ansatz zu einer Doppelfalte. Die Schwiegermutter reckte sich empor, daß ihr schwarzseidenes Kleid in den Nähten krachte. Sie selbst war nie schön gewesen, riesig von Gestalt und knochenschwer, mit einer überhängenden Nase in einem zu kupferner Färbung neigenden Gesicht. Aber ein tüchtiges Weib war sie doch gewesen, voll verläßlicher Vernünftigkeit, ohne Faxen und Alfanzereien und eingebildeten Herzbeschwerden.

»Nun, Mariechen«, sagte sie, »wird es besser?«

Diese lag unbeweglich. »Nein«, flüsterte sie nach einer Weile. »Es ist der rechte Baldrian nicht, der rechte schmeckt anders.«

»Es ist von Rübsamen«, erwiderte die Schwiegermutter mit Bedeutung. Rübsamen war einer ihrer Schwiegersöhne, Doktor der gesamten Heilkunde, und die Familie war übereingekommen, ihn für ein medizinisches Genie hoher Grade zu halten.

Marie bewegte ihre bläulichen Lippen, als betete sie. – »Tante«, sagte sie nach einer Weile, »Tante, glaubst du, daß ich gleich ein Kind bekommen werde?«

Frau Josefin verbiß ein Lachen. – »Warum solltest du denn gleich ein Kind bekommen?« fragte sie zurück.

»Das ist doch so«, murmelte Marie. »Bei dir, war es bei dir nicht auch so?«

»Ja, die Sibylle hab ich bald bekommen«, antwortete Frau Josefin in unwillkürlichem Stolz. »Und im andern Jahr kam die Emma, und bis zum Balthasar hat es dann auch nicht mehr lange gedauert. Aber bei dir«, fügte sie hinzu, »braucht das doch alles nicht so zutreffen.«

»Ach Gott«, stöhnte die junge Frau und wälzte den Kopf in den Kissen hin und her.

»Du bekommst vielleicht gar keine Kinder, Marie, wo du doch kränklich bist.« Marie rührte sich nicht.

»Soll ich dir ein Glas Wermut holen?« fragte Frau Josefin. Als Marie abwehrte, sagte sie: »Du hast recht, du hast ohnehin zu viel getrunken.« Auf einmal setzte sich Marie auf und griff flehentlich nach Josefinens Hand. »Bleib heute bei mir, Tante, ich bitte dich. Ich bitte dich nur dieses einzige Mal. Der liebe Gott wird es dir vergelten.« – Jetzt weinte sie wirklich.

Frau Josefinens Schwarzseidenes krachte wieder in seinen Nähten. Sie saß eine Weile starr und blickte geringschätzig auf dieses Häufchen Elend nieder. »Wenn du es durchaus willst«, sagte sie. »Aber zuvor muß ich mit Balthasar reden. Meinst du nicht auch?«

Nach einer Zeit kam sie zurück und sagte: »Gut, ich bleibe. Die Baruschka wird mir das Bettzeug bringen.«

Indessen stand der – vielleicht zu Recht – erzürnte Gatte in seinem Zimmer nebenan und goß sich ein Glas Tokaierwein nach dem anderen ein. Das erste Glas hatte er noch zum Fenster hinaus, in die Tiefe des Hofes geschleudert. Dem zweiten Glas hatte er nur mehr den Stengel abgebrochen. Beim dritten fühlte er Beruhigung und Gelassenheit in seinem Innern einziehen. Weibergetue und Geflenne, was konnten sie ihm eigentlich anhaben?

Die Nacht fiel rasch unter dem dunstigen Himmel herein. Die Baumkronen regten sich nicht, schwarz standen die Massen der Wipfel, stumm geduckt Blatt an Blatt. Die Luft war schwer, sie roch nach Stall und Erde. Ein rotes Lichtauge glomm im Hof. Es brannte im Stall bei des Rittmeisters Pferden, dem Rappenhengst Aladin und der Kutschstute Berenike. Der Rittmeister sog den Geruch von Pferdeschweiß und Leder ein. Immer wenn er ihn spürte, zog ein unnennbares Gefühl durch seine Brust: Reitersehnsucht und -entzücken, gemischt mit einem tiefen Gleichmut gegen alle anderen Belange des Lebens. Dieser Gleichmut machte ihm das Wesen männlicher Freiheit aus.

Sein Lebtag lang hatte er sich um das verworrene Getriebe der Weiber nicht sonderlich geschert. Nie hatte er die Erfahrung dessen gemacht, was man in seiner Zeit eine

Passion nannte. Da er aber doch heiraten wollte, hatte er sich die Base gewählt, die er so gut zu kennen glaubte wie eine seiner Schwestern. Als Knabe von zehn, als Mädchen von fünf Jahren hatten sie miteinander Hochzeit gespielt. Er, Balthasar, war im Zylinder seines Vaters zur Zeremonie erschienen, Marie mit einem weißen frischgestärkten Vorhang als Schleier über dem Haar. Weil niemand zugegen war, der sie hätte trauen können, besorgte der Bräutigam selbst die Kopulierung. Er band Mariens Hand mit einer hänfenen Schnur an die seine. Danach brachen sie in der Mutter Speisekammer ein und kosteten den Hetschepetschwein. Er schmeckte ihnen vorzüglich, so kosteten sie immer noch einmal. Endlich stiegen sie auf den Dachboden, legten sich jedes in eine Kiste und schliefen ein.

Der Knabe erwachte dadurch, daß sein Vater ihn am Kragen gepackt hielt und aus der Wolle hervorzog. Es zeigte sich, daß Balthasar auf des Vaters neuem Zylinder gelegen und daß Mariens Brautschleier über und über mit Staub und Spinnweben bedeckt war. Der Vater achtete die Würde des jungen Ehemannes so wenig, daß er ihn im Angesicht der rabenschwarzen Braut über sein Knie legte und ihn verdrosch. Es waren die letzten Schläge, die Balthasar erhielt. Danach rührte ihn der Vater nicht wieder an. Trotzdem vergab ihm der Sohn diese letzte Züchtigung niemals.

Vielleicht war es der Trotz gegen den nun schon lange Verstorbenen gewesen, der den Rittmeister veranlaßt hatte, so beharrlich und zuletzt auf so ungewöhnliche Weise um die Base zu freien. Jetzt war Marie doch die Seine geworden, er hatte das Kinderspiel mit ihr im Ernst besiegelt. Als Balthasar das dachte, erschrak etwas in ihm. Der

Wein hatte seine Wirkung getan; seine Sinne waren auf merkwürdige Weise geschärft und umnebelt zugleich. Er goß sich zum vierten Male das Glas voll. Doch trank er nicht mehr davon. Im Hintergrund der Stube ließ er sich auf einem Ruhebett nieder, lehnte sich zurück, so saß er lange.

Im Hause wurde es still. Nach einer Zeit geisterte über die Decke des Zimmers der Widerschein einer kleinen Laterne, die drunten im Hof vorbeigetragen wurde. Die Mutter trug sie, das wußte Balthasar. Frau Josefin, die heute, wie alle Tage, ehe sie schlafen ging, mit einem Licht durch Haus und Hof wanderte und nach dem Rechten sah. Sie schloß Fenster, sie versperrte Türen, hob da einen verkollerten Apfel auf, fand dort einen vergessenen Besen stehen. Das war ihre Sparsamkeit, mit diesem Verfahren glaubte sie das Heil des Hauses gerettet. Die gute Mutter. Sie war kleiner Leute Kind. Er, der Sohn, hatte in der großen Welt gelebt.

An diese Zeit gemahnte ihn der Geruch von Pferden, Sätteln, Feldern und Fernen. Es war die Zeit, die er, der Bürgerssohn, in einem feudalen Reiterregiment in Ungarn gedient hatte; da er mit einer Gräfin eine gläserne Wand durchtanzt, da er die Spielschulden seiner fürstlichen Kameraden bezahlt und räuberischen Zigeunern seine Monatsgage geschickt hatte als ritterliche Anerkennung dafür, daß er sie mit seiner Schwadron zwei Tage und Nächte vergeblich in den Wäldern der Tatra gejagt hatte.

Herrlich dünkten ihn heute die Zeiten, der Erinnerung bunte Bilder tanzten um ihn.

Als er nachts erwachte, schrak er empor. Ein paar Sekunden lang glaubte er, er habe den gestrigen Tag, seine Hochzeit nur geträumt. Hastig erhob er sich und schlug

Licht: Da lag vor ihm Mariens abgelegter Schleier samt dem welkenden Kranz aus Rosmarin. Der Mann blickte darauf nieder, und ihm war auf einmal, als habe hier jemand ein Spiel zu weit getrieben.

Die Mitgift

Marie war die einzige Tochter Johann Bourdanins, eines sanften und duldsamen Mannes.

Während die Balthasarischen Bourdanins, die ältere Linie, vor etwa dreißig Jahren in das josephinische Kameralamt gezogen waren, wohnte jener mit den Seinen im alten Stammhaus an der Ecke des großen Ringplatzes und der schmalen Dominikanergasse. Es war ein sehr altes Haus, mit Kreuzgewölben im Unterstock, an dessen Mauerrippen noch uraltes fratzenhaftes Bildwerk zu sehen war. Wir nennen es das Haus der dunklen Krüge.

Einmal nämlich, als der Hausherr Johann Bourdanin einen neuen Eingang in den Kohlenkeller brechen lassen wollte, war man ganz unvermutet auf einen verborgenen Schacht gestoßen. In dem Schacht führte eine Treppe abwärts, auf bröckelnden Stufen gelangte man in ein neues Kellergelaß. Von diesem ging abermals eine Treppe nieder, man stieß auf ein drittes Stockwerk unter der Erde, weit in den gewachsenen Felsen eingehauen. In diesem Keller war ein Brunnen. Aus seinem tiefen Grunde glänzte es schwarz von unversiegtem Wasser. Ein beherzter Mann ließ sich an einem Seil hinunter. In den Morast des Grundes eingesunken, fand er eine Menge Scherben und Gefäße, gehenkelter und ungehenkelter Krüge, Tiegel und Schüsseln. Mit diesen waren wohl vor etlichen hundert

Jahren die wasserschöpfenden Frauen herabgestiegen in die Quellkammer, und dieser oder jener mochte das Gefäß entglitten und durch das Wasser langsam hinabgetrudelt sein bis zum Grunde, wo es alsdann liegen blieb und verloren war.

Nun brachte man Stück für Stück herauf. Die Gefäße hatten sich alle mit der Farbe der Finsternis und des Moders, mit einer dunkelgrünen, ja schwarzen Patina überzogen. Der Fund erregte Aufsehen, man begehrte, die neuerschlossenen Verliese untersuchen und nach weiteren, vielleicht noch verborgenen Höhlungen abklopfen zu dürfen.

Da aber erschien der Hausherr, der sich bisher ferngehalten hatte. Auf der ersten Kellerstiege stand er und schrie, er dulde nicht, daß man noch weitere Kellergelasse freilege oder auch nur die schon geöffneten durchsuche. Den Maurern gebot er, den Schacht zu schließen, er achtete nicht auf Einwände und Vorstellungen. Sein Gesicht war bleich, er zitterte, sein feines blondes Haar sträubte sich vor Entsetzen. – »Mauert zu, mauert zu!« rief er und floh dann, wie von Geistern gejagt, die letzte Treppe zur Oberwelt hinauf.

So gehorchten die Arbeiter und gebrauchten ihre Mörtelkellen, rasch wurde der Schacht geschlossen.

Die geborgenen Gefäße aber ließ der Ängstliche aus dem Hause schaffen. Die meisten schenkte er dem Stadtmuseum, einige nahm sein Neffe Balthasar, der Rittmeister, an sich. Er nahm sie weniger aus Kunstverständnis und aus Freude über die schönen, schlichten, vom Alter geheiligten Formen, sondern eher, weil die Krüge so lange unter einem *Bourdaninschen* Hause begraben gelegen hatten.

Mariens Vater hatte sich am Tage nach der Hochzeit schon um sieben Uhr des Morgens erhoben. Er hatte keine Ruhe gefunden in der Nacht. Ein Plan, den er gefaßt und den zur Ausführung zu bringen er eben diesen Tag erwählt hatte, machte seine Nerven zittern. Dazu schmerzte ihn der Kopf, und in seinem Magen revoltierten die Säfte.

Er nahm seinen täglichen Trunk von Karlsbader Salz, alsdann schlürfte er einen Tee aus Minzenkraut. Schließlich, als es acht Uhr schlug, tauchte er sein Gesicht in lauliches Wasser. Im Nebengemach lag seine Garderobe bereit, Stück neben Stück säuberlich ausgebreitet. Er hätte den vorbereiteten Staat anlegen und im Augenblick fertig sein können. Aber die ängstliche Unentschlossenheit seiner Natur hinderte ihn daran. Er verwarf das gewählte Beinkleid und suchte ein neues, er suchte ein anderes Hemd, durchwühlte die Schränke und warf alles durcheinander. Mit Hilfe eines Barbiers soignierte er Haar und Bart. Aber am späten Vormittag geschah das Malheur, er schüttete sich eine flüssige Pomade auf den Rock; bebend und am ganzen Leibe schwitzend, mußte er also noch einmal wechseln. Die Gattin schalt, der Barbier grinste, die Küchendirn kicherte hinter der Tür.

Schlag halb zwei verließ Onkel Johann nüchtern und verstört das Haus. Seit einer Stunde wartete der Wagen. Der Kutscher empfing den Gast mit unverhohlenem Ärger und ungeduldigem Peitschenknallen. Erschrocken suchte Onkel Johann nach seiner Börse und reichte dem erzürnten Wagenführer im voraus einen fürstlichen Lohn. Der Wagen fuhr zum Kameralamt.

Balthasar hatte mit seiner Mutter und seiner Frau zu Mittag gespeist. Jetzt saß er allein in seiner Stube bei einer

Schachpartie. Er war ein großer Liebhaber dieses Spiels und pflegte, wenn er keinen Partner hatte, allein gegen sich selbst zu spielen.

Dazu rauchte er eine riesige Pfeife; er stopfte sie aus einer dickbauchigen Dose mit grobem und höchst unlieblich duftendem Kraut. Dieses war das Geschenk seines ungarischen Burschen Korman Bencze, das alljährlich in ansehnlichen Ballen eintraf und welches aufzuschmauchen der Rittmeister aus Anhänglichkeit an den alten Haudegen um keinen Preis unterlassen hätte. Alle diese Erinnerungen und Treulichkeiten pflegte der Rittmeister mit Sorgfalt, ja, mit Leidenschaft. Er ließ sich in ihnen durch keine Vorurteile stören. Die kroatischen Bauernsöhne, welche er bei Solferino ins Feuer geführt hatte, kehrten in seinen Erzählungen ebensooft wieder wie die kommandierenden Generale.

Was verstand Onkel Johann, der Lavendelduftende, von den bittersüßen Opfergerüchen, welche Balthasar Bourdanin der alten Kameradschaft aus seiner Meerschaumpfeife darbrachte! Verzweifelt stand er auf der Schwelle und blickte in den wogenden Qualm.

»Du bist es, lieber Onkel oder Schwiegerpapa!« erscholl des Rittermeisters Stimme in jovialem Ton. »Nur hereinspaziert, wenn ich bitten darf. Meinen gehorsamsten Diener. Wie hast du geruht?«

»Dank dir, dank dir!« stammelte Onkel Johann und sank auf ein Stühlchen nieder. – »Du entschuldigst, daß ich dich so formlos überfalle, zu dieser Zeit, ach und in diesem Aufzug! Sieh mich nicht an, ich bitte dich.«

»Ei, warum denn gar?« fragte Balthasar und trug die Pfeife in den abgeschlossenen Alkoven. Er wußte, daß der Onkel den Knaster nicht vertrug. – »Du bist doch immer wie aus dem Ei geschält. Ich dagegen, ich rauher Krieger –«

Onkel Johann tat, als wolle er sich erheben. – »Keine Umstände«, flehte er. »Du willst doch dein Pfeifchen nicht verbannen, ich müßte sonst gleich wieder gehen.«

Der Neffe legte seine Hand auf des Onkels Schulter. – »Da bleibst du sitzen und: Ruhe! – – Marie!« rief er aus dem Türspalt. »Dein Vater ist hier, laß einen Mokka bringen.«

»Laß Mariechen nur ruhen«, flüsterte Onkel Johann mit gesenktem Blick. »Die Lina, das Mädchen, hat mir schon angedeutet, daß sie sich heute nicht ganz wohl fühlt, leider.«

»Hat dir angedeutet!« murmelte Balthasar und runzelte die Stirn. – »Verfluchtes Weibervolk, muß immer schwatzen.«

Er schob das Schachbrett zur Seite. Onkel Johann war kein Partner. Eine der Damen fiel zu Boden. Der Rittmeister schubste sie rasch mit der Stiefelspitze unter den Kasten. Jetzt heftete er den Blick auf des Schwiegervaters Gesicht. – »Wie siehst du aus, Onkel? Bist du krank?« Dieser hatte sein Schnupftuch hervorgezogen und tupfte sich den Schweiß von der Stirne. Seine Züge waren zart und eigentlich schön. Auf den Schläfen trat die feine Zeichnung der Adern hervor. Die Wangen waren schmal, die Nase länglich, die Augen hell und blickten immer, als wollten Tränen unter ihre blaue Iris dringen. Übrigens hatte er, anders als der Neffe, der schon zur Kahlheit neigte, dichtes Haupthaar, und sein Bart lockte sich.

»Lieber Schwiegersohn«, begann er jetzt, seine Stimme klang belegt – »lieber Schwiegersohn, du wirst meinen Besuch erwartet haben. Denn ich bin dir, wie du weißt, eine Erklärung schuldig, eine höchst wichtige Erklärung, welche ich dir, woran du nicht zweifeln kannst, längst gegeben hätte, wenn du mir erlaubt hättest zu sprechen. Allein bis heute warst du nie so gütig –«

»Ach, deshalb!« fiel ihm Balthasar ins Wort. – »Wegen der Mitgift! Laß es gut sein, mein Bester, da habe ich so meine eigenen Ansichten.«

»Nein, o nein!« Onkel Johann knöpfte seinen Frack auf und zog aus der geschwollenen Westentasche ein ledernes Portefeuille hervor. Aus der Tasche seines linken Frackschoßes förderte er ein Brillenfutteral zutage; aus den Tiefen seines rechten Frackschoßes holte er ein Läppchen aus Hirschleder. Da er Balthasars Schachpartie nicht zu zerstören wagte, schichtete er das ganze Quodlibet auf seine zusammengeklemmten Knie. Und endlich konnte der Zitternde in seinen unterbrochenen Erklärungen fortfahren.

»Hier ist ein Überblick über das gesamte Bourdaninsche Vermögen vom Jahre 1710 an, in dem, wie du weißt, mein seliger Ahn, dein Ur-Ur-Urgroßvater, in unsere Stadt eingewandert ist. Hier ist ein Überblick über das – wenn ich so sagen darf – auf mich gekommene Erbe. Hier ist eine Abschrift der letztwilligen Verfügungen, welche wir, meine Frau Margaret und ich, getroffen haben. Hier endlich die Erklärung über Mariechens Mitgift.«

Balthasar Bourdanin warf einen flüchtigen Blick auf die Papiere. Sie waren mit den allersorgfältigsten Schriftzeichen auf das wunderbarste bemalt. Nächte hatte Onkel Johann geopfert, um in verzweiflungsvollen Mühen, von Bergen verschriebener, zerknüllter, weggeworfener Blätter umhäuft, diese kalligraphischen Wunderwerke herzustellen. Aber dem Neffen gewannen sie keine Aufmerksamkeit ab.

»Laß mich in Ruhe mit Mariens Mitgift«, sagte er. »Ich will nichts sehen und hören davon.«

In Onkel Johanns Augen schossen Tränen. Wie ein Kind, welches mit unendlicher Mühsal seine Lektion zuwege gebracht hat und sie jetzt um jeden Preis an den Mann bringen will, hob er flehend die Hände. – »Habe die Güte, mein Bester, bitte, habe die Güte! Ich habe sonst keine ruhige Stunde mehr. Du und Mariechen, ihr seid jetzt Mann und Frau, mit Gottes Hilfe. Es ist jetzt die Stunde, die allerletzte, um dir Mariens Mitgift zu unterbreiten.«

»Die letzte«, sagte der Schwiegersohn ingrimmig lachend. »Und ich hoffe auch, das allerletzte Mal davon gehört zu haben.«

Onkel Johanns Hände irrten zitternd über die Blätter, und während er nach einem suchte, welches vielleicht doch noch Gnade finden würde, fühlte er sich sanft zur Seite geschoben und sah die Früchte seiner Mühen – o Schreck! – unter dem Mokkatablett begraben, welches die Küchendirn indessen unbemerkt hereingebracht hatte.

»Alles zu seiner Zeit«, sagte der Jüngere gemütlich. »Aber nach dem Essen gehört sich nun einmal der Mokka. – Warum, du verdammtes Weibsstück, bringst du den Zucker so grob zerstoßen?«

Onkel Johann wagte nicht zu sagen, daß er noch nicht gegessen habe, deshalb auch keines Mokkas bedürfe. Aber schon stürzte der Rittmeister den heißen Strahl in die Tassen. – »Kapuziner oder Gold?« fragte er. – »Ja, ihr soliden Leute zieht das Helle vor, der Teufel hol's, mir kann der Satan nicht schwarz genug sein.«

»Höre mich an«, sagte er dann, nachdem er getrunken und den Zuckerschleim aus der Tasse gelöffelt hatte. »Höre mich an, ich habe die Marie gegen deinen Willen geheiratet, keine Widerrede, lieber Schwiegervater. Es war ja jene – hm – Sonntagmorgen-Spazierfahrt notwendig, um dich davon zu überzeugen, wie unabänderlich mein Entschluß feststand. Marie wäre, wie jedermann weiß, eine gute Partie gewesen, sie wäre es auch für mich gewesen, wenn ich sie unter anderen Umständen bekommen hätte. So ist's deine Schuld, Teuerster, nur deine Schuld. Ich kann es mit meinem Standpunkt nicht vereinbaren, die Ehe mit einer *begüterten* Frau erzwungen zu haben. Die Ehe«, er räusperte sich, »ist vollzogen. Als Ehrenmann bleibt mir nur eins zu tun übrig: ich verzichte auf die Mitgift.«

»Ja, aber wieso denn?« stammelte Onkel Johann entsetzt.

»Habe ich eben erklärt. Hiermit stelle ich in aller Form fest, daß ich von dir und der verehrten Tante keinen roten Heller annehme, und wenn ihr mir die Marie in Gold und Perlen einpacken wolltet. Und damit basta.«

Nach dem Abendessen tat Balthasar Bourdanin seiner Frau und seiner Mutter kund, was er heute mittag Mariens Vater eröffnet hatte. Er tat es im gleichgültigsten Ton, als wäre die Sache kaum der Rede wert. Während er sprach, trommelte er mit den Fingern einen Marsch auf der Tischplatte.

Man hatte schon abgedeckt, nur der Brotkorb stand noch da. Ihn drehte der Rittmeister nun gegen Marie und sagte: »Du bist also eine arme Braut, mein Kind. Merke dir das. Aber du hast dein tägliches Brot bei mir.«

Die junge Frau saß mit gesenktem Blick, sie war dunkelrot geworden. Jetzt schlug sie die Augen gegen den Mann auf, geraden, glühenden Blickes, so hatte Marie Balthasar noch niemals angeschaut. – »Nein«, stieß sie hervor, »ich will dein tägliches Brot nicht, Balthasar, ich will keine arme Braut sein, ich will nicht von dir dazu gemacht werden, ich will es nicht.«

»Erlaube einmal!«

»Nein«, schrie Marie. »Denn wer nichts hat, der ist verkauft und verraten, und ich will nicht verkauft sein. Was geht mich das an, was du willst? Es ist mein Geld, worauf du verzichtest und was du herschenkst, du kannst mein Geld nicht verschenken, es gehört mir und niemandem sonst.«

»So«, sagte Balthasar, und auch sein Gesicht lief dunkelrot an. – »Dir ist es also gleichgültig, wenn die Leute mit Fingern auf deinen Gatten weisen?«

»Niemand weist mit Fingern auf dich«, ergriff Frau Josefin das Wort. »Das ist wieder so eine tolle Kavalleristen-Idee! Seit wann ist es denn eine Schande, ein reiches Mädchen zu heiraten? Das wäre mir noch schöner.«

»Das verstehst du nicht, Mutter«, brauste der Sohn auf. »Was ich meinem Standpunkt schuldig bin, das weiß nur ich allein.«

»Aber was du mir schuldig bist, das weißt du nicht«, gellte Marie. Sie bebte am ganzen Leib. – »Du machst mich zur Bettlerin, ehe ich noch einen Tag in deinem Hause gelebt habe.«

»Zur Bettlerin?« rief Bourdanin aufspringend. – »Morgen verschreibe ich dir fünftausend Gulden, das ist ein Drittel meines Vermögens.«

»Aber ich hätte siebentausend bekommen«, schluchzte Marie.

»So werde ich dir siebentausend verschreiben«, schrie Bourdanin. »Morgen oder, wenn du willst, noch heute.«

»Balthasar –!« rief Frau Josefin warnend dazwischen.

»Ja, heute noch!« Er riß eine Schublade aus einem Schreibtisch hervor, einen Bogen heraus, stieß die Feder ins Tintenfaß, daß die Kleckse spritzten. Dann schrieb er mit wilden Zügen die Erklärung.

Als er fertig war und sie Marie über den Tisch hinhielt, stand diese unbeweglich. – »Und wenn ich sterbe«, flüsterte sie, »was wird dann mit dem Geld?«

»Sterben!« schrie der Gatte. »Du wirst achtzig Jahre alt oder hundert und wirst mich zehnmal begraben!«

Die Frau schaute auf, und etwas änderte sich in ihrer Miene, als dämmerte ein ängstliches tierisch-dumpfes Hoffen in ihr auf. Ihre Stirn glättete sich, ihr Auge verlor den stieren Blick der Erbitterung. – »Meinst du?« murmelte sie, »meinst du, daß ich so alt werde? Ach, wenn ich nur fünfzig würde, wenn ich nur fünfzig Jahre zu leben hätte –«

Marie
oder
Die Truthühner

Frau Josefinens Prophezeiung, daß eine so kränkliche Person wie ihre Schwiegertochter Marie nicht so bald in die Hoffnung kommen werde, ging leider nicht in Erfüllung. Ein paar Monate nach der Hochzeit entdeckte die Unglückselige an sich die untrüglichen Zeichen einer Schwangerschaft. Sie suchte ihren Arzt auf und teilte ihm ihre Beobachtungen mit. Zugleich änderte sie ihre Lebensweise und begann, sich auf die Entbindung vorzubereiten.

Vor allem ließ sie ihr Bett aus dem Schlafzimmer ihres Mannes in eine andere, entfernte, an die Wohnung ihrer Schwiegermutter anschließende Stube bringen. In diese Stube ließ sie einen großen Holzzuber setzen, der jeden Morgen um acht Uhr mit lauwarmem Kamillenabsud gefüllt werden mußte. Die Zurichtung kostete den Dienstmägden viele Mühe, denn die Küche, in der das Wasser erhitzt wurde, lag am anderen Ende des Hauses. In dem Absud badete Marie allmorgendlich, um nachher noch einmal für einige Zeit das Bett aufzusuchen. Danach kleidete sie sich an, wickelte ihre Beine in enganliegende Verbände und begab sich auf einen bis in die Nachmittagsstunden währenden Spaziergang. Zuerst pflegte sie eine kleine Wallfahrtskirche aufzusuchen, die eine geringe

Gehstunde vor der Stadt im Grünen lag. Eines Tages aber begegnete sie dort einem Leichenzug. Seither mied sie den Platz und spazierte lieber zwischen den Äckern umher, die in eintöniger Öde rings um die Stadt ausgebreitet lagen. Auf diesen einsamen und traurigen Gängen betete sie den Rosenkranz. Kam jemand des Weges, verbarg sie die kleine Kugelkette schamhaft in dem Pompadour. Sie verlor schon frühzeitig ihre Gestalt und war schon nach der ersten Hälfte ihrer Zeit so schwerfällig geworden, daß man ihr eine baldige Niederkunft für sicher ankündigte. Dann floh die Bedauernswerte und schloß sich in ihrer Stube ein. Doch nach wenigen Tagen nahm sie ihre verzweifelten Übungen wieder auf.

Von ihrem Gatten hatte sich Marie ganz zurückgezogen; auch bei ihren Eltern ließ sie sich kaum mehr blicken. Von allen Menschen stand ihr jetzt die Schwiegermutter am nächsten. Sie rief sie manchmal nachts zu sich ans Bett. Dann mußte Frau Josefin erzählen, wie es ihr ergangen war, als sie ihre Kinder bekommen hatte. Marie las ihr jedes Wort gierig von den Lippen. »Und hast du dich nicht gefürchtet, Mutter? Ach, Mutter, du warst eine Heldin –«

Im Erdgeschoß des Kameralamtes, aber getrennt sowohl von den Stuben der Behörden als auch von den Gemächern der Bourdaninschen Familie, wohnte ein Professor mit seinen beiden Töchtern. Der Professor war ein stiller Mensch, der seine Frau früh verloren hatte und sich nach deren Tod nur noch seinem Beruf und der Erziehung seiner Kinder widmete. Er war böhmischer Herkunft; wenn er deutsch sprach, so tat er das zwar fehlerlos und in gewählten Wendungen, aber in der sanft singenden Tonart der Slawen. Er hatte lange in der Elementarschule unterrichtet und war erst in reifen Jahren unter vielen Mühen und bitter ersparten Kosten zum Lehrer an einem Gymnasium aufgestiegen; dort hatte er die Fächer der Naturkunde, des Freihandzeichnens und die Pflege der schönen Schrift. Zu allen diesen Wissenschaften und Fertigkeiten hegte er eine tiefe Neigung. Die Stubenwände seiner Wohnung waren mit Tafeln geschmückt, auf denen gepreßte Farne, Blumen und Moose säuberlich aufgeklebt und zu kleinen Kunstwerken geordnet waren. Unter Glas war das Bild zweier Vögel, die aus echtem Gefieder zusammengefügt worden waren, und auf einer anderen großen Tafel sah man die heimischen Schmetterlinge vom farblosen Kohlweißling bis zum stolzen Pfauenauge mit getreuem Stift nachgebildet. Auf den Fensterborden reihten sich, nach Größe geordnet, tönerne Töpfe mit allerlei Pflanzen, buntblühenden und solchen, welche nur durch ihr üppiges Grün erfreuten. Am häufigsten waren die freundlichen Schleier des Asparagus.

Die guten Leute hatten neben ihrer kleinen Küche nicht mehr als zwei Stuben und ein Kämmerlein. Die eine Stube gehörte dem Vater; sie enthielt das wenige an poliertem Hausgerät, das vorhanden war. Die andere, welche die Töchter bewohnten, war ganz schmucklos und beinahe bäuerisch eingerichtet. Die kleine Kammer neben der Küche stellte das Ferienquartier des Sohnes dar, der in Prag die Jurisprudenz studierte.

Die beiden Töchter hießen Ernestine und Marie.

Ernestine, um zwei Jahre älter als Marie, hätte anderswo als eine auffallende Schönheit gegolten. Sie war hoch und schlank gewachsen und trug das Haar wie eine Krone um das Haupt gesteckt. In einer großen Stadt wäre sie verehrt und geliebt worden, aber die bescheidenen Verhältnisse, in denen sie lebte, schienen derlei zu verbieten. Auf dem Lande und in einer kleinen Stadt ist große Schönheit ein fremdartiges Element. Man hilft sich gegen sie, indem man sie übersieht. So lebte Ernestine ganz zurückgezogen und fast unbeachtet zwischen den Ihren.

Ihre Schwester Marie war in jener Zeit noch ein Kind.

Eines Tages im Spätherbst oder, wenn man will, im Frühwinter jenes Jahres geschah es, daß die Rittmeisterin, als sie eben zu einem ihrer Spaziergänge ausrücken wollte, von einem Unwetter überrascht wurde. Der Tag hatte licht und mit südlichem Wind begonnen. Aus einer sich rasch aus dem Norden nähernden Wetterwolke hatte mit einem Male Hagel, mit Schnee und Regen vermischt, niedergeschlagen; eisig blies die verfinsterte Luft. Die Frau wurde eben an der Ecke des Kameralamtes von dem Unwetter angefallen. Das abwehrend aufgespannte Parapluie stülpte sich um, mit wehender Mantille und zerfledertem Hut wurde die Keuchende gegen das Pförtchen der Halikschen Wohnung getrieben. Noch versuchte sie sich gegen die jäh herniederstürzenden Güsse unter der Laibung zu decken, als die Tür aufging und das Kind Marie auf der Schwelle erschien. »O Gott, die gnädige Frau! Ist der gnädigsten Frau etwas geschehen?«

Dienstbereit ergriff sie den schmählich zerstörten Schirm, hob das entfallene Ridikül auf und führte die noch Atemlose in die kleine Küche hinein. Frau Bourdanin ließ sich ächzend auf einem Schemel nieder. So etwas von bösem Wetter, beteuerte sie, habe sie noch gar nie erlebt. – Ihr Rocksaum triefte, das Schuhwerk schien Wasser eingelassen zu haben.

Das Mädchen kniete nieder und knüpfte ihr die Stiefel auf. Dann brachte sie die neuen Pantoffel des Vaters, hängte den Umhang vor den Herd und bog den Schirm wieder in seine Form. – »Der Hut!« sagte das Mädchen. »Schade um den schönen Hut!«

»Laß es gut sein, Kind«, sagte Marie Bourdanin. »Um den Hut ist es nicht schade. Aber kalt ist mir noch. Kannst du mir nicht ein Täßchen Kaffee geben, daß ich mich erwärme? Ich möchte ja nach Hause gehen, aber sieh nur, wie es draußen tobt.«

Graue, waagrecht gepeitschte Flockensträhnen trieben gegen die Scheiben.

»Ja, gnädige Frau«, sagte das Mädchen, »den Kaffee habe ich fertig. Er steht im Rohr. Und wenn ich dürfte –«, fügte sie errötend hinzu: »Ich habe nämlich eine Buchtel gebacken, es ist eine ganz gewöhnliche Buchtel. So etwas wird die gnädige Frau nicht essen wollen.«

Marie Bourdanin hatte seit dem Beginn ihrer Schwangerschaft alle schweren Speisen gemieden. Aber mit einem Male empfand sie Lust, in das goldbraune Gebäck zu beißen, das ihr das Kind vorsetzte. –

»Ja, ich nehme mir ein Stückchen, Marie! – Marie heißt du doch?«

Die Junge errötete wieder und knickste.

Aber Marie habe gut kochen gelernt, lobte die Frau. So eine gute Buchtel wie diese habe sie schon lange nicht gegessen.

Jetzt wurde das Mädchen so rot, daß ihm beinahe Tränen in die Augen traten. – O nein, sie habe das Backen nur einmal so für sich probiert.

Nun blieb es eine Weile still. Frau Bourdanin trank ihre Tasse leer.

»Du hast keine Mutter mehr?« fragte sie. »Wann ist sie denn gestorben?«

»Ich war sechs Jahre alt«, antwortete das Mädchen. »Die Ernestine war acht und der Bohusch war zehn. Da ist zuerst die Warwara bei uns gewesen.« Das Mädchen unterdrückte einen Seufzer. »Die Warwara war eine fremde Frau, sie war nicht sehr gut, und weil ihr der Vater so viel Geld zahlen mußte und weil er das Geld für die Prüfungen brauchte, so ist sie fortgegangen, und dann haben wir dem Vater den Haushalt gemacht, die Ernestine und ich.«

»So? Ihr beide? Und wie alt seid ihr denn da gewesen?«

»Die Ernestin war elf«, antwortete das Mädchen. »Aber sie hat auch noch in die Schule gehen dürfen.«

»Und du hast nicht mehr in die Schule gehen dürfen?«

»Nein«, sagte das Kind, »die Ernestin ist halt die Gescheitere.«

»Wirklich?« sagte Frau Bourdanin lachend und nahm sich noch eine Buchtel vom Teller. – »Aber du bist gescheit genug, gute Sachen zu backen, und das ist auch etwas.«

Wieder errötete das Mädchen vor Freude: »Darf ich der gnädigen Frau noch einmal einschenken?« – Und als sie das getan hatte, fragte sie, ob sie ihren Strickstrumpf holen dürfe. – Der Bohusch zerreiße alle Socken, da müsse sie die Fersen einstricken.

Der Bohusch sei der Bruder?

Ja.

Und er studiere in Prag?

Ja.

Das koste gewiß ein großes Stück Geld?

»Der Bohusch ist brav«, sagte das Mädchen, und ein

zärtliches Lächeln erblühte in seinen Grübchen. Dann fuhr es ernsthaft fort: Der Bohusch hätte ja gerne die Naturwissenschaft studiert, weil der Vater sie, die Kinder, immer schon darin unterrichtet habe, wenn er mit ihnen spazierengegangen sei; auch am Abend zu Hause zeige er ihnen seine Bücher. Aber die Jurisprudenz sei billiger, da komme man früher ins Brot. Und deshalb habe der Bohusch die Jurisprudenz gewählt.

»Ach«, sagte Frau Bourdanin, und es ergriff sie ein Mitleid mit diesem einfachen guten Kind und mit dessen Bruder, der auf seinen Lebensberuf verzichtet hatte, um rascher »ins Brot« zu kommen. Eine Ahnung streifte ihr Herz von allen den ungezählten stillen Tragödien, die Jünglinge unter ein ungeliebtes Arbeitsjoch und Mädchen in lieblose Ehen treiben – des Brotes wegen. – »Und du, kleine Marie?« fragte sie. »Was wirst du tun?«

»Ich?« fragte das Mädchen so verwundert zurück, als wenn ihm noch nie der Gedanke auch an eine eigene Zukunft gekommen wäre. – »Mich braucht doch der Vater.«

»Ja, aber später? Willst du denn immer bei deinem Vater bleiben?«

»O ja«, sagte das Kind.

»Da hast du recht«, antwortete Frau Bourdanin. »Heiraten ist schon gut, aber es ist nicht immer leicht, das, was dann kommt.« Sie versank in ein grüblerisches Schweigen. Das Mädchen saß scheu gesenkten Hauptes.

»Du weißt doch, daß ich ein Kind bekommen werde?« murmelte Frau Bourdanin nach einer Weile. »Nicht wahr, das weißt du auch?«

»Nein«, sagte Marie mit dem Ausdruck vollkommenster Überraschung. Wieder strahlte ein Lächeln in ihren Zügen auf. »Oh – ein Kind bekommen, das ist aber schön.«

»Ist das so schön, Marie?« fragte Frau Bourdanin.

»Aber freilich«, erklärte das Mädchen. »Meine Tante in Wscherau hat auch zwei Kinder, den Franzerl und die Anuschka; wenn wir dort sind, dann darf ich sie spazierenfahren in ihrem Wagen. Ach, es ist kein schöner Wagen, und die gnädige Frau wird sicher einen viel schöneren haben.« – Marie verstummte.

»Erzähl nur weiter!« ermunterte sie Frau Bourdanin.

»Wir stopfen immer ein paar Kissen hinein – so und so –, und zwischen ihnen sitzen dann die Kinder. Sie wollen immer das Bergl hinunterfahren, aber das erlaub' ich nicht, da könnte etwas passieren.«

»So«, sagte Frau Bourdanin. »So vorsichtig bist du? Weißt du, was? Im nächsten Frühling darfst du mein Kind spazierenfahren.«

»Oh!« Die kleine Marie erglühte vor Glück.

»Möchtest du das?«

Das Mädchen nickte ganz überwältigt.

»Und jetzt, Mariechen«, sagte Frau Bourdanin, »sei nicht bös und gib mir noch ein Täßchen Kaffee, es schmeckt mir so gut bei dir.«

»Wo war denn heute die Marie so lange?« fragte Balthasar Bourdanin seine Mutter, ehe das Abendessen aufgetragen wurde. – »Ist sie am Ende heute auch spazierengegangen?«

»Sie ist bei Haliks gesessen«, antwortete Frau Josefin, »und ist ganz aufgeräumt zurückgekommen, ich habe sie schon lange nicht mehr so lustig gesehen.«

»So«, sagte Balthasar mürrisch, »dazu muß meine Frau zu fremden Leuten laufen.«

»Ach, laß es gut sein«, sagte Frau Josefin, »es sind brave Menschen. Die Marie wird sich schon ändern, wenn sie einmal das Kind hat.«

»Ja, ja«, murmelte Balthasar, »in dem Stück haltet ihr Frauenzimmer alle zusammen.«

Raschen Schrittes kam Marie herein, ihre Wangen glühten, ihre Augen glänzten, die sonst so Schwerfällige war wie von Freude beflügelt. – »Guten Abend, Mutter. Guten Abend, Bourdanin. Entschuldigt, ich habe mich verspätet, aber ich sehe, ihr habt ja noch nicht begonnen.«

»Wir pflegen nicht zu speisen, ehe nicht alle beisammen sind –«, versetzte Bourdanin mit Schärfe. »Nimm Platz, ich bitte dich.«

Marie beachtete den Tadel nicht. Sie lüftete die Deckel von den aufgetragenen Platten, warf einen zerstreuten Blick hinein. Dann wandte sie sich an die Schwiegermutter: »Das Mariechen, Mutter«, begann sie, »das wäre die Richtige, die mir helfen könnte, wenn – wenn – einmal dein Sohn geboren ist, Bourdanin. Das Mariechen gefällt mir, es ist ein so liebes, gutes Kind.«

»Woher du das nur wieder wissen willst«, knurrte der Gatte.

»Das fühle ich, das weiß ich«, rief Marie. »Hätte ich sie nur früher gekannt, dann hätte ich sie zu mir gebeten, oder ich hätte sie mitgenommen auf meine Spaziergänge. So war ich ja immer allein. Du, Mutter, hast ja nie Zeit, Bourdanin findet es lächerlich, aber das Kind – das Kind wäre sicher mit mir gegangen.«

»Willst du nicht endlich vorlegen, Marie?« fragte der Rittmeister.

»Ach so.« – Marie schöpfte die Speisen in die Teller. »Ich wäre nicht so allein gewesen«, fuhr sie fort, »nicht so einsam. Hätte ich sie nur früher gefunden, die kleine Marie.«

»Apropos«, sagte Bourdanin und stieß die Gabel in ein Stück Ragout, »hast du ein paar ordentliche Truthühner besorgt?«

»Truthühner?« fragte die Frau.

»Truthühner!« bestätigte Bourdanin und legte Messer und Gabel klirrend zur Seite. – »Du erinnerst dich wieder einmal nicht, was ich dir gesagt habe: Zu Mutters Geburtstag essen wir keine Gänse wie Krethi und Plethi, wir essen Truthühner. Und die ganze Verwandtschaft kommt –«

»Die ganze Verwandtschaft?« stammelte Marie.

»– so müssen es mindestens ihrer drei sein«, schloß der Gatte.

»Ja, Marie«, sagte Frau Josefin, »und Balthasar wünscht, daß du dich diesmal selbst darum kümmerst.«

»Morgen ist Markt, soviel ich weiß«, sagte der Rittmeister. »So wirst du morgen auf den Markt gehen und die Truthühner besorgen.«

»Aber Bourdanin«, sagte Marie, »es hat doch geschneit.«

»Ja, es wird im Winter öfters schneien«, erwiderte der Mann, »und der Schnee wird – wie ich dich kenne – dich von keinem deiner Spaziergänge abhalten. Zwei Truthühner werden mit Kastanien gefüllt, eines mit Zwetschgen, das ist für die Schimkowitzen, die haben den preußischen Geschmack.«

In der Nacht verspürte Marie Bourdanin die ersten Wehen. Sie weckte die Schwiegermutter und trank einen beruhigenden Tee. Gegen Morgen schlief sie wieder ein; als sie erwachte, spürte sie nichts mehr.

Trotzdem hielt sie sich ängstlich in ihrem Zimmer. Es war neun Uhr, als Katschenka, die Köchin, anklopfte und meldete, der gnädige Herr lasse fragen, wie die Truthühner beschaffen seien, welche die gnädige Frau heute morgen besorgt habe. Sie habe keine Truthühner besorgt, ließ Marie dem Gatten zur Antwort geben. Nach fünf Minuten klopfte die Köchin wieder: Der gnädige Herr lasse die gnädige Frau bitten, die Truthühner unverzüglich zu besorgen. – Sie fühle sich heute krank, ließ Marie entgegnen, und sie werde heute nicht auf den Markt gehen. Die Köchin, die Hausmagd, das Fräulein Franziska, alle Welt könne es an ihrer Stelle tun. – Weder Fräulein Franziska noch die Köchin, noch die Magd, noch sonst wer könne das tun, lautete die Antwort, sondern nur Frau Bourdanin selbst, und zwar augenblicklich.

So eilte die Köchin mit Wort und Gegenwort zwischen den Zimmern der Gatten hin und her. Das Hausgesinde lief zusammen, und die Köchin, so eilig sie es hatte, versäumte nicht, die ihr jeweils aufgegebene Botschaft der rasch wachsenden Gemeinde zuzurufen. Die Meinungen der Zuhörer waren wie meist in solchen Fällen, geteilt: Während die Männer das Gehaben der Frau zu albern fanden, meinten die Frauen wieder, es sei von Herrn Bourdanin doch gar zu kleinlich, auf seinem Willen zu bestehen, wo doch die Katschenka ohnehin ganz gewiß die zarteren und fetteren Exemplare zu ergattern verstünde. Das unheilschwangere Hin- und Hergeplänkel währte schon eine Zeit, da trat Frau Josefin bei Marie ein.

»Ich bitte dich, Marie«, sagte sie, »steh auf und geh! Balthasar will es nicht anders, und du weißt –«

»Du aber weißt doch auch –«, rief die junge Frau aufgeregt. »Du hast es selbst gesagt, daß es Wehen waren.«

»Indessen fühlst du dich wohler. Ich bitte dich, geh! Nur dieses eine Mal –«

»Ja, eben nur dieses Mal!« schluchzte Marie. »Wie kann er so hartherzig sein?«

»Es handelt sich nicht um das Trutgeflügel«, antwortete Frau Josefin. »Es handelt sich darum, daß Balthasar einmal einen Wunsch geäußert hat. Diesen einen Wunsch mußt du ihm erfüllen. – Er hat ohnehin mehr Rücksicht auf dich genommen, als du fordern konntest«, fügte sie hinzu.

Marie saß weinend.

»Rasch!« drängte Frau Josefin. »Er erträgt vieles: Ungeschicklichkeit, Untüchtigkeit. Du wirst nie ein Wort des Vorwurfs deshalb von ihm zu hören bekommen. Aber du kennst ihn nicht, wenn er seinen Willen für mißachtet hält.«

Marie blickte auf. Frau Josefin erschrak über diesen Blick, und sie bereute, was sie gesagt hatte. Beinahe betreten sah sie zu, wie sich die Schwiegertochter hastig erhob, sich wortlos in ihre Kleider zwängte. Zehn Minuten später blickte die alte Frau der Hochschwangeren nach, wie diese mit schwerfälligen Schritten, durch den Schneebrei stapfend, um die Ecke bog.

Am nächsten Tag schenkte Marie Bourdanin einem Zwillingspärchen das Leben. Zuerst kam der Knabe zur Welt, und der Vater, der wartend in seinem Zimmer gesessen hatte, wurde in den Vorraum der Entbindungsstube gerufen. Krebsrot und atemlos nahm er die Kunde und kurz darauf auch ein in riesige blaubebänderte Wickelkissen eingerolltes Etwas entgegen, das mit kreischender Stimme schrie. Der Vater zitterte vor Aufregung und konnte, obwohl ihn eine ganze Schar Weiberleute umdrängte und sein Glück bezeterte, nicht verbergen, daß ihm ein paar Tränen der Freude über die Backen rollten.

In seine Stube zurückgekehrt, öffnete er mit Onkel Johann eine Flasche Champagner. Sie hatten eben die Gläser auf den Stammhalter erhoben, da riß Frau Josefin die Tür auf und rief: »Ein Mädchen, Balthasar, ein Mädchen!«

Die Männer standen erstarrt. – »Wieso ein Mädchen?« fragte der Rittmeister erblassend. »Es war doch soeben noch ein Bub . . .«

»Auch noch ein Mädchen«, rief Frau Josefin. Sie lachte und weinte. »Zwillinge! Balthasar, Zwillinge!«

Mutter und Kinder hatten die schwere Stunde gut überstanden. Arzt und Hebamme versicherten, sie hätten eine so schöne Zwillingsgeburt noch selten unter den Händen gehabt. Die beiden kleinen Bourdaninchen machten auch dem zuletzt erreichten Umfang ihrer Mutter alle Ehre und waren beinahe so groß und rundlich geraten, als hätte jedes von ihnen sein Gehäuse die ganze Zeit allein für sich bewohnt.

Die Tage vergingen, und Marie zeigte, obwohl alles gutzugehen schien, wenig Lust, sich zu erheben. Es war der zehnte, der zwölfte und der vierzehnte Tag, und die allzu ängstliche Wöchnerin klammerte sich immer noch an ihr Lager. Erst ließ man sie gewähren, dann redete man ihr zu, doch endlich einmal aufzusitzen. »Nein, nein«, sagte sie und vergrub sich tiefer in ihre Kissen »Ich will nicht, ich will nicht.«

Nach drei Wochen vermochte sie dem Zureden der Schwiegermutter, des Gatten, des Arztes, der Hebamme und der gesamten Verwandtschaft nicht mehr zu widerstehen. Morgenrock und Pantoffeln wurden bereitgelegt, die herzstärkenden Tropfen entkorkt auf das Nachttischchen gestellt. Marie bekreuzigte sich, betete still ein Vaterunser, dann ließ sie die Beine aus dem Bett gleiten und stand auf. In diesem Augenblick veränderte sich ihr Gesicht. Es wurde rot, dann blaß, Schweißperlen traten auf ihre Stirn. Ihre Augen weiteten sich unnatürlich. Mit einem Schrei – »Ach, meine Kinder!« – sank sie rückwärts und verschied. Ein in ihre Herzkammer verirrtes Blutgerinnsel hatte ihrem Leben ein Ende bereitet.

Diesem unerwarteten und fürchterlichen Zufall entsprach die allgemeine Anteilnahme an Leichenfeier und Bestattung. Zuletzt versammelten sich die von auswärts angereisten und nächstverwandten Trauergäste zu einem feierlichen Mahl.

Weil Frau Josefin die zahllosen Besuche empfangen und an die Bahre geleiten, Briefe und Botschaften abfertigen, kurz, die ganzen makabren Geschäfte allein bewältigen mußte, war die Sorge um dieses Mahl der altbewährten Köchin überlassen worden. Sie war es, welche die drei für das fröhliche Geburtstagsfest besorgten Truthühner aus ihrem Stall holte. Tiefsinnig bedachte es ihr zu philosophischer Nutzanwendung neigendes Gemüt, daß die Hühner an der bitteren Tragödie doch auch ihr Teil mitagiert hatten und daß es deshalb auch billig und gerecht sei, wenn sie bei dem Gedächtnismahl nicht fehlten. Also drehte die Köchin den Truthühnern den Kragen um und schickte sie in die Pfanne.

Doch jedermann, der davon zu kosten bekam, gewann

bei sich selbst die still-ingrimmige Überzeugung, daß er ein so zähes und saftloses Geflügel noch nie zwischen die Zähne bekommen habe.

(Kurz nach dem Tod seiner Frau baute Rittmeister Bourdanin ein neues Stadthaus und zog dahin um.)

Der Witwer

Die Witwerschaft eines Mannes, der in den besten Jahren steht und noch dazu zwei kleine Kinder hat, ist ein seltsamer Stand. Zwar bejammert jeder sein Unglück, zugleich ist aber jedermann überzeugt, daß dieses Unglück nicht dauern könne und daß er alles dazutun müsse, eine rasche und gründliche Wendung herbeizuführen.

Das erfuhr auch Balthasar Bourdanin. Schon am dritten Tag nach Mariens Begräbnis sagte seine Mutter zu ihm: »Das eine, mein Lieber, kann ich dir sagen: Du wirst wieder heiraten müssen, und zwar bald.«

»Erlaube mal!«

»Du hast zwei kleine Kinder, und du wirst erst merken, was das heißt.«

»Ich habe eine Mutter, hoffe ich«, erwiderte der Sohn.

»Ach.« Die Riesin lächelte traurig. »Ich bin schon alt, wer weiß, wie lang ich's mache.«

»Dann werde ich eben Dienstboten mieten.«

»Dienstboten? Mit Dienstboten zieht man Kinder nicht groß. Eine Mutter brauchen sie, und du, Balthasar, brauchst eine Frau.«

Der Rittmeister zuckte verächtlich die Achseln. Er sollte eines Weibes bedürfen? Lächerlich.

Aber die Umstände schienen sich gegen ihn zu verbünden. Nachdem Frau Josefin bedeutet hatte, daß sie sich zu alt fühle, die Aufzucht der Enkel zu bewältigen, hatte es sich der Sohn in den Kopf gesetzt, die Zwillingswirtschaft in das neue Haus gleich mitzuübersiedeln. Dort wurde sie in dem sogenannten »letzten Zimmer« eingerichtet.

Dieses Zimmer war hinter einer der vernagelten Türen gelegen und nur durch die mäandrisch gewundene Flucht aller anderen Gemächer zu erreichen. Nun aber weiß jeder, der kleine Kinder aufgezogen hat, daß immerfort irgend etwas für sie gekocht, gewärmt, gewaschen, ausgeleert, getrocknet oder anderweitig zubereitet werden muß. Der Ort dieser Zubereitungen war in unserem Falle die nur nach Durchquerung beinahe sämtlicher Gelasse erreichbare Küche. Wer mag sich wundern, daß in der ganzen Wohnung ein unaufhörliches Hin und Her, ein Trippeln und Rennen, ein Huscheln und Tuscheln herrschte, daß die Weiberröcke über die Diele fegten, daß Türen flogen, Bretter knarrten, daß die gipsernen Säulen in immerwährendem Erbeben begriffen waren? Der Rittmeister saß an seinem Schreibtisch, aber immerzu blies ihm der Zugwind in den Nacken, immerzu war hinter ihm dieses Knistern und Rascheln, als wären nicht nur drei Weiber um zwei kleine Kinder beschäftigt, sondern als führe eine ganze Heerschar unseliger Geister und eine Unzahl Mäuse dazu rastlos aus und ein; der Kopf quoll dem Manne von dem Treiben. Und sprang er einmal auf und schrie, es müsse doch endlich einmal Ruhe werden, zum Donnerwetter, dann begegnete er gekränkten Blicken und vorwurfsvollen Mienen. Baruschka, die im Dienste des Hauses ergraute Magd, sagte, es seien doch *seine* Kinder, welche zu betreuen so mühselig sei, er möge das bitte nicht vergessen.

Trotz aller um ihretwegen verursachten Bewegung widerfuhr den Kindern doch immer wieder irgendein Unfall. Einmal zertrümmerte der Knabe seine Milchflasche und schnitt sich in den Finger. Ein anderes Mal patschte das kleine Mädchen vom Wickeltisch kopfüber auf den Boden. Zehn andere Male geschahen jene Malheurs, welche in Kinderstuben unausbleiblich sind, aber eine Menge Gejammer, übler Gerüche und ausgedehnter Säuberung zur Folge haben. Eine Kette von Fatalitäten stellte sich mit dem Zahnen ein. Dann wieder wurden die Kinder von Ausschlägen befallen, die man durch Bäder und Salben zu bekämpfen suchte. Alle Tage drang ein Schwall neuer Ratschläge auf den Rittmeister ein. Jedermann wußte für jedes Übel andere Mittel anzupreisen, und der Vater sollte schiedsrichterlich zwischen ihnen entscheiden.

Das alles hätte den Rittmeister binnen kurzer Zeit mürbe und verdrossen machen können. Nichts untergräbt doch die heroischen Entschließungen gründlicher als eine Reihe lächerlicher Mißhelligkeiten. Dennoch blieb Balthasar Bourdanin in Treuen fest bei seinem Vorsatz – bis zum Frühling.

Im Frühling geschah dann die Wendung.

Noch immer herrschte die Amme in der Kinderstube, die Schwerlötige, die schon vor Jahresfrist im Kameralamt gesessen hatte. Nicht mehr freilich hatte sie ihres einzigartigen Amtes zu walten, denn die Kleinen waren längst andrer Kost zugeführt worden. Doch sie erfreute sich nach wie vor eines fast mythischen Ansehens, wie damals, als sie, eine Art heilige Götterkuh, die lebenspendenden Quellen gehütet hatte.

Jetzt, da die Sonne des erneuerten Jahres mit jedem Tag lockender und wärmender schien, pflegte sie die Zwillinge auszufahren. Meist war sie zu bequem, sich großer Plage zu unterziehen, sie setzte die Kinder in einen breiten Kastenwagen und schob sie bloß in den Garten hinab.

Der Garten war eine mit mageren Zwetschgenbäumen bestandene Wiese, die sich wohl an die dreihundert Schritte gegen den Hof des Kameralamtes hinzog. In seiner Mitte befand sich die Mulde eines ausgetrockneten Gänsetümpels. Nebenbei stand eine Bank; auf dieser liebte die Amme zu sitzen. Die Kinder krochen in ihrem Wäglein umher und wollten gefahren sein, allein die Wärterin gab nicht acht auf sie, gähnte und räkelte sich und verfiel lieber in einen kleinen Schlummer.

Die Kinder waren stark gewachsen, ein wenig dick und ein wenig bleich, auf ihrer beider Stirnen hatten sich die kleinen Höcker gebildet, welche die englische Krankheit anzeigen. Das Knäblein hatte darüber einen dichten Schopf brauner Locken und darunter ein Paar aufgeweckter und glänzender Augen, die dunkelbraun und von einem Strich schwarzer Wimpern umsäumt waren. Sein Mund war nicht hübsch, seine Nase breit, aber wenn es die Augen aufschlug, strahlte sein Blick aus einer frühgeweckten Seele wie aus einem tiefen goldenen Grund. Jedermann hatte den Knaben lieb, und das Mädchen neben ihm hatte es schwer, an der Seite dieses Bruders zu bestehen. Das jedoch focht es unterdessen noch nicht an, es war sanft und still und lächelte jedem so freundlich zu, daß sein Lätzchen immer ganz vollgetrenzt war. Auch heute hätte es sich vielleicht damit zufriedengegeben, daß das Wäglein stillestand, aber der Knabe wurde rebellisch, er rüttelte an seinem Behälter. Das Wäglein setzte sich in Bewegung, und weil der Boden an dieser Stelle ein wenig abschüssig war, rollte es und rollte immer schneller der Mulde des ausgetrockneten Gänsetümpels zu. Dort tat es einen Knacks, ein Rad war abgebrochen, das Wäglein stürzte um. Die Kinder, welche sich erhoben hatten, fielen kopfüber in den Morast.

Die Amme fuhr empor und starrte mit runden Augen auf das zappelnde Durcheinander. Dann erhob sie sich, so rasch, als sie in ihrer Schwerlötigkeit vermochte, und watschelte eilends dahin. Sie zog den Knaben an den Beinen heraus und dann das Mädchen, es währte einen Augenblick, bis sie zu schreien anhuben, aber dann war es ein wahrhaft ungeheures Gebrüll, das sie ausstießen, indem sie mit allen ihren Gliedern hilfesuchend und verzweifelt umherruderten. Und zugleich schoß ihnen das Blut über die schlammverschmierten Gesichter.

»Jesus Maria! Kinder, seid still!«

Die Amme spähte angstvoll umher und wollte mit ihrer Last hinter den Heckenrosen verschwinden, doch es war schon zu spät.

Einen Stock schwingend, glühend vor Zorn, gleich einem rächenden Gott, erschien der Vater am Gartentor. Er hatte von der Pawlatsche aus den Unfall wahrgenommen, hatte seinen Stock ergriffen und war, das Werkzeug der Strafe schwingend, die Treppe herniedergeeilt. So brauste er auf die erstarrende Amme zu. Er gebot ihr, die Kinder niederzustellen, und klopfte ihr, nachdem sie es getan, den roten gefälteten Überrock samt allen weißen gestärkten Unterröcken aus. Die Amme schien in eine Salzsäule verwandelt, setzte sich aber dann mit langen wogenden Sprüngen in Bewegung und floh heulend dem Hause zu. Da stand der Rittmeister allein mit dem Stock in der Hand, und seine beiden Kinder saßen zu seinen Füßen und schauten der entwichenen Wärterin, der auf so plötzliche Weise entzauberten Götterkuh, aus staunenden Augen nach. Aber gleich erhoben sich wieder ihre Stimmen. Der Vater mußte sich ihnen zuwenden, den Stock unter den Arm klemmen und sie aufheben, den blutenden Jungen und das gleichfalls blutende Mädchen, und Blut und Schlamm und Tränen flossen einträchtig über sein Gilet.

Wohin sollte er sich wenden?

Er kehrte seinem Haus den Rücken und schritt auf das Kameralamt zu, obwohl ihm im Augenblick einfiel, daß er dort heute niemanden antreffen werde, weil Frau Josefin und seine Schwester Franziska und alles Gesinde zum Markt gegangen waren. Doch in einer verzweifelten Lage erkühnt sich der Mensch, auch auf das Unmögliche zu hoffen, und Rittmeister Bourdanin mochte meinen, er sei eben in die verzweifeltste Lage seines Lebens geraten, und es sei ausgeschlossen, daß niemand von den Seinen daheim sein werde, da er ihrer Hilfe so dringend bedurfte.

Indessen fand er die Türen wirklich verschlossen, er mochte an den Glockensträngen zerren und gegen die Scheiben donnern, es blieb totenstill in den verlassenen Räumen. Ächzend setzte der Mann die beiden Kinder auf ein niederes Fensterbänkchen und ging anderwärts Hilfe suchen. Aber auch jetzt schien ihm das Glück nicht hold. Erst nach geraumer Zeit traf er den Hausknecht, ein altes Männchen, das gewiß ebenso ungeschickt war wie er selbst, das verunglückte Geschwisterpaar wiederherzustellen. Dennoch brachte er den Alten mit. Aber seltsamerweise war, als sie das Kameralamt betraten, das Gezeter verstummt, sie fanden das Plätzchen leer, worauf die Kinder gesessen.

Schon vermutete der Rittmeister ein neus Unheil, und schon wollte ihm der Zorn frisch emporschwellen, da passierten die Männer an dem Pförtchen der Halikschen Wohnung vorbei, der Hausknecht blieb stehen, hob den Zeigefinger und sagte: »Da sind sie drin!«

Und wirklich vernahm nun auch der Rittmeister die beiden Stimmchen, allein sie jammerten nicht mehr, sie gurrten und zwitscherten vielmehr ganz vergnügt, und eine andere Stimme antwortete und sprach ihnen zärtlich und heiter zu.

Der Rittmeister blieb verwundert stehen, der Knecht öffnete die Tür. In der kleinen Küche saßen die beiden auf der Bank vor dem Herd und waren nicht wiederzuerkennen. Ihre Gesichter waren gesäubert, ihre Haare geordnet, die schlammbedeckten Kleider waren ausgezogen. Statt ihrer hatte man den Kindern große wollene Tücher umgebunden, die sie possierlich kleideten. Unter den Zipfeln und Fransen baumelten die nackten Beinchen hervor, auch sie gesäubert, weiß, mit rosigen Zehen. In den Händen hielt jeder der Kleinen ein Stücklein Wecken. Die kleine Margret kaute mit vollen Backen. Vor den beiden aber kniete ein Mädchen, ein fremdes Fräulein. Herr Bourdanin kannte es nicht, er glaubte es sein Lebtag noch nie erblickt zu haben und staunte über die unerwartete Erscheinung. Sie war lieblich, rosenrot und nußbraun, in kleinen Löckchen wippte das Haar über dem milchweiß schimmernden Nacken. Wer, dachte Herr Bourdanin bei sich selbst, mochte denn das sein? Die Ernestine Halik war es nicht, die kleine Marie erst recht nicht, die war doch noch ein Kind.

Und dennoch war es die Marie. Vor Verlegenheit erglühend, sprang sie jetzt auf und knickste vor dem Herrn: Ach, der Herr Rittmeister möge verzeihen, sie habe die Kleinen weinen gehört und habe sie deshalb hereingeholt. Die armen Kinder! Was sei ihnen denn widerfahren?

Herr Bourdanin antwortete nicht. »Bist du die Marie?«

fragte er verwundert, »wirklich die Marie?« Und als das Mädchen abermals knickste und antwortete, ja, die sei sie allerdings, sagte er: »Aber ich hätte Sie nicht wiedererkannt, so groß sind Sie geworden.«

Das Mädchen schlug die Augen nieder, und wieder wallte eine liebliche Röte über ihre Wangen.

»Sie hat die Masern gehabt«, sagte der Hausknecht und lachte gutmütig, »erst im letzten Winter, und seither will sie niemand wiedererkennen, weil sie auf einmal ein Fräulein geworden ist.«

»So?« sagte der Rittmeister und schaute das Mädchen an. – Die Masern, eine bedenkliche, eine höchst bedenkliche Krankheit. – Aber dabei wird ihm so seltsam gut und licht zumute, als wäre das Erblühen dieses Kindes zu einer schönen Mädchenrose ein holdes Geschenk an ihn selbst; er denkt daran, daß er einmal – wie lange ist es her? zwei Jahre oder vielleicht auch drei – diesem Kind die Wangen gestreichelt hat. Es zuckt in seiner Hand, das wieder zu tun und nach dem zarten Kinn zu greifen, aber ein neues Gefühl hält ihn davon zurück, etwas wie Scheu vor dieser wie aus einer Knospe gesprungenen Lieblichkeit. Da fällt sein Blick auf die Zwillinge zurück, die immer noch vergnügt an ihrem Wecklein beißen; er nimmt den Jungen auf den Arm und betrachtet sein Gesicht, auf der Nase zeigt sich eine kleine Schramme und auf der Stirn eine rote Stelle, die allmählich zur Beule schwillt. Aber des kleinen Balthasars Augen lachen schon wieder, seine schönen, goldbraunen Augen, die selbst ihm, dem Vater, noch nie so schön erschienen sind wie eben jetzt. So drückt er ihn, den kleinen Sohn, an die Brust und küßt ihn, was er sonst niemals tut, auf die eine der apfelrunden Backen. Er danke schön, sagte er alsdann zu Marie, daß sie die Kinder so gut versorgt habe, er werde die Tücher zurückschicken und die beschmutzten Kleider holen lassen, und er bitte, dem Vater, dem Herrn Professor Halik, eine schöne Empfehlung zu bestellen. Dann reicht er dem Mädchen die Hand, das Mädchen ergreift sie und knickst und lächelt ihm ahnungslos und kindlich vertrauensvoll ins Gesicht. So geht Rittmeister Bourdanin, im folgt der Hausknecht, der das Töchterlein aufgeladen hat; über die Schulter zurück sieht Bourdanin, wie das Jungfräulein dem Knäblein zuwinkt und ihm eine kleine Kußhand nachschickt.

Das Paradies

Eines Abends, zwei Wochen später, saßen Ernestine und Marie Halik in ihrer Schlafstube auf ihren Betten und flochten sich die Haare für die Nacht. Ernestine hatte ihre Zöpfe gelöst, und wie eine dunkle Flut stürzte ihr die Fülle über die Schultern und Brust. Mariens Haar war nur ein feines, leichtes Gespinst, wie aus Seide, und ließ sich weder flechten noch winden. Deshalb hatte die ältere Schwester sie gelehrt, ihr Haar in kleine Strähnen zu teilen und über selbstgedrehte Papilloten zu rollen, so daß dann am Morgen, wenn diese ausgewickelt waren, ein Kranz kleiner Löckchen rings um das junge Gesicht schwebte.

Marie war schon zu Ende mit ihrer Arbeit, während Ernestine immer noch strählte und flocht; dann ließen sie die Arme sinken und schauten zum Fenster hinaus, durch das noch ein wenig Licht hereindrang; draußen spannten die frühen Apfelbäume ihre weißen Blütenzelte auf, die in der Dämmerung schimmerten, als wären sie mit tausend selbstleuchtenden Blumenaugen besteckt.

Der nächste Tag war der Weiße Ostersonntag und ein besonderer Sonntag noch dazu. Denn die beiden Mädchen sollten mit ihrem Vater zu einer Hochzeit fahren. Sie wurde draußen auf dem Dorf gefeiert, zwei Stunden vor der Stadt; der Bräutigam, mit dem sie verwandt waren, hatte versprochen, sie in einem Wagen abholen zu lassen in aller

Morgenfrüh. So gingen sie heute zeitig zu Bett, wollten mit dem ersten Hahnenschrei heraus. »Zur Hochzeit, zur Hochzeit!« summte Ernestine vor sich hin.

Eine böhmische Bauernhochzeit: da gab es Gänsebraten und gebackene Hühnchen und Kolatschen und Kuchen und Nußtorten, da gab es Musik und Tanz, aber die Mädchen dachten nicht an die einzelnen Lustbarkeiten, sondern sie dachten – im Goldschein eigener bräutlicher Ahnung – an den morgenden Tag wie an ein himmlisch entrücktes Freudenfest. Alles hatten sie vorbereitet: das Geschenk an die Braut, ihre eigenen Kleider – die hingen außen am Kasten, auf den Schragenhölzern, frisch gewaschen und neu gestärkt und steif gebügelt mit allen ihren Rüschen und Falbeln; die frischen schneeweißen Strümpfe lagen auch auf dem Tisch, schon auseinandergerollt, und die Höschen, deren luftig gestickte Volants unter dem Kleidersaum hervorgucken sollten. Jede wird einen Strauß früher Primeln und einen Märzenbecher anstecken, und auf dem Heimweg werden sie ein Zweiglein von der Myrte tragen, um es nachher in das Gebetbuch zu legen und es aufzubewahren bis zu ihrer eigenen Vermählung.

Nun war es beinahe ganz dunkel; eben wollte Marie noch zur Schwester ins Bett schlüpfen zu einem Tuschel-Plausch unter der Decke, da steckt der Vater den Kopf zur Tür herein und sagt: »Marie, bist du noch auf?«

»Nein, Tatinek, aber willst du etwas?«

Er steht zögernd. – »Ja, ich hätte mit dir noch zu reden.«

»Mit mir?«

»Ja, aber zieh dir etwas an, dann komm herüber. Es ist besser, ich sage es dir jetzt gleich.«

»Ich komme schon«, sagt Marie und angelt eilig die Babutschen unter dem Bett hervor. Während sie den Rock überstreift und in die alte Hausjacke schlüpft, denkt sie verwirrt und erschrocken darüber nach, was sie denn angestellt haben könnte, daß der Vater noch mit ihr zu reden hat. Er ist – fällt ihr jetzt ein – heute den ganzen Abend so ernst gewesen und hat mit kummervoll nachdenklichen Augen auf sie geschaut. O Gott, fragt sich Marie, was habe ich denn nur getan? Ist es das, daß ich um zehn Kreuzer von dem roten Samtband gekauft oder daß ich das alte Buch vom Komensky, das doch schon ganz zerrissen war, zum Auskleben der Schublade verwendet habe, oder – – Marie errötet in der Dunkelheit, sie fühlt, wie ihr die Glut über Nacken und Rücken läuft – –, weil ich neulich mit dem jungen Navratil gesprochen habe? Aber er war ja nur am Zaun stehengeblieben, weil er ihr einen Gruß an den Vater auftrug und fragen ließ, ob er den Herrn Professor einmal besuchen dürfe.

Draußen in des Vaters Stube brennen drei Kerzen, das ist ein seltener Aufwand im Hause Halik, und der Vater sitzt im dunklen Rock feierlich hinter den Lichtern. Dem Mariechen will das Herz ganz versinken. Was habe ich nur getan, denkt sie, o lieber guter Vater, schau nicht so streng!

»Setz dich nur zu mir, Mariechen«, beginnt er, und seine Stimme klingt nicht ärgerlich, nur ernst und kummervoll. Er legt ihr die Hand auf den Arm und verharrt eine Weile so, und mit der anderen Hand streift er sich über die Stirn, als hätte er schwere Gedanken.

»Was ich sagen wollte, Kind«, hebt er dann wieder an, »es ist besser, wenn du es heute erfährst, dann hast du mehr Zeit, dich zu besinnen. Du mußt dich gut besinnen, Mariechen, ich rede dir nicht zu und rede dir nicht ab; mit deinem Herzen allein mußt du zu Rate gehen und mit dem lieben Gott und mit der Erinnerung, die du an deine Mutter hast, der Herr habe sie selig. Sie wird dir beistehen. Es ist ja eine große Ehre für dich, Marie, du bist ein armes Mädchen.«

Marie sitzt wortlos, blaß; sie weiß nicht, was sie denken soll. Es ist das Schicksal, das Schicksal, das hier in der Stube hinter ihr steht, und jetzt – jetzt spricht es der Vater aus, und jetzt hat es sie im Genick:

»Der Herr Rittmeister Bourdanin hat heute bei mir um deine Hand angehalten.«

»Oh –«

»Ja, der Herr Rittmeister –«

»Oh, um meine Hand?«

»Ja, Mariechen, es ist eine große Ehre.«

»Um meine Hand«, flüstert Marie. Sie schaut auf ihre Rechte nieder, auf diese kleine Hand, welche Spuren der Hausarbeit zeigt. Sie dreht sie hin und her, als wäre sie ihr mit einemmal ein fremdes kurioses Ding geworden. – »So!« sagt sie und schluckt und schüttelt den Kopf, »um meine Hand.«

»Du mußt es dir gut überlegen«, sagt der Vater. »Es ist eine ernste Entscheidung, die schwerste Entscheidung deines Lebens. Du bist noch so jung, du wirst im Herbst erst siebzehn. Aber es ist eine große Ehre, ich hätte nie gehofft, daß ein solcher Mann um dich anhalten könnte, das hätte ich nie zu hoffen gewagt.«

»Ja, Vater«, sagte Marie.

»Du brauchst keine Ausstattung für diese Ehe«, fährt der Professor fort. »Du weißt, ich könnte dir keine Aussteuer geben, und du brauchst auch keine Mitgift. Herr Rittmeister Bourdanin ist ein vermögender Mann. Und Bohusch, das weißt du, Bohusch würde sich freuen.«

»Ja, Vater«, sagte Marie. Eine Weile sitzt sie ganz in sich versunken. – »Und um die Ernestine hat er nicht gefragt?«

»Nein, um die Ernestine hat er nicht gefragt.«

Anderntags ist also Hochzeit in Kratowil, es ist eine böhmische Hochzeit auf dem Dorfe. Es fließt viel Bier, viel Bratensoße und Melniker Wein, es fließen auch viele Tränen der Rührung und der Freude. Vor dem Gasthaus »Zum Schimmel« sind Tische und Stühle ins Freie gestellt, drinnen im Saal tanzen sie zur Musik. Der altmodische Dudelsack ist abgesetzt, man liebt jetzt Geigen und Klavier. Ein alter Mann, der noch immer auf seinem Hundebalg blasen und damit ein paar Kreuzer verdienen will, wird unter Gelächter davongejagt.

Dem Gasthaus gegenüber ist das Haus der Braut. Seine Tür steht allen offen. In einer Stunde sind die Geschenke aufgebaut, welche das junge Paar bekommen hat, die ganze Ausstattung, und jeder darf eintreten und die Pracht bewundern; es sind so viele Leute da, man kann sie gar nicht zählen, die meisten sind vom Lande, einige auch aus der Stadt. Diese sind stiller als jene und halten sich von den lauten Vergnügungen fern.

Der Professor Halik mit seinen beiden Töchtern gehört zu den allerstillsten. Der Professor sitzt neben dem Pfarrer und führt mit ihm ein langes ernsthaftes Gespräch über die Bienenzucht und den Gregorianischen Choral. Die beiden Mädchen gehen Arm in Arm umher, sie sind blaß und stumm, sie tanzen nicht und essen nur wenig, am Wein haben sie gerade nur die Lippen genetzt.

Am Nachmittag aber holt sich der Bräutigam die Ernestine zu einem Walzer, da darf sie sich nicht verweigern. Marie wird es so weh ums Herz, wie sie die Schwester an der Hand des schönen glücklichen Mannes durch den Saal wiegen sieht. Sie kehrt sich ab und schleicht hinaus. Sie weiß nicht, was tun, so geht sie noch einmal hinüber in das Brauthaus, um noch einmal die Ausstattung zu bewundern und allein zu sein mit ihrer ratlosen Seele. Aber sie ist hier nicht allein.

Auch der junge Navratil ist auf der Hochzeit zugegen, und er hat schon den ganzen Tag nach der Gelegenheit gesucht, mit Marie zu reden. Immer ist sie ihm ausgewichen.

Nun hat ihn die Brautmutter gebeten, daß er die neue Kuckucksuhr in Ordnung bringe; er ist Uhrmachergesell, wird demnächst Meister. Der Kuckuck, der kleine Ausschreier, klemmt in seinem Gehäuse, er kommt beim Rufen nicht ordentlich zum Türchen heraus.

Die Marie möchte gleich wieder gehen, aber der junge Navratil verwickelte sie rasch in ein Gespräch. Er bittet sie, daß sie ihm die Kuckucksuhr halte, während er die Schrauben löst und die Feder an dem kleinen Blasebälgchen anzieht; er erklärt ihr das Werk und den Mechanismus des kleinen Stundenverkündigers. »Sieht Sie, Mariechen«, sagt er, »wenn das Vogerl nicht zum Türl heraus und rufen kann, dann will das ganze Werkl nicht gehen. Das ist so wie mit dem Herzen, das will auch reden und sich Luft machen, sonst bleibt drinnen alles stehen.«

»Ja«, sagt Marie. Sie versteht den Vergleich nicht und nicht, wohin er zielt, aber ihr wird so seltsam gut und leicht zumute, sie schaut dem jungen Burschen in das freundliche Gesicht. Er hat blaue Augen und blonde Brauen, und sein Backenbart ist hell und weich wie Flaum. Da beugt er sich herüber, und sie fühlt seine Wange an der ihren, und ehe sie den Kopf abwenden kann, fühlt sie einen Kuß auf ihrem Mund, einen so zarten, sanften Kuß, daß ihre Lippen die seinen nur eben erraten haben.

Mit einemmal aber erschrickt sie, als hätte sie jemand mit einem glühenden Eisen gebrannt. Sie wird rot und blaß, das Uhrgehäuse entfällt ihren Händen und rasselt nieder auf den Tisch. Ohne ein Wort hervorzubringen, dreht sich Marie um und läuft aus der Tür, läuft blindlings über den Hof, in den Garten, und dort versteckt sie sich hinter den Holunderstauden, fällt in die Knie und weint bitterlich.

Das Verlöbnis

Am anderen Tag holt sich der Rittmeister das Jawort der kleinen Marie. Sogleich wurde die Verlobung bekanntgegeben und das Aufgebot bestellt. Nach drei Wochen, so hatte es der Bräutigam beschlossen, sollte die Hochzeit sein.

Am Abend feierte man in der Wohnung der Braut. Frau Josefin war geladen worden; die Schwestern des Rittmeisters zu laden, hatte man noch im letzten Augenblick unterlassen, weil es sich herausstellte, daß im Halikschen Haushalt weder Stühle noch Teller, noch Gläser genug vorhanden waren, daß so viele Gäste hätten bewirtet werden können. Der Professor war, in altfränkisch-steifer Höflichkeit, im Frack erschienen, der Rittmeister im schwarzen Salonrock. Frau Josefin hatte ihr Atlaskleid angelegt.

Die Fenster der kleinen Stube standen halb geöffnet, die Düfte des lauen Frühlingsabends strichen süß und milde herein, die weißen Vorhänge bauschten sich leise. Das Essen war einfach und gut, die Getränke leicht und bekömmlich, in stiller Heiterkeit floß das Gespräch dahin. Der Rittmeister war wohlgelaunt, er scherzte mit der Schwester der Braut. Ernestine war die munterste von allen, sie hatte feurige Augen und eine flinke Zunge, das winzige Schlückchen Rotwein, das sie zu sich genommen, war ihr sogleich in den Kopf gestiegen; der Rittmeister hatte über ihre schelmische Unschuld ein paarmal schallend lachen müssen.

Marie trug ihren neuen Schmuck, das erste Geschenk des Bräutigams, das er erst heute morgen bei dem Goldmacher Jablonka erstanden: Armband, Brosche und Ohrgehänge, auf feierlich sonnenhaften Scheiben strenge schwarze Sterne aus aufgelegtem Email und in der Mitte der Sterne blasse Rautensteine. Sie hatten kein Feuer, und ihr Schimmer glich dem von Perlen.

Seltsam stand dieser strenge Schmuck zu Maries jungem Gesicht, zu ihrem einfachen Kleidchen, zu ihrem unwissend kindlichen Blick.

Als die Tafel aufgehoben und die Feier zu Ende war, begleitete der Rittmeister seine Mutter in ihre Wohnung hinauf. Es schlug erst elf, Frau Josefin ließ sich in ihrem Lehnstuhl nieder, der Sohn merkte, daß sie mit ihm zu reden wünschte.

»Jetzt kann ich ruhig sterben«, sagte sie dann. Auf ihrem grobknochigen Gesicht, unter ihrer kupfernen Nase spielte ein friedliches Lächeln. – »Und Gott segne die kleine Marie«, fuhr sie mit lebhafter Stimme fort. »Du hast dir ein Juwel entdeckt, ich möchte nur wissen, ob du es weißt.«

Der Sohn schwieg. Obwohl er vergnügt und seiner Wahl gewiß war, hätte er der Mutter doch am liebsten ein wenig widersprochen.

»Nur jung ist sie noch, sehr jung«, fuhr die alte Frau nach einer Weile fort. »Und es wird noch lange mit ihr dauern.«

»Was soll noch lange dauern?« fragte der Sohn. »Wir heiraten bald, ich habe keine Zeit zu warten.«

»Ach, Balthasar«, sagte die Mutter, »wann hättest du jemals zu warten Zeit gehabt? – Warum hast du ihr den schwarzen Schmuck gegeben?« fragte sie dann. »Er ist zu ernsthaft und zu prächtig für sie. Sie ist doch noch ein Kind. Du hättest ihr die Korallen geben sollen, die lustigroten, die passen zu ihrem Alter, die hätten ihr Freude gemacht.«

»Aber Mutter«, erwiderte der Sohn, »die Korallen hatte doch die selige Marie.«

»Gewiß, die hatte sie.« Die Mutter schaute ihn an. »Auch dich hatte die selige Marie einmal. Jetzt sollst du der lebenden gehören. Glaub nicht, daß sie weniger ist als die andere, und mach ihr nichts zu schwer. Gute Nacht jetzt«, sagte sie dann. Sie hob die Augen zu ihm empor, er fühlte: sie wartete darauf, daß er sich zu ihr herniederneigen und sie küssen würde auf Wange oder Mund. Aber er tat es nicht. Artig zog er ihre Hand an die Lippen, dann ging er.

Auf dem Weg nach Hause war er immer noch froh gestimmt. Er dachte an Ernestine, an den alten braven, höflichen Professor, an die Glückwünsche, die ihm von allen Seiten zuteil wurden. Daheim angekommen, lauschte er vor der zugenagelten Tür des letzten Zimmers; aber auch hier war alles still und friedlich. Er begab sich zur Ruhe und träumte:

Ihm war, als wanderte er an einem schönen Sommertag durch einen dämmrigen Laubengang. Jemand schritt vor ihm, aber weit voraus, daß er ihn nicht erkennen konnte. Einmal dünkte ihn, es sei sein Vater, dann Marie, die tote Frau, dann wieder war es Ernestine. Er schritt schneller aus, voll Ungeduld, die Gestalt einzuholen, da aber wuchs die Entfernung jedesmal, oder das Licht blendete, und schließlich war alles finster.

Nun kam es ihm vor, als wäre er plötzlich in ein Kellerverlies geraten. Eisig umhauchte ihn die Luft, der Boden war rauh und holprig; er, der Träumende, setzte ängstlich Fuß vor Fuß. Da stieß er an etwas, es war ein Brunnenrand, er tastete die Fugen zwischen den Steinen und roch das Wasser. Und wie es im Traume geschieht, daß es finster ist und dennoch hell, als hätte der Träumende Phosphoraugen, das Dunkel selbst zu sehen, so sah er die schwärzlich spiegelnde Wasserfläche tief unter sich, und auf dem Grund, in einem Kruge, lag, wie von einem Schatzgräberlicht erhellt, etwas Lachsfarbnes, Ungeformtes, das einem Seetier glich, das schwankte und mit Fangarmen zu zukken schien, so daß die Wasserflut darüber in Ringen schauerte. Plötzlich aber sah er deutlich, was da in der Tiefe lag, es war der Korallenschmuck, den die selige Marie getragen und von dem er, der Rittmeister, und seine Mutter gesprochen hatten.

Dieses Erkennen fiel dem Rittmeister schon in das Erwachen, er fuhr empor in seinem Bett und saß aufrecht.

Ihm war, als hätte jemand gerufen. Hastig griff er nach den Zündhölzern, rieb eines an und leuchtete die Wände ab.

»Ist jemand da?« fragte er, und als es stumm blieb in allen Winkeln, wiederholte er die Frage: »Ist jemand da?«

Mit der verflackernden Flamme steckte er eine Kerze an. Er stieg aus dem Bett. Ihm war, als müsse er nach dem Schmuck sehen, den er eben im Traum erblickt hatte; in Mariens Kommode war der Schmuck verschlossen; seit ihrem Tode hatte niemand die Kassette geöffnet.

Der Mann nahm die Schlüssel und zog das Schubfach hervor. Da lagen Mariens Dinge, ihr Pompadour, ihre Handschuhe, ihr Gebetbuch. Ein Bündel Briefe lag auch dabei, die hatte er ihr aus Ungarn geschrieben in jenen Jahren, als sie auf ihn warten sollte.

Endlich geriet er an die Kassette und öffnete sie.

Doch wie erschrak er, als der Deckel aufsprang. Der Schmuck lag drinnen, aber er war zerstört: alle Schnüre waren zerrissen, die Ringe und Armbänder zerbrochen. Das konnte niemand anders getan haben als die Verstorbene selbst. Mit Gewalt mußte die Frau die Fassungen zersprengt, die Schnüre zerrissen, die Schließen unter ihren Füßen gar zerstampft haben. Den Schmuck hatte sie auf ihrer Hochzeit getragen. Der Rittmeister bedeckte sein Gesicht mit den Händen. Nach einer Zeit ließ er den Deckel über die Kassette fallen. Er erhob sich, tappte durch den Raum, ließ sich auf dem Rand seines Bettes nieder. Ein Zittern begann seinen Körper zu erschüttern. Am Ende rüttelte es ihn wie ein Krampf; er preßte Zeigefinger und Daumen gegen die Augäpfel; langsam rollten ihm die Tränen hervor.

Die Hochzeitsreise

In jener Zeit war der Rittmeister bei seiner Schwester Emma, der verehelichten Wanka, zur Jause geladen. – »Und wohin«, fragte sie, »soll die Hochzeitsreise gehen?«

»Nach Wien«, antwortete er.

»Nach Wien!« rief sie schwärmerisch und seufzte aus dem hochgeschobenen Busen. – »Gerade jetzt nach Wien! Du hast es gut, da wäre ich auch gern dabei!«

»So fahre mit uns«, sagte der Rittmeister.

»Aber geh!« Frau Emma richtete die dunklen Augen auf ihn, die, wie fast immer, seit sie ihre Schönheit verloren, in majestätischer Traurigkeit blickten. – »Was dir nicht einfällt, Balthasar!«

»Und warum denn nicht?« fuhr der Mann lebhaft fort, »wen sollst du denn stören? Am Ende mich –?«

Frau Emma schwieg. »Das Billchen wollte auch so gerne einmal reisen«, sagte sie dann. »Das Billchen hätte es nötig, sich zu zerstreuen.«

»Sehr gut«, versetzte der Mann. »So soll sie die vierte sein.«

Wie die Verlobung war auch die Hochzeit nur im engsten Kreise gefeiert worden. Am Nachmittag reiste man, wie besprochen, zu viert nach Wien ab. Prächtig aufgeputzt saß Frau Emma Wanka, neben ihr etwas bescheidener Frau Billchen von Schimkowitz im Fond der Kutsche;

das neuvermählte Paar nahm auf den Rücksitzen Platz. Die Leute blickten dem Aufzug nach und schüttelten die Köpfe. Das war ihnen doch noch nicht untergekommen, daß ein Mann gleich zwei seiner Schwestern auf die Hochzeitsreise mitnahm, als stünde es ihm nicht dafür, allein mit seinem süßen, noch unverkosteten Schatz in die Welt hinauszureisen.

Bei der Trauung, die am Vormittag in der Bartholomäuskirche stattgefunden, hatte sich ein kleiner Unfall ereignet. Die Braut war ohne ihr Blumenbukett angekommen, die arme Kleine hatte es in der Aufregung zu Hause vergessen. Keine Mutter hatte sie an das Gebinde mahnen können; so hatte sie nur ihr schwarzes Gebetbüchlein in der weißbehandschuhten Hand gehalten, fest an das Herz gedrückt, und war erschrocken, über und über mit Glut übergossen, als Frau Josefin sie am Kirchenportal empfing: »Mariechen, wo hast du deine Rosen?«

Gleich lief ein Raunen durch die Reihen der Zuschauer, und gleich gab's welche, die meinten, das sei kein gutes Omen und das arme Kind werde wenig Glück haben im Leben; gilt doch das Brautbukett als ein Pfand der Liebe, der Freude, der zarten Hoffnung.

Marie zitterte, als sie so mit leeren Armen, nur mit dem schwarzen Büchlein in der Hand vor den Bräutigam treten mußte; es war ihr zumute wie einer Schülerin, welche die Hälfte ihrer Aufgabe vergessen hat. Sie wagte gar nicht, den Blick zu dem Mann zu erheben, und sprach ihr »Ja« mit fast von Tränen erstickter Stimme.

Das alles bemerkten die Leute, vorzüglich die Weiber, die für derlei immer gestielte Augen und feine Ohren haben. Und wieder lief ein leises Tuschelraunen durch die Bänke, und wieder wurde von Vorzeichen geredet, die nicht eben auf Glück deuteten. Das GLÜCK, es war das große Schlagwort der ganzen Zeit, es war das Idol, die vielbeschriene Gottheit des Jahrhunderts. Das GLÜCK, dieses Ding, von dem niemand recht sagen kann, was es ist: Aber es flimmerte gleich hunderttausend bunten Sonnenfäden in den Lüften. Man mußte es nur zu erhaschen verstehen. Es schwebte über die Menge, über den großen blumenüberladenen Hüten der Damen, spielte über den roten und blauen schaukelnden Halbballons der Sonnenschirme, über den glänzenden Kutschen und tänzelnden Reitpferden, über Parkwegen und Promenaden. Glücksverheißung knisterte in den Frou-Frou-Dessous der Frauen, funkelte auf den Uniformen der Männer, gleißte auf Epauletten, auf Orden und Sternen. Die blitzenden Schienenstränge der Eisenbahn schienen Wege des Glücks durch alle Länder zu legen. Glücksverlangen atmete im Gewühl der Menge, im Drängen und Wogen der Marktplätze und Basare, Glücksversprechen dudelte aus den Wirtshausgärten und lockte zum Tanz. Die neuen, schwindelnd kühn gebauten Brücken schienen es zu bezeugen, die neugegründeten Fabriken, die Aktiengesellschaften, die überall wie die Pilze aus dem Boden schossen, die Banken, Lotterien und Schiffahrtsgesellschaften. Man riß die alten Städte nieder und stellte immer neue und neuere glänzende Paläste und Bauten auf.

Vor allem aber kletterten die Aktien- und Börsenpapiere von Gewinn zu Gewinnen und schütteten ihr Geld aus über die Häupter der glückberauschten Menschheit, eine Goldwolke des Reichtums, des Wohllebens und eine ungeheure Zuversicht auf den Fortgang dieser Herrlichkeit. Alle Länder nahmen daran teil: nicht nur das frischgebackene Deutsche Reich, sondern auch andere Reiche und Republiken: das kaiserlos gewordene Frankreich und das ein wenig angeschlagene Österreich; es hatte seine Niederlagen vergessen, auch seine kleinen inneren Indispositionen: die Kämpfe zwischen den Ländern und den Völkern und den ewigen Wechsel in den Regierungen. Österreich war es, das heuer zum großen Hochfest des Glücks rüstete, es rüstete zur großen Wiener Weltausstellung.

Seit Monaten waren die Zeitungen voll von Berichten über die Wunder, die da erstehen und der staunenden Menschheit vorgestellt werden sollten. Alle Erfindungen und Errungenschaften der Zeit sollten einander dort ein Stelldichein geben. Am ersten Mai sollte der Kaiser die Ausstellung eröffnen in einer noch nie gesehenen Entfaltung von Glanz, in einer großen Parade der Macht, der Schönheit und des verwöhntesten Reichtums.

Diese Parade hatte Frau Emma Wanka verführt, gerade jetzt nach Wien zu reisen, und diese Parade sollte auch Frau Billchen zerstreuen, die ansonst mit ihrem riesigen Cyrill ein leider wenig paradehaftes Leben führte. Darum hatten sich die beiden Damen der brüderlichen Begleitung versichert; war doch zu erwarten, daß es in der ausstellenden Stadt einen großen Wirbel geben werde, einen Wirbel, dem sich zwei Frauen allein am Ende nicht ganz gewachsen hätten fühlen können.

Die Zimmer in den Hotels waren bestellt, die Geldbörsen wohl versehen, denn es hieß, daß die Preise auf der Woge der allgemeinen Begeisterung horrend steigen würden. Unerhörterweise hatten eben die Wiener Droschken- und Fiakerkutscher einen Streik ausgerufen, so daß, wie es hieß, man Fahrgelegenheiten nur für tolle Summen mieten konnte. Der Rittmeister glaubte das zwar nicht, und er sagte, er würde mit einer einzigen Kompanie schon wieder Ordnung zu bringen wissen unter das aufrührerische Gesindel.

»Verlaßt euch nur auf mich«, beruhigte der Bruder die Schwestern. »Ich werde euch schon geleiten.«

So fuhr man gemeinsam auf die von anderen belächelte Hochzeitsreise.

Die einzige, welche es nicht nur ganz natürlich, sondern sogar tröstlich und erfreulich fand, daß man zu viert ausrückte, war die junge Frau, Marie. Sie hatte nicht die mindeste Ahnung davon, was andere daran merkwürdig fanden; sie war gleich bereit, den so viel älteren Damen als eine Art Kammermädchen dienstbar zu sein. Sie hatte die beiden bislang nur vom Vorübergehen gekannt, hatte dann jedesmal ihr Knickslein gemacht und als wohlerzogenes Mieterkind ihr »Küß die Hand, gnädige Frau« artig hervorgebracht. Nun sollte sie mit den Damen im gleichen Abteil sitzen, sollte sie Emma und Sibylle nennen, sie duzen, das kam ihr seltsam vor. Aber es ging ihr doch besser vonstatten als bei ihrem Gatten, zu dem sie lieber wie immer »Herr Rittmeister«, und am liebsten »gnädiger Herr« gesagt hätte.

Als sich der Zug in Bewegung setzte, blickte sie aus dem Fenster und versuchte aus dem Dächergewimmel der Heimatstadt das Dach des Kameralamtes herauszufinden. Dort, dachte sie, ist jetzt der Vater, sind Ernestine und Bohusch, oh, wäre ich doch bei ihnen.

Jetzt ratterte der Zug zwischen Böschungen dahin, Marie trat vom Fenster weg und setzte sich auf ihren Platz.

Ihr gegenüber saß der Rittmeister.

Die beiden Damen waren hinausgegangen, und mit

Schrecken gewahrte Marie, daß sie allein war mit ihrem Mann. Er blickte sie an, und auf einmal war es ihr unmöglich, diesem Blick zu begegnen, sie wurde rot, die Röte schoß ihr über den Nacken und den Rücken hinab. Eine qualvolle Scham preßte ihr den Atem. Der Mann beugte sich zu ihr herüber und murmelte etwas, was sie nicht verstand.

Was hat er denn? dachte Marie. Er nahm ihre Hand, kehrte deren Fläche nach oben und näherte sie seinem Mund. Das Mädchen zuckte ängstlich zurück. Er runzelte die Brauen, ließ ihre Hand augenblicklich los. Marie dachte: Jetzt habe ich etwas falsch gemacht. Und zitternd barg sie sich in ihren Winkel.

Der Mann sprach nichts zu ihr, und es drang ihr ins Bewußtsein, daß auch sie nichts mit ihm zu sprechen wußte, kein einziges Wort, und daß er ihr ein fremder Mensch war, der fremdeste Mensch auf Gottes weiter Erde, der allerfremdeste von allen Millionen, die da lebten.

Wie finster ist die Nacht des Daseins, wenn sie über die Unschuld hereinbricht. Und wie schrecklich ist das Erwachen am Morgen, wenn man die Augen aufschlägt und die Wand des fremden Zimmers sieht, die grelle Rosentapete, die blaue zyanenfarbene Kugel der Lampe; und wenn man sich erinnert, daß man nicht mehr Mariechen Halik ist, sondern Marie Bourdanin, Frau Rittmeister Bourdanin, ein anderer, ein vertauschter Mensch. Das Herz kann einem stillestehen darüber. Und dort, so nah! so nah! liegt er, der Gatte.

Marie faltet die Hände über der Brust, sachte dreht sie den Kopf und sieht: ja, er liegt dort. Er schläft. Unter einem ungeheuren Federkissen liegt er und schläft. Die regelmäßigen Atemzüge stoßen aus seiner Nase und sträuben jedesmal ein paar Schnurrbarthaare empor.

Man wagt nicht, sich zu rühren, liegt steif und still und fühlt sich sinken, sinken . . .

Vorgestern, war es erst vorgestern gewesen? An jenem letzten Abend, den sie daheim geschlafen hatte, da war Ernestine an ihr Bett gekommen. Die Schwester war blaß, hatte Schatten unter den Augen, und ihre Hände zitterten. Mit diesen zitternden Händen streichelte sie die jüngere Schwester.

»Sei nicht traurig«, sagte Marie, »sei nicht traurig, Ernestin, ich komme bald zurück.«

»Ja«, flüsterte Ernestine, mit Tränen kämpfend, »komm bald zurück!«

»Ich freue mich«, sagte Marie nach einer Weile – sie wollte so gerne tapfer sein. »Ich freue mich ja auf die Kinder. Ist der Balthasar nicht lieb, der Kleine?«

»Ja«, hauchte die Schwester, »der Kleine ist lieb.«

»Und unser Vater ist froh. Glaubst du nicht, daß er froh ist? Jetzt kann er dem Bohusch doch mehr Geld schikken.«

Auf einmal lag die Älteste vor ihr auf den Knien. – »O Kind, Kind, armes, gutes armes Kind.«

Marie sprang erschreckt aus dem Bett, sie hatte nichts begriffen. Jetzt dämmerte ihr etwas auf davon, warum die Schwester so geweint hat. Aber es kann doch nicht möglich sein, daß Ernestine etwas *weiß*. Nein, nichts weiß sie, nichts soll Ernestine jemals wissen, in Ewigkeit nicht.

Und tiefer sinkt Mariens Herzen in den Abgrund der Verzweiflung.

Da pocht es an die Tür, und Emmas Stimme ruft draußen: »Mariechen, Mariechen, bist du wach? Komm mir helfen«, fährt sie gedämpfter fort, »du weißt, das Korsett – Billchen kann es nicht, sie ist zu schwach.«

Wie hurtig ist Marie aus dem Bett, wieselschnell hinter dem Wandschirm verschwunden, wo sie, vor Eile zitternd, in die Kleider fährt: »Ich komme gleich, oh, gleich!«

Während sich der Gatte ermuntert, ist Marie schon in das Zimmer der Schwägerinnen gelaufen und hilft dort der schwächlichen Sibylle, die Verschnürung an Frau Wankas Panzer zuzuziehen.

Sie sind beide atemlos und puterrot, Frau Wanka ist beinahe violett. Mit der Zeit verläuft sich die ängstliche Farbe. Indem sie sich das Kleid zuheftelt, lädt sie Mariechen ein, auf ihrem Waschtisch Toilette zu machen. – »Ich weiß, das machen die jungen Frauen nicht gerne vor ihrem Eheherrn. Nein, nein, mein Kind, du brauchst nicht zu erröten, du bist ja jetzt verheiratet. Und ich – ich war auch nicht immer so, wie du mich heute siehst, meine Liebe. Wenn du erst einmal ein Kind bekommen hast –«

»Laß sie doch«, flüstert Sibylle der Schwester ins Ohr, »siehst du denn nicht, wie sich die arme Kleine geniert.«

Nach dem Frühstück rückten sie alle hinaus in die schöne Wienerstadt. Da wimmelte es von Menschen, es war kaum ein Vorwärtskommen in den Gassen der inneren Bezirke. Nachdem man dem Stephansdom seine Aufwartung gemacht und ehrfurchtsvoll über den Michaelerplatz spaziert war, trennten sich die Wege. Der Rittmeister begab sich ins Zeughaus und in das Archiv für Kriegsgeschichte, die Damen verloren sich in Geschäften und Magazinen. Frau Emma Wanka hatte Geld, Frau von

Schimkowitz, die von ihrem Gatten an den eigenen Einkünften kurzgehalten wurde, gab sich den notdürftigen Anschein, eines zu haben. Marie hatte nur ein goldenes Fünfguldenstück, welches ihr der Vater vor dem Abschied in das Börschen gesteckt hatte. Aber es wäre ihr gar nicht eingefallen, diesen Talisman zu wechseln und auszugeben. Wunschlos bestaunte sie alles, was sie sah, und freute sich mit den Schwägerinnen an deren Einkäufen. Wie ein Hündchen lief sie hinter ihnen durch das Gedränge, trug Mäntel und Parapluies und die sich bündelnden Pakete. Geduldig wartete sie, daß der zehnte Hut, den Frau Emma vergeblich anprobiert hatte, Frau Sibylle passen würde, nahm schließlich den Karton mit dem neuerstandenen Federungetüm freundlich entgegen und antwortete der Putzmachermadam, welche ihr herablassend zugenickt hatte – »Und das kleine Fräulein kann ihn ja tragen!« –, mit einem dankbaren Lächeln.

Daß sie einen so schönen Hut in das Hotel tragen durfte, schien dem armen Kind schon ein großer Trost. Aber das Wohnen dort gefiel ihr nicht so sehr, sie war verwirrt von der falschen Pracht der Halle und der Korridore, von der katzbuckelnden Dienstfertigkeit der Türhüter, Kellner und Zimmermädchen. Sie hätte sich viel lieber selbst das Bett gemacht und selbst die Schuhe geputzt; alle diese Handreichungen fremden Leuten zu überlassen, kam ihr widernatürlich und beinahe unanständig vor. Aber der Gatte schien es nun einmal nicht anders zu wollen; als sie sich einmal mit dem Kammermädchen in ein Gespräch einließ, bei dem sie erfuhr, daß jene in einem finsteren Bretterverschlag hauste und ihr Kind hatte fortgeben müssen, weil der Lohn nicht reichte, und daß dieses Kind mit Lungensucht auf den Tod lag – als sie über diesem Gespräch von ihrem Gatten betroffen wurde, bekam sie zu hören, daß sie sich ungehörig benommen habe. Denn mit dieser Sorte Menschen, so sagte Herr Bourdanin, rede man nicht in einer Großstadt; auf dem Land und zu Hause könne es noch allenfalls erlaubt sein, mit einem Angehörigen niederer Kaste ein paar Worte zu wechseln. Aber hier in der großen Stadt sei ein solches leutseliges Wesen durchaus nicht am Platze.

Marie erstaunte über diesen Unterschied, sie sagte nichts.

Am ersten Mai wurde die Weltausstellung eröffnet. An diesem Tag blieb man im Hotel, denn das Gedränge auf den Straßen war unerträglich geworden. Im Pratergelände war dieser Tag den hohen und höchsten Herrschaften vorbehalten, den geladenen Gästen, die sich in einem ungeheuren Aufzug nach dem Praterstern und von dort zur Rotunde bewegten. Der Aufzug passierte auch an dem Hotel vorbei, in welchem die Bourdaninschen Wohnung genommen. Das Fenster des ehelichen Schlafgemachs gewährte einen prächtigen Ausblick, und so saß man denn stundenlang dort und blickte hinab auf das Defilee der Wagen. Der Rittmeister kritisierte die Pferde, die Schwägerinnen weideten sich an den Toiletten. Wenn Uniformen erblinkten, beugte sich der Rittmeister vor und folgte ihnen mit den Blicken. Bei den preußischen Gästen runzelte er die Brauen, bei den italienischen zuckte er die Achseln. Anfangs war das Wetter trübe, es regnete sogar eine Weile. Später heiterte der Himmel auf, man hörte Musiken schmettern, das Volk vergnügte sich auf seine Weise.

»Ein großer Tag«, rief Frau Emma Wanka, als sie sich

endlich von ihren Sitzen erhoben, »ein Glückstag für die ganze Welt. Mariechen, weißt du es auch zu schätzen?«

Am Abend promenierte man auf dem Ring. Man speiste bei Meisl & Schadn, weil man bei Sacher keinen Tisch mehr bekam. Die Leute an den Nebentischen maßen die zarte, junge, schlicht gekleidete Frau mit verwunderten Blicken. Ein dreister Ulanenleutnant hob das Glas gegen sie und huldigte ihr mit einem Lächeln. Darauf zupfte sie den Gatten am Ärmel und sagte: »Schau, der Herr drüben kennt dich, er hat dich gegrüßt.« Der Ulan – über so viel weiblichen Unverstand verärgert – starrte angelegentlich in eine andere Richtung.

Nach einigen Tagen, als man erwarten konnte, daß das lebensgefährliche Gedränge im Ausstellungsgelände ein wenig abgeflaut sei, nachdem auch Frau Wanka ihre gewaltige Leiblichkeit in etliche neue Futterale gezwängt und Sibylle einigen, wenn auch bescheidenen Putz erworben hatte, fuhr man gemeinsam in die Lustgefilde jenseits des Donaukanals, zur neuen Rotunde.

Mariechen staunte, als sie das Gebäude sah, von dessen Ausmaßen und von dessen vielgerühmter Pracht sie sich gar keine Vorstellung hatte machen können. Es war ihr beinahe, als hätte man ihre ganze Vaterstadt samt deren Kirchen und dem großen Ringplatz in dieses ungeheure funkelnde Gebäude stellen können, das aus gar keinen irdischen Stoffen errichtet zu sein, sondern eher wie eine Luftphantasie über dem Erdboden zu schweben schien. Allein die unzähligen Fahnen und Wimpel, welche auf tausend Masten ihr Spiel trieben, waren ein blendendes Schauspiel für ihre unschuldigen Augen. Wenn man näher kam, verlor sich freilich dieser zauberhafte Eindruck. Offenbar war man nicht ganz fertig geworden mit dem ungeheuren Unternehmen. Überall sah man noch Spuren des Aufbaus, teilweise standen die Abteile noch leer oder waren wie Werkstätten anzusehen, in denen gearbeitet wird. Man richtete Wände und Behälter auf, packte Gegenstände aus Kisten und setzte andere aus ihren Bestandteilen zusammen. Das gab ein Bild von tollem Durcheinander. Italiener, Slowaken, Ruthenen, Kroaten, Rumänen, Leute aus aller Herren Länder waren hier beschäftigt, sie trugen ihre Trachten und stellten nicht ohne Eitelkeit und Absicht die Sitten ihrer Heimat zur Schau. So ließen sich die einen dabei beobachten, wie sie auf einem offenen Feuerchen ihre Polenta kochten und sie danach aus ihren Hüten aßen. So taten andere, als suchten sie einander die Läuse aus den Haaren. Der Rittmeister freute sich, wenn er die vielfältigen Idiome erkannte und den Burschen ein paar Worte in ihrer Sprache zurufen konnte. Besonders die Ungarn bedachte er mit seiner Vorliebe. Hier bei den fremden, kauderwelschenden Gesellen hatte er alle seine bürgerliche Zugeknöpftheit vergessen. Es seien gute Leute, versicherte er immer wieder, man müsse sie nur zu nehmen wissen, dann sei mit ihnen auszukommen, besser gewiß als mit den aufsässigen Mitbürgern deutscher Sprache; bei jenen gelte eben noch der *Herr.*

In dem runden Mittelraum des Ausstellungspalastes bewunderte man das Meer der Blumen und Blattpflanzen, das kühne Wasserspiel und die mit Purpur ausgeschlagenen Plätze der Allerhöchsten Herrschaften, die hier bei der Eröffnung gesessen hatten. Marie durchgrauste ein frommer Schauder, als sie die Fußspitze auf den Rand des Teppichs setzte, über welchen, wie man ihr sagte, erst vor wenigen Tagen der liebe gütige Kaiser und die wunderschöne Kaiserin samt ihren herrlichen Kindern geschritten waren; dieselben, für welche dieses ganze schöne Österreich zu blühen, denen zuliebe der Himmel zu blauen und die Fluren zu schimmern schienen und denen zu Ehren, wie der Rittmeister erzählte, noch vor wenigen Jahren so viele gute, junge, wackere Burschen ohne Wimpernzucken den Tod auf dem Schlachtfeld gestorben waren.

Man war in den frühen Morgenstunden angekommen, zu Mittag war Marie bereits todmüde. Man kehrte in einen der großen Spiegelsäle ein und verzehrte ein opulentes Mahl.

Frau Wanka war von dem Zauber des Geschehens wie berauscht. Sie hatte als einzige von den bisher vermählten Bourdanin-Töchtern einen Geschäftsmann geheiratet, einen tüchtigen Geschäftsmann, der sich umzutun wußte in der geschäftsfreudigen Zeit. Sie hatte sich an seiner wirtschaftlichen Begabung – wie an einer Art Influenza – angesteckt und schwärmte mit ihm, wie so viele damals, für Börsen- und Wechselgeschäfte. Sie betrachtete den allgemeinen Aufschwung und Fortschritt nur als einen Teil ihres eigenen ehelichen Glückes und bewunderte in ihrem Mann eine Art Personifikation des goldenen Zeitalters, wozu er freilich mit seiner großen fetten Gestalt, seinem goldfarbenen Kaiserbart und mit seiner zarten rosigen Haut vorzüglich geeignet schien.

Der Goldbärtige spielte auf der Börse; es war selbstverständlich, daß er spielte. Seine Frau war von seinen Erfolgen entzückt. Durch den Anblick der Weltausstellung aber, ungeahnter blendender Herrlichkeiten, war sie nun rein aus dem Häuschen geraten. Ihre runde Gestalt wallte vor Aufregung beinahe über die Ränder aller ihrer Korsette und Verschnürungen. Jetzt saß sie über dem Mittagsmahl: Karpfen, Wiener Schnitzel und Schlagrahmtorte. Während sie dieses ihrem ohnehin berstenden Umfang einverleibte, überschüttete sie ihren Bruder mit Ratschlägen zur Anlage seines Vermögens. Er hörte ihr mit halbem Ohr zu, sagte hm und ja und widersprach ihr nicht. Offenbar schien sie sich nicht ganz klar darüber, die Gute, daß es seit einiger Zeit, seit der Errichtung des Hauses in der Jagemannstraße, nicht mehr üppig um sein Vermögen bestellt war. Immerhin hatte er, von seinem goldbärtigen Schwager dazu bewogen, mit dem geschmälerten Rest seines Geldes auf der Börse zu spielen begonnen, als ein Mann, der sich anständigerweise nicht drücken will, wenn der Ruf erschallt: Mesdames, Messieurs, faites vos jeux!

So saßen sie zu viert beisammen und tranken eben Kaffee, als der Rittmeister mit einem Male aufsprang und heftig durch das Fenster winkte. Gleich nahm er auch seinen Hut und eilte hinaus.

Es währte eine Weile, bis er zurückkam. Da war sein Schritt rasch und federnd, sein Gesicht gerötet, seine Augen glänzten. Er habe den alten Korman getroffen, den guten alten Korman Bencze von Anno 59. Er sei hier in Wien und arbeite, trotz seines steifen Beines, als Zimmermann an der ungarischen Ausstellung. Es sei eine Schande, daß sich so verdiente Veteranen noch placken müßten, daß man ihnen keine bessere Rente zahle.

»Was tun wir nun?« fragte der Rittmeister. »Fahrt ihr zurück in das Hotel?! Ein Wagen wird aufzutreiben sein; ich bleibe mit Korman zusammen.«

Man brach auf und trat hinaus auf die Straße. Da stand auch schon der »alte Korman«, wie ihn Balthasar genannt hatte, ein Mann, nicht viel älter als er, mit schwarzem Haar und Vollbart und einer glänzenden roten Nase in einem gutmütigen und fröhlichen Gesicht. Er trug eine abgeschabte, ihrer Abzeichen beraubte Militärmütze auf dem Kopf, hohe Stiefel und einen Schafspelz über dem weißen Hemd. Der Rittmeister ergriff seinen Arm.

Das seien seine Schwestern, sagte er, und das hier sei seine junge Frau. Der alte Korman verbeugte sich zweimal artig, aber das dritte Mal, vor Mariechen, zog er seine schwarzen glänzenden Brauen hoch, und über sein Gesicht verbreitete sich ein so unverhohlen entzücktes und liebendes Lachen, wie nur Kinder oder gewisse Sorten von Hunden zu lachen vermögen, und er verbeugte sich vor der kleinen Frau wie ein Pope vor dem Altar. Marie reichte ihm die Hand, er nahm die äußersten Spitzen ihrer Finger behutsam in die Höhlung seiner ungeheuren Pfoten und ließ sie behutsam wieder fahren und verbeugte sich abermals, zum Dank gleichsam für die Gnade dieser allerliebsten Handreichung.

Indessen hatte sich der Rittmeister bereits nach einem Wagen umgesehen. Als der Einspänner nun herangezukkelt kam – der Streik war glücklicherweise unterdessen beendet – und als die Damen, Frau Wanka und Frau Schimkowitz, in dem ächzenden Gefährt schon Platz genommen hatten und eben auch Marie den Fuß auf das Trittbrett setzte, zupfte der alte Korman den Rittmeister am Ärmel und machte ein Zeichen. Er flüsterte seinem Herrn etwas ins Ohr, es konnte nichts anderes heißen, als daß dieser seine junge Frau doch nicht mit den anderen fortfahren lassen solle.

Der Rittmeister zögerte. Dann sagte er: »Marie, was sagst du dazu? Der Korman meint, du solltest bleiben.«

Marie hielt inne und lächelte, sie war froh-verstört. Ja, sie bliebe auch gerne, ganz gewiß bliebe sie gerne da.

So fuhren die zwei Damen allein davon, und die Neuvermählten standen mit dem freundlichen Rotgesicht auf der Praterallee, und eines blickte lächelnd zum andern.

»Du weißt, wer der Korman ist?« fragte der Rittmeister und zog den Arm seiner Frau unter den seinen. »Er ist der tapfere Bursche, der mich bei Solferino gerettet hat, als ich verwundet unter dem Pferd lag. Er ist es auch, der mir immer den Tabak schickt für meine Meerschaumpfeife. Ja, ja, es gibt nur einen Korman auf der Welt.«

»Ise sie nix wahr, gnädige Frau«, sagte der Mann. »Nur eine Rittmeister gibt es auf Welt, was ist Mann Ihrer, ist einziger Herr! Was Grafen und Fürsten, nix wert! Rittmeister Ihrer einziger Held.«

»Glaube ihm nicht!« sagte der Rittmeister lachend. »Ich werde dir noch viel von ihm erzählen.«

Sie drangen noch einmal zu dem Ausstellungspalast vor, und der Rittmeister bat seinen alten Burschen für diesen Nachmittag los. Als sie wieder die Praterallee betraten, leuchtete ihnen die Sonne noch einmal so hell als zuvor, die Kastanienbäume prunkten mit ihren Kerzen, und die tausend Farben des Lustgeländes funkelten durch das junge silbrig flimmernde Laub. Der alte Korman nahm Haltung an und sagte: »Und was ist Befehl?«

Der Rittmeister kraute sich das Haar. »Dort drüben – dort wär' eigentlich der Wurstelprater. Wir haben ihn noch nicht gesehen, Marie, wie wäre es, wenn wir mit dem Korman in den Wurstelprater gingen?«

»O ja«, sagte Marie, ihre Augen leuchteten auf. »Der Bohusch war auch einmal in Wien und hat uns von dort eine Karte geschrieben.«

Den Schafspelz zur Linken, den grauen Redingote zur Rechten, überschritt sie die breite Allee. Da lag schon die Budenstadt, und das protzige, von hundert Oriflammen wirbelnde Gelände der Ausstellung blieb hinter ihnen zurück. Sie traten durch ein buntbemaltes hölzernes Tor und waren nun da, wo das niedere Volk, das keine stolzen Träume des Fortschritts träumt und keine Triumphe auf dieser mühseligen Erde erwartet, doch auch sein Stückchen Zauberei und Wunderwesen hat. Da waren die Hanswursteltheater und Ringelspiele, die Bierschenken und Hippodrome und die kleinen Stände, bei denen sich die Kinder türkischen Honig, die Liebespaare Lebkuchenherzen kaufen konnten.

Für gewöhnlich mochte es um diese Zeit, in den ersten Stunden des Nachmittags, hier noch stille sein. Jetzt aber, in der Zeit der Weltausstellung, rollte das Spiel pausenlos vom Morgen bis Mitternacht. Musikkapellen dudelten, Karusselle drehten sich, und auch die Grottenbahn fuhr, als ginge es dem Abend zu.

Zuerst wurde Korman an einem Ausschank getränkt und geatzt; Rittmeister Bourdanin stieß mit ihm an. Auch Marie erhielt ihr Gläschen Likör und durfte es gegen Kormans Glas halten, und abermals verbeugte sich dieser vor ihr wie vor einem achten Weltwunder.

Er begann etwas zu erzählen von seinem Herrn, den er liebte und ehrte. Marie verstand nicht alles, aber sie begriff doch, daß es die Geschichte war, die ihr auch schon einmal zu Ohren gekommen, die Geschichte von der jungen Gräfin E., welche Bourdanin als junger Kavallerieleutnant vor einer verhaßten Ehe gerettet hatte.

Es war zu N. gewesen, an einem schönen Frühsommersonntag: Das Offizierskorps der N.er Garnison war zu einem Ball in das Schloß geladen worden. Dieser Ball, das war ein offenes Geheimnis, war nur veranstaltet worden, weil er einem ältlichen Marchese Gelegenheit geben sollte, um die Komtesse zu werben. Dieser Marchese war der Sprößling einer alten, vielleicht gar zu alten Familie, er war kahlköpfig, stieß mit der Zunge an und ließ sich täglich von seinem Kammerdiener darin unterrichten, was er heute zu tun und was er zu lassen habe.

Der Komtesse gefiel dieser Freier nicht. Die Frau Gräfin konnte die widerspenstige Tochter mit bösen Blicken fixieren, konnte ihr sogar heimlich in die Rippen stoßen, das Mädchen schnitt ein saures Gesicht, sie stand da wie ein Stock und knüllte das Spitzentuch zwischen den Händen.

Doch sie mußte die Polonaise mit dem Marchese tanzen, und nach der ersten Quadrille, da sich die anderen Paare in einem Walzer drehten, sollte der Freier, so war es ausgemacht, seine Werbung vorbringen. Das gräfliche Elternpaar verließ die Laube, in welcher das Paar, halb verborgen von Blattpflanzen, niedersaß. Alle wandten die Augen von dem Ort des delikaten Vorgangs ab, und alle waren doch gespannt darauf, welchen Ausgang er nehmen werde, und sie dachten an nichts anderes.

Da aber geschah es – etwas Furchtbares, etwas Unerhörtes geschah, ein junger Leutnant, irgendeiner von den Geladenen, bürgerlich war er noch dazu, fi donc! – ein junger forscher Mann, den das arme Mädchen dauerte, Bourdanin hieß er, hatte seinen Tschako unter den Arm geklemmt, näherte sich der diskreten Blattpflanzenlaube, nahm die Stufen dahin in einem Satz und bat die Komtesse zum Tanz.

Das Mädchen starrte ihn an, dann erhob es sich, zögernd zuerst, aber doch – man sah es! wie gerne, und folgte dem fremden jungen Mann hinauf aufs Parkett.

Wer er denn sei, fragte sie, und wie er das gewagt habe?

Der Leutnant gab Bescheid. Er fürchte sich nicht, sagte er, nicht vor Tod und Teufel.

Für sie, antwortete die Komtesse, sei dieser Tanz leider nur ein Aufschub ihres Unglücks, ja! ihres Unglücks, das sage sie frank und frei, denn sie verabscheue den Marchese von ganzem Herzen. Aber die Eltern hätten ihr gesagt, sie müsse sich heute noch mit ihm verloben und dürfe den Saal nicht verlassen, ohne daß sie dem Freier ihr Jawort gegeben habe. An allen Türen stünden die Späher und Sbirren.

Ei, habe der Leutnant darauf geantwortet, wenn es darauf ankomme, sie werde den Saal verlassen, und zwar augenblicklich, wenn auch schon durch keine Tür, sondern durch jene gläserne Wand.

Durch die gläserne Wand? staunte das Komtesschen.

Richtig! hatte der Leutnant geantwortet, nur Mut! Und er habe sie auf einmal fest in den Arm gefaßt und habe auf die bis zum Boden reichenden Scheiben zugetanzt, die den Saal gegen die Terrasse abschlossen; hinter den Scheiben habe eine laue Sommernacht gestanden mit funkelnden Sternen und tausend Möglichkeiten, in die Freiheit zu entkommen. Achtung, habe der Leutnant kommandiert und das Glas in kühnem Schwung mit der Schulter durchgedrückt. Es habe gekracht und gesplittert, die Leute schrien und wollten zu Hilfe kommen. Aber der Leutnant habe, nachdem er noch ein paar spitzige Scherben mit dem gestiefelten Fuße weggetreten, die Komtesse durch die Lücke ins Freie geschoben.

Sie sei ihm draußen um den Hals gefallen, habe ihm einen Kuß auf jede Wange gegeben und sei dann, rasch wie ein Wirbelwind, die Freitreppe hinabgelaufen und in der Nacht verschwunden. Eine kleine Weile danach hörte er einen Wagen durch das äußere Hoftor rollen, hörte eine Stimme rufen und dann nichts mehr. Der Leutnant kehrte in den Saal zurück und verband sich lächelnd die zerschnittene Hand mit dem Taschentuch.

Die Komtesse habe zwei Jahre später einen reichen Schweinezüchter geheiratet, lebe mit diesem in glücklicher Ehe und habe ihm bereits acht gesunde, muntere Kinder geboren.

Marie schwieg und staunte zu ihrem Gatten empor. Ach, vor welch unendlicher Zeit mußte das gewesen sein, daß er eine junge unglückliche Komtesse vor einem ungeliebten Freier rettete, fast wie ein heil'ger Georg die Jungfrau vor dem Drachen. Das war schön gewesen von ihm, dem Mann, dem Gatten, in Marie wallte ein warmes Gefühl.

Unterdessen hatte sich Korman an einem Gulasch, an drei Paar Würstchen und einigen Gläsern Wein gestärkt. »Avanti, avanti!« rief er und schwang seinen Knotenstock: »Jetzt kommen die Grottenbahn.«

Der Rittmeister reichte seiner Frau den Arm und folgte dem lustigen Führer. Noch hielt er sich steif und würdig, strich sich nur mit verstohlener Geste unter den harten hohen Vatermörderkragen, der seinen Hals umpanzerte. Aber er lächelte stillvergnügt unter seinem buschigen Schnurrbart und ließ es geschehen, daß Korman sie an die Grottenbahn brachte und daß dieser, durch das Gedränge vor der Kasse bis an den Schalter durchstoßend, für des Rittmeisters Geld *neun* Billette erstand: neun Billette für die interessante Grottenfahrt, denn wer einmal gefahren sei, so versicherte das liebreich lachende Rotgesicht, der wolle immer noch einmal fahren, weil die Grottenbahn das Allerbeste sei an der ganzen Weltausstellung. Der Rittmeister machte ein zweifelhaftes Gesicht, doch gehorsam betrat er die hölzerne Treppe, von welcher man in die eisernen Wäglein stieg. Soeben hielt ein Zug, grelle Pfiffe ausstoßend, als wäre er atemlos angekommen von seiner Reise aus der finsteren Unterwelt. Die Jungvermählten nahmen auf einem Bänklein Platz und wurden mit einer Kette gesichert: Das sei sehr nötig, beteuerte Korman, denn das Unternehmen sei gefährlich, und man müsse sich recht fest aneinanderklammern. Korman stellte sich hinter ihnen auf. »Mut!« rief er der jungen Frau zu. »Nix Angst haben vor Teufels Urgroßmutter!«

Der Zug begann zu rollen und fuhr immer rascher und unter wachsendem Getöse in die Grotte ein. Zuerst wurde es finster und kühl, die Musik verstummte, man hörte eine Glocke zwölfe schlagen. Irgendwo zeigte sich ein rotes und dann ein grünes Licht, und aus der Schwärze rückte ein geisterhaftes Bild daher: Es zeigte eine grüne Wasserzelle, in welcher alle möglichen Meeresungeheuer schwammen und mit Schwänzen schlugen, mit Mäulern schnappten und aus Phosphoraugen Funken sprühten. – Dann kam ein anderes Bild heran, es zeigte eine Reihe brennender Häuser, im Vordergrund stand eine kleine Frauengruppe, die mit den Armen fuchtelte. Das sei, erklärte eine Stimme aus der Finsternis, das Unglück von Joachimsthal. Weiter fuhr die Grottenbahn, ein beleuchtetes Gerippe schwebte daher, und eine kalte Hand klatschte den Gästen ins Gesicht. Marie fuhr zusammen und faßte nach Bourdanins Arm. Er hatte sie an sich gezogen, und zum erstenmal wurde ihr wohl und tröstlich zumute: Sie schmiegte sich näher an ihn und barg ihre Stirn an seiner Brust.

»Da sieh!« rief er. »Jetzt kommt des Teufels Urgroßmutter.«

Marie hob den Kopf und schaute.

Das Ding, das sich jetzt aus der Finsternis schälte, war glutrot und schrecklich. Es war eine Hölle, eine ganze Höllenlandschaft, mit kleinen Grotten und Herden, in denen Feuerchen brannten. Über den Feuerchen wurden arme Seelen geröstet: An Spießen staken sie oder saßen auf glühenden Stühlen, und kleine borstige Teufel zwickten sie mit eisernen Zangen. Aber in der Mitte der Hölle, auf dem Ararat des Infernos, saß eine ungeheure dicke Frau: Sie hatte ein Maul wie ein Haifisch und Augen, die ganz vor ihrem Kopfe lagen wie große funkelnde Knöpfe. Ihre Augen drehten sich, und ihr Maul mahlte unentwegt. Auf kleinen Wäglein führten ihr die Teufel arme Seelen zu, und mittels einer sinnreichen Vorrichtung stürzten sie alle in das Gehege der Zähne.

Das war des Teufels Urgroßmutter, die alte Baubo, das Wunderwerk der Grottenbahn, das Mirakel der Weltausstellung. In den Zeitungen stand von ihr zu lesen, und man pries die mechanische Wissenschaft, welche ihr mit tausend geheimen Schrauben, Hebeln und Rädchen eine geradezu täuschende Lebendigkeit verliehen hatte.

Marie dachte nicht darüber nach, auf welche Weise sich das Ding bewegte, sie dachte nur, daß es sie an irgend jemand gemahnte, den sie selbst kannte, nur konnte sie nicht daraufkommen, an wen – –

Doch als sie später in einem der Wirtsgärten saßen und mit Korman eine Jause verzehrten, und als die Musikkapelle spielte und der Rittmeister auf Kormans Mahnung seine junge Frau zu einem Ländler führte, da mit einem Male, als hätte ihr der rasche Taktschritt den Kopf ermuntert, fiel es Mariechen ein, und sie lachte hell auf.

»Was hast du denn, Marie?« fragte der Rittmeister.

»Ich lache«, sagte sie, »weil ich jetzt weiß, wem die Urgroßmutter in der Grottenbahn so ähnlich sieht.«

»Wem sieht sie denn ähnlich?« fragte der Rittmeister lächelnd.

»Der Frau Wrba«, versetzte Marie, »der Frau Wrba aus der Sachsengasse.«

Der Gatte runzelte die Brauen. Woher denn Marie die Frau Wrba kenne, fragte er. Ein anständiges Mädchen habe gar nichts von ihr zu wissen.

Sie habe doch bei derselben Greißlerin eingekauft, antwortete Marie, bei der Sterbowa, weil diese am billigsten sei. Diese Auskunft schien der Gatte beruhigend zu finden, er zeigte sich rasch besänftigt.

Es war schon spät geworden, die schräge Sonne flimmerte golden durch die jungbelaubten Kronen. Der Rittmeister bestellte eine Flasche Rotwein und stieß mit Korman auf ein frohes Wiedersehen an. Die ungarische Ausstellung war fertiggestellt, und Korman wollte am nächsten Tag schon wieder nach Nagy-Kanizsa, wo er zu Hause war, zurückreisen. Was er denn gar so eilig daheim zu bestellen habe, fragte Marie. – Oh, Korman setzte eine geheimnisvolle Miene auf. Das dürfe er vielleicht gar nicht sagen. Aber seine Frau – hm, hm –, sie habe schon vier Buben und sei gar so erpicht darauf, auch endlich ein Mädchen zu bekommen, und da müsse er nun nachsehen, ob es ihr endlich gelungen sei, das mit dem Mädchen.

Marie lächelte und blickte zu Boden; es tat ihr leid, daß Korman wegfahren wollte, daß er so früh schon verschwand, der sie wie ein guter Engel durch die Grottenbahn geleitet hatte.

Sie mieteten nun einen Wagen und kehrten in das Hotel zurück. Korman saß neben dem Kutscher auf dem Bock.

Vor dem Hotel schüttelten die Männer einander die Hände. Vor ihr, Marie, verneigte sich Korman, nicht ganz so zerschmolzen-ehrfürchtig wie das erstemal, sondern verschmitzt lachend und zutraulich geworden, aber womöglich voll noch überschwenglicheren Wohlgefallens als zuvor. Als sie durch die Drehtür nach ihm blickte, sah sie ihn noch draußen stehen, die alte Militärmütze schwenkend, und auf seinen lachenden Lippen lag ein Ruf wie: Eljen!

Mariechen erschrak, als sie sich droben im Zimmer im Spiegel erblickte. Ihre ganze Frisur war aufgelöst, und die kleinen Locken, die sie sich am Morgen mühsam aus den Papilloten gewickelt hatte, hingen ihr zerzaust um das erhitzte Gesicht. Hastig griff sie nach ihrem Gerät, um sich ein wenig hübsch zu machen, ehe sie nach unten gingen, um mit den Schwägerinnen zu nachtmahlen.

Auch der Rittmeister war beschäftigt, seinen Aufzug in Ordnung zu bringen. Er war vergnügt und pfiff leise vor sich hin:

> Es war ein Grenadier,
> der hatte Weib und Kind ...

In diesem Augenblick geschah es, daß über Mann und Frau, über Balthasar und Marie, die miteinander verbunden waren für ihr ganzes Leben, wie ein zarter, zitternder Lichtflaum das Glück erschien, nicht die falsche gläserne Kugel der Fortuna, sondern die schmiegsame Flocke, die winzige Segenszunge aus dem unendlichen heiligen Feuermeer der Liebe, und gerade als sich der Mann niederbeugte, um der jungen Frau einen Kuß, den ersten nicht eheherrlich-fordernden, sondern zärtlich-werbenden Kuß, auf die Stirn zu drücken, da erscholl draußen ein Schrei.

Gleich darauf hastete ein Schritt, die Tür wurde aufgerissen, und Frau Emma stürzte herein, totenblaß, wankend, die schwarzen Augen aufgerissen. »Ah«, schrie sie, »alles ist aus – alles ist aus!«

Sie hielt ein Blatt in der Hand, ein Stück Zeitung. Und nachdem sie es dem Bruder zugeschleudert hatte, brach sie ächzend über dem Sofa zusammen.

»Wir sind arm geworden . . .«

Mariechen war auf sie zugelaufen und hatte sie umklammert, aber der schwere Körper entglitt ihr. Sie lief an den Waschtisch, brachte ein Glas und Bourdanins Flasche mit Kölnischem Wasser. Frau Emma zerwühlte sich unterdessen die hohe toupierte Frisur.

»Das überleb' ich nicht«, wimmerte sie, »das überlebe ich nicht. Alles ist aus, alles ist verloren, mein armer Wanka, mein armer Mann.«

»Ist er denn tot?« flüsterte Marie.

Währenddessen stand der Rittmeister, hielt das Zeitungsblatt und starrte darauf nieder. Sein Gesicht verfinsterte sich, seine buschigen Brauen schoben sich gegeneinander, seine Zähne ergriffen die Spitzen seines Schnurrbartes und knirschten dabei, als wären sie aus Glas.

Mariechen blickte zu dem Gatten empor, das Herz wollte ihr stillstehen vor Schreck. – »Ach, du mein Gott«, flüsterte sie, und die Ahnung eines großen Unglücks breitete sich wie Finsternis über ihre Seele.

Es war ein Unglück, in der Tat, ein großes Unglück sogar. Denn zum erstenmal seit dem Beginn des neuen Zeitalters war etwas ganz Unvorhergesehenes geschehen. Die stolze Scheinwelt, die gläserne Kugel des Glücks hatte einen Sprung bekommen, und was sich an Pracht und Märchenherrlichkeit dem vor Stolz geblendeten Auge gezeigt hatte, brach mit einem Mal in tausend Scherben auseinander. Es war der große Bankkrach, das alle Länder umfassende allgemeine Debakel.

Das Geld war fort, welches man auf die Banken gelegt hatte, damit es dort wachse und gedeihe und Zinsen trage, wozu Geld doch bestimmt und wozu es jedenfalls von der weisen Allmacht im Haushalt der Welt eingesetzt war. Die Börse war gestürzt. Alle Aktien und Papiere, die hoch oben auf den Gerüsten des Erfolges und Gewinstes umhergeturnt waren, hatten mit einem Mal, als wäre das Stück Lebensbaum, darauf sie gediehen, vom Blitz gefällt worden, ihren Stand verloren, sie waren gestürzt, in einen Schlund des Unheils gestürzt und hatten sich am Grunde des Schlundes alle zusammen die Hälse gebrochen. Die Spekulationen waren zerstört, die Industrien ruiniert; man hatte aufgebaut und gearbeitet ohne Aufträge und Absatzmärkte, in blindem Vertrauen darauf, daß die ganze Welt bereit sein werde, alles Produzierte mit gutem Golde zu kaufen. Auf einmal zeigte es sich, daß niemand kaufte und niemand danach fragte, was die allzu eifrig klappernden Maschinen der Europäer für die roten und schwarzen und gelben Leute in aller Welt hervorgebracht hatten. Die Gesellschaften waren zerkracht; die sich zu Tausenden über dem Boden der alten Wirtschaft aufgebläht hatten, jeden Tag zu Dutzenden hervorschießend, wie Schwämme, lustige, fette, rote, weißgetupfte Fliegenschwämme, sie alle waren plötzlich zertreten und zertrampelt, an einem Tag, fast zur selben Stunde, man wußte nicht, wer getreten und wer getrampelt hatte, aber in allen Ländern und Kapitalen war dieselbe Vernichtung angebrochen. Wieso denn nur? schrie man auf und faßte sich an den Kopf. Hatte der Mensch nur *dazu* seine eilig rotierenden Druckerpressen und seine schnellen Fahrzeuge erfunden, daß er die Hiobsbotschaft an allen Enden zugleich verkünden lassen konnte? Die Barometer der Hoffnung fielen mit einem Schlag von Schön auf Sturm, die Thermometer des bürgerlichen Glücks sanken von Siedehitze auf Nordpolkälte. Der Vorhang rauschte zusammen über der Bühne der Lustbarkeit, und die Nemesis erschien aus der Versenkung des Proszeniums und sprach ihr erstes Menetekel über das Bürgertum . . .

Ein Jahrzehnt später: Frau Emma Wanka ist gestorben, Wanka hat deren Schwester, die strenge puritanische Franziska, geheiratet. Nach wie vor liebt Wanka risikoreiche Geldgeschäfte, und wieder einmal hat er sich verrechnet. Er steht vor dem Konkurs; seine Frau weigert sich, ihm aus der Klemme zu helfen. In seinem Unglück nimmt Wanka Zuflucht beim »Zwergengesicht«, bei dem ihm ergebenen Kellner Standa Knoflik, der ihn oft in einem teuren Schlemmerlokal bedient hat.

Der Selbstmordkandidat

Wenn ein Krokodil erkrankt, sucht es sich abseits von seiner Herde einen einsamen Platz; es ist, als erkennte es plötzlich die kalte Grausamkeit, die seiner Rasse innewohnt und die es selbst bis gestern bedenkenlos geübt. Jetzt freilich flieht es, verkriecht sich, siedelt ein. Nur der kleine Vogel, der sein Begleiter gewesen war in besseren Tagen, harrt bei ihm aus. Erst zuletzt, wenn das Krokodil verendet und im Schlamm vergeht, dem es, der Sage nach, entstiegen ist, macht sich das Vöglein auch davon, kläglich schreiend und betrübt.

So einsam, faul und verzweifelt wie ein krankes Krokodil lag in jenen Tagen Karl Wanka im Schlamm seines Elends. Eingewühlt in den Morast seiner Schulden, scheute er die Nähe seiner Artgenossen; er mied die bürgerliche Sphäre und zog von Beisel zu Beisel; der letzte Winkel, den seine Traurigkeit erreichte, war die Küche des Kellners Standa im Pongratzschen Dwur.

Das brave Zwergengesicht konnte noch immer freudig leuchten, wenn es des früheren Gönners ansichtig wurde. Auch seiner Familie hatte es Dankbarkeit gegen den Goldbart eingeimpft. Jovial räumte ihm die Frau ein Eckchen am Kochherd ein, Wanda, dieselbe, die dann und wann, um dem Elend ihres Lebens zu entgehen, zu sinistren Abenteuern auszog. Die Arme! Ihre Nase war zwar gedunsen vom Trunk, aber ihre Hände waren doch auch rauh von Arbeit, sie wusch und scheuerte für andere Leute und war, sah man ab davon, was dann und wann in verzweifelten Stunden geschah, eine leidliche Gattin und eine gute Mutter. Als Gastgeberin sparte sie nicht an tröstenden Worten, stellte dem fremden Mann ein Gläschen – vielleicht selbstverdienten – Schnapses auf den Tisch und ließ ihn im übrigen nach Herzenslust sinnieren, querulieren und die endlose Reihe seiner Klagen abpsalmodieren. Denn so weit war der Goldbart schon hinabgesunken, daß er sich nicht schämte, sein Elend vor jedermann auszubreiten. Er klagte über die Verkehrtheit der Welt, über die Herzlosigkeit seines Weibes, über die Bosheit des Verführers Zerff, über die vertrackten Wechselgesetze und darüber, daß er selbst immer so schuld- und arglos gewesen. Die Kinder saßen auf der Kohlenkiste und starrten den fremden Mann mit offenen Mäulern an. Frau Knoflik rührte in ihrer Suppe oder rumpelte über einem Zuber voll dampfender Lauge, sekundierte mit Ja und Ha und: »Freilich, so schlecht ist die Welt.«

Indessen reifte in Wankas Herz ein schlimmer Entschluß.

Er mußte sich umbringen; das wurde ihm langsam klar. Er war unmöglich gemacht in der Geschäftswelt, er war bankrott und ruiniert, er hatte nichts mehr zu suchen unter der Sonne.

Auch in jener Zeit, die wir die gute alte nennen, kam es häufiger, als wir heute glauben möchten, vor, daß ein Mensch sich entleibte. Meist trieb ein verletztes Ehrgefühl auf diesen Weg der Verzweiflung, war doch die Ehre damals empfindlicher als heute; uns allen ist im Zuge der Zeit allmählich ein dickes Fell gewachsen. Wer aber damals ins Unglück geriet, war ein Gezeichneter. So beschloß auch Herr Wanka, Schmach und Schande zu entgehen und sich selbst zu töten.

Aber: Geschäftsmann auch jetzt noch, rechnete er hin und her, welcher Tod ihn am wenigsten kosten würde an Qual und Grausamkeit gegen sich selbst. Herr Wanka wollte nur so ungern grausam sein gegen seine Person. Er hatte sich lieb, er vergoß Tränen im voraus über sein eigenes Ende. Wie grausam, daß man ihn in einen Sarg werde legen müssen, eingraben in ein tiefes, finsteres Loch! Wenigstens würde man ihm ein angemessenes Begräbnis geben und ihm in der Zeitung einen Nachruf widmen. Franziska als seine Witwe würde sich in Reuequalen winden, und seine geschäftlichen Widersacher würden geächtet und beschämt umherschleichen, denn jeder würde mit Fingern auf sie weisen: Schaut sie an, die Halsabschneider, den guten Wanka haben sie auf dem Gewissen.

Solche Vorstellungen gewährten dem Goldbart immer noch einiges Vergnügen. Aber er schrak, wenn er sich ihnen bis zur Selbstvergessenheit hingegeben, doppelt verstört empor, wenn ihm die Erkenntnis kam, daß es ja vorerst an ihm lag, an ihm, Karl Wanka allein, einen Schritt zu tun, einen fatalen, gräßlichen Schritt! Wie denn sollte er sich umbringen? Wie sollte er es anstellen, diesen rosigen, wohlgenährten und leider kerngesunden Leib zu verlassen?

Wanka dachte zuerst an Gift. Aber er fürchtete sich vor den Krämpfen und Zuständen, die der Vergiftung folgen mochten. Er dachte daran, sich in einen Strang zu stürzen, doch ihn graute vor der Entstellung durch die würgende Schlinge. Er überlegte, ob nicht der Gashahn der leichteste Ausweg sei, doch auch gegen diese Methode ließ sich vieles vorbringen, zumindest der Umstand, daß durch die ausströmenden Gase auch andere zu Schaden kommen konnten.

Der Goldbart rieb sich die Stirn und ächzte schmerzlich. Er wußte nicht, welchen Tod er sich zumuten sollte. Da hörte er, daß das Wasser stieg.

Das Wasser stieg rings um den Pongratzschen Hof. Seit Tagen regnete es in Strömen. Im Gebirge schmolz der Schnee. Es war die alljährliche Überschwemmung zu erwarten, die schlimme Zeit der Sintflut.

In Aufregung brodelte das schmutzige Babylon der Skurnanier Vorstadt. Jedermann richtete sein Bündel, daß er es im Falle der Not ergreifen und mit ihm flüchten konnte. Man durfte nicht warten, bis das Nest durch die steigende Flut vom festen Ufer abgeschnitten sein würde. Die ersten Wäglein, auf denen Hausrat, Bettzeug, Kaninchenställe und Kinderwagen schwankten, ratterten durch die engen Gassen. Geschrei, Gejohl' und Gezänk erfüllten die Luft. Das Wasser drückte schon aus Kellern und Gossen, stieg in den Rinnen, bildete Lachen und Seen. Plötzlich hieß es, die Ratten zögen schon aus. Das war für die Menschen das Signal. In überstürzter Hast zog man den sonst bekämpften und verhaßten langgeschwänzten Mitbewohnern nach. Hier trieb einer einen mageren Gaul vor einem hochbeladenen Wagen; dort führte eine einsame Frau keuchend einen Schubkarren vor sich her. Auch Standa kam aus dem Dienst gehetzt, um den Seinen zu helfen. Die Frau stieß den trübseligen Gast im Herdwinkel an. »Vorwärts, vorwärts, gnädiger Herr, es wird Zeit. Das Wasser kommt, das Wasser steigt, gleich ist es da.«

Es war schon finster und die Nacht fortgeschritten. Als eine der letzten brach die Familie des Kellners aus ihrer Hütte auf. Die Kinder rannten umher und fingen die Hühner. Standa lud sich eine Bettstelle auf die Schultern. Die Frau warf Pfannen, Töpfe, einen zerbrochenen Spiegel und einen zerfaserten Pracker in einen alten Kinderwagen. So zogen sie los. Wanka tat, als wollte er die Kellnersleute begleiten.

Doch ehe er den Pongratzschen Dwur verlassen hatte, kehrte er um. Er kehrte zurück in Standas Haus. Was lief er dem Wasser davon, wo sein Leben verwirkt war? Hier wollte er sein Ende erwarten. Vielleicht war es ganz gemütlich, da zu sitzen und ganz von selbst und hoffentlich recht sanft ersäuft zu werden. In einer heroischen Anwandlung schloß er sich in der Hütte ein, zog den Schlüssel ab und warf ihn aus dem Fenster.

Eine Weile lauschte der Goldbart den Geräuschen nach, die allmählich in der schwarzen Regennacht verschollen. Man hatte jetzt auch die Kranken und Lahmen und das vergessene Vieh aus dem Dwur geholt. Das Horn der Feuerwehr, das zuerst laut und dringend durch die Gassen gebrüllt hatte, verlor sich nach und nach in der Ferne. Wanka war allein in der menschenleeren Siedlung zurückgeblieben. Weil der Menschen Laut verstummt war, drang das drohende Gemurmel der Natur nur noch deutlicher an sein Ohr. Trotzdem war ihm nicht einmal übel zumute. Der feste Entschluß schmeichelte seinem Herzen. Ein Lämpchen brannte, und der Herd war noch warm von dem Feuer, auf welchem Frau Knoflik den Ihren eine letzte Suppe gekocht hatte. In einer Flasche befand sich ein lieblicher Rest Branntwein. Der Goldbart, der den ganzen Nachmittag schon dagesessen, vertrat sich ein wenig die Beine. Es tat ihm wohl, allein zu sein, des Zwanges enthoben, das Geplärr der Kinder, das Gezeter des Weibes anzuhören. Er stürte ein wenig in der Glut, warf eine Handvoll Späne nach. Er bereitete sich einen Tee und schonte den Inhalt der Flasche nicht.

Nach einer Weile begann das Lämpchen zu flackern. Fürsorglich, weil er der späteren Nacht gedachte, drehte der Mann den Docht hinab. Vielleicht konnte er ein wenig schlafen. Kaum aber saß er im Finstern, als er draußen Schritte vernahm. Von weitem schon hörte man sie durch die Pfützen patschen – daran war zu merken, daß das Wasser stieg –, die Schritte näherten sich, standen still, und eine Stimme rief: »Gnädiger Herr!«

Das war der Kellner. Wanka saß mucksmäuschenstill. Eine Hand rüttelte an der Tür. »Gnädiger Herr, sind Sie drinnen?«

Wanka rührte sich nicht.

Abermals rüttelte es, und Standa rief: »Gnädiger Herr, Sie sind drinnen.« Von ferne her drang ein schriller Ruf: »Standa, komm, komm zurück!«

Aha! Das war das Weib, das nach dem Manne rief. Das Zwergengesicht aber gab noch nicht nach. »Er ist drinnen, ich hab's gesagt. Er will sich umbringen. Ich hab's doch gewußt. Eingesperrt hat er sich. – – Gnädiger Herr, machen Sie keinen Unsinn!«

Wanka duckte sich. Zwar drang ihm der Ruf von außen wie eine süße Lockung, gleichwohl kam ihm vor, daß er nicht antworten, daß er sich nicht retten lassen könne, wo er sich eben noch so heldenhaft zum Sterben entschlossen hatte. Wie ein trotziges Kind, nach dem die Mutter ruft, hielt er den Atem an, antwortete nicht.

»Standa! Standa!« schrie es von weit her im Ton der Angst. »Siehst denn nicht: das Wasser steigt! Mach fort, sonst ersaufen wir beide.«

»Aber –«, versuchte es der Getreue noch einmal.

»Soll ihn der Teufel holen!« klang es herüber. »Laß ihn krepieren, wenn er sich halt durchaus ersäufen will.«

Wanka hörte Standa seufzen. Dann hörte er den Kellner fortgehen. Das Wasser plätscherte. Dann war es still. Jetzt war Wanka allein. Auf einmal klapperten seine Zähne.

Ja, das Wasser stieg. Das verdammte Weib hatte die Wahrheit gesagt. Plötzlich fuhr er zusammen. Sein Fuß war in Nässe getreten. Nässe war ihm an die nackte Haut gedrungen. Da war es, das Wasser, das wilde, grausame, eisige Element.

Er lief und wollte Licht anzünden. Aber entweder hatte er das Lämpchen zu spät gelöscht oder er hatte den Apparat durch Ungeschick verdorben, der Docht fing nicht mehr. Das Streichholz erlosch, und mit Schrecken bemerkte Wanka, daß die anderen feucht und unbrauchbar geworden waren, nun saß er im Finstern, preisgegeben der Schwärze einer tödlichen Nacht.

Ganz anders als zuvor drangen die Laute und Geräusche auf ihn ein. Lauter rauschte der Fluß, der Regen strömte, es trommelte auf die Dächer, in die Rinnen, die losen Schindeln klapperten im Wind. In den Hohlräumen begann die Flut zu gurgeln, die Balken ächzten, die Pfosten knirschten, die unerklärlichsten Geräusche rieselten durch das Gemäuer.

Wanka hatte sich, nachdem er sich seine Füße naß gemacht, auf den noch warmen Herd geschwungen. Dort kauerte er und lauschte, das Grauen begann seinen Rükken hinauf- und hinabzulaufen wie eine Schar kaltfüßiger Asseln. Er hatte seinen Pelz angezogen, seinen warmen, herrlichen Stadtpelz, in dem ihn noch niemals gefroren, heute aber fror ihn, es nutzte nichts, den Biberkragen aufzuschlagen, und nichts, die elegante Husarenverschnürung über der Brust zusammenzuziehen. Das Fell kam gegen die Angst nicht auf, gegen die Todesangst, die sein Gebein schlottern machte.

Ja, das Wasser kam. Er hörte es kommen. Es quoll aus allen Ritzen und Fugen. Schon stieg es gegen Wankas baumelnde Beine, so huckte er diese an. Nach einer Weile holte das Wasser die Beine ein, so angelte er nach einem Stuhl und setzte ihn auf den Herd und kletterte selbst hinauf, setzte sich auf den so gewonnen Thron, sein Kopf stieß an der niederen Decke an. Jetzt begriff er längst nicht mehr, wie es ihm hatte einfallen können, hier zu bleiben, gerade diese Todesart zu wählen. Sie kam ihm jetzt als die grauenhafteste und scheußlichste vor, die ein Mensch sich je erkoren. Den Schlüssel hatte er abgezogen und aus dem Fenster geworfen und damit seinen Untergang besiegelt. Oh, oh! Was war er für ein Narr gewesen! Zum Teufel mit aller Ehre und Reputation, er hätte doch Konkurs ansagen oder nach Amerika reisen können, dort hatte er Verwandte, die führten ein Geschäft mit Limonade.

Daß er an diese Möglichkeit nicht gedacht hatte! Was war denn in ihn gefahren? Hatte er sich am Ende an den Bourdaninschen angesteckt, an ihrer verfluchten Art, immer nur an die Ehre zu denken? Ja, so war es, so mußte es gewesen sein. An dem Umgang hatte er sich verdorben.

Sie waren daran schuld, daß er nun dasaß und zittern mußte vor dem gräßlichen Tod. Sie hatten ihn dazu getrieben mit ihrer Tugend, sie waren seine Mörder.

Langsam graute der Morgen heran. Aber ach, was war es für ein Morgen für den verzweifelten Goldbart! Er saß gefangen in der überschwemmten Hütte, gefangen auf seinem Herd. Das Wasser leckte schon an der Platte, es war schwarz und gräßlich, und was es trug auf seiner Oberfläche, war ein neues Grauen: Nicht nur Stühle und Tische schaukelten auf ihm, nicht nur Eimer und Zuber der Frau Wäscherin; es schwammen Fetzen Papier darin, üble, scheußliche Dinge; was umhergelegen war in der schmutzigen Küche, das kam aus seinen Verstecken hervorgeschwommen, und mittendrinnen der spitze Kopf einer Ratte.

Der Goldbart griff nach einer Waffe, er konnte nichts anderes denken, als daß die kämpfende Kreatur über ihn herfallen werde, um ihm seinen Platz, sein Eiland streitig zu machen. Aber der spitze Kopf blitzte ihn mit spöttischem Zwinkern an und tauchte pfeilschnell davon. Herrn Wanka kamen die Tränen der Verzweiflung. Nach einer Weile begann er zu beten.

Er hatte nicht mehr gebetet, seit – er konnte nicht mehr denken seit wann. Er hatte auch nichts mehr für wahr gehalten, was man ihm einst erzählt hatte von einem lieben Gott, von einem guten Vater im Himmel droben. Ein Spekulant und Makler kann sich um einen solchen Gott nicht bekümmern. Was soll er ihm, solange er selbst munter ist und Geschäfte macht? Im Börsenblatt ist nichts von Gott zu lesen.

Jetzt betete Herr Wanka, der Goldbart, das Herz schlug ihm bang unter der Berlockenweste, und er erinnerte sich dunkel daran, daß man ihm einmal von jenem Gott erzählte: Er kümmere sich in Liebe auch um das geringste seiner Geschöpfe, er habe die Haare auf jedem Haupt und die Sperlinge auf jedem Dach gezählt; und wo ein Mensch in seiner Not ihn rufe, dort sende er seine Engel aus und rette ihn . . .

(Als rettender Engel erscheint in diesem Fall die inzwischen reifer und energischer gewordene Marie Bourdanin mit von ihr alarmierten Helfern.)

Ein Doppeltes

Wir steigen niemals
in denselben Fluß,
ins selbe Taufbad und zur selben Tränke,
zur selben Überfuhr. Wir wittern List
und trauen nicht dem Gleichen in uns selbst.
Wo Wiederkehr und Selbstbegegnung wäre,
schöpft unsre Hand
nur Kies und Sand und Sand und Sand.

Wir steigen immer
in denselben Fluß,
zu unsern Träumen in dieselben Buchten,
durch Schlier und Schlick vorbei am Schluck der Fische.
Nicht ich, nicht du, allein die Summe zählt,
die aus Millionen Adern sickert
und sinkt und wandert in das große Delta,
an dessen Horizont das ferne Meer
der Zunge wartet, die es trinke.

Liebespaar

Winterabend.
Du und ich
ohne Bleibe.

Daß du mich kennst,
ist mein Kleid,
daß du mich nennst,
ist mein Zelt.

Bette mich tief,
tiefer in deine Geduld.

Der Tanz der Salome

Der griechische Arzt und Gelehrte Antisthenes erstattet seinem Freund Pontius Pilatus Bericht über das berühmte Fest des Herodes, in dessen Verlauf Johannes der Täufer, der Vorläufer Jesu Christi, ermordet wird.
Der in diesem Bericht immer wieder genannte Aristobul ist ein junger Mann aus einem vornehmen jüdischen Haus, Neffe des regierenden Hohenpriesters Kaiphas und von diesem beauftragt, über Johannes (Jochanaan) Erkundigungen einzuholen.

Antisthenes, Arzt und Privatgelehrter, derzeit auf Reisen, an Pilatus, Landpfleger von Judäa, derzeit Cäsarea.

Am 3. des Septembris

Ich habe Dir lange keinen Bericht erstattet, da ich viel unterwegs gewesen bin. Ich habe Jericho besucht, bin rund um das Salzmeer gezogen und habe schließlich auf der Festung Machärus längeren Aufenthalt genommen. Es ist an der Zeit, Dir von den seltsamen Ergötzlichkeiten zu erzählen, die man uns dort geboten hat.

Ich muß vorausschicken, daß ich nur durch Zufall nach Machärus gelangte; ein junger Mitreisender hat mich dazu verführt, ein junger Jude aus reichem Haus, ein Neffe des derzeit regierenden Hohenpriesters, ein reizender Junge übrigens von achtzehn Jahren, der so manchem unserer

Cäsareischen Freunde höchst angenehm ins Auge stäche. Auch ich wäre, wie ich gestehen muß, in früheren Jahren nicht unempfindlich geblieben für seine junge und gleichsam noch taufrische Männlichkeit. Doch da ich erstens über Jugendtorheiten hinaus und, zweitens, mit seinem Vater befreundet bin, der es als Jünger Moses' gewiß sehr übelnähme, wenn . . . (du kennst ja die Empfindlichkeit dieser Leute in allen Sachen der Moral), so habe ich mich diesem Jungen ganz ohne hinterlistige Absichten angeschlossen, eigentlich nur, um auf meiner Reise nicht ganz allein dahinzutreiben.

Außerdem war der Bursche in einer Mission unterwegs, deren Ergebnisse auch mich interessierten. Als Kaiphas' Neffe in die *Liste der Vertraulichen* gesetzt, hatte er einen dieser merkwürdigen Heiligen nachzujagen, die das Land bevölkern (ich habe Dir bereits in dieser Richtung Informationen zugeschickt). Ich war gespannt darauf, was bei der Erkundungsaktion wohl herauskommen werde, obwohl der damit betraute junge Mann Aristobul ben Eljakim alles andere als die Fähigkeiten eines geschickten Spitzels mitbrachte.

So zogen wir denn mit wenigen begleitenden Dienern erst einmal den Jordan abwärts und näherten uns dem Salzmeer. Man hat Dich sicher über die Eigentümlichkeit dieser Gegend unterrichtet. Sie scheint keiner anderen Gegend der bewohnten Erde zu gleichen. Wie man mir glaubhaft versicherte, liegt sie tiefer als der Meeresspiegel in einer Art Rinne, in die sich das Gewicht des Himmels hinabsenkt und die die Gluten der Hölle erfüllen.

Galiläa ist das reinste Paradies gegen sie – und selbst noch die harten kantigen Kalkberge Judäas haben ihr viel an Lieblichkeit voraus. Immer schmaler wird der begrünte Uferstreifen des Flusses und immer unwirtlicher das steile Felsgehänge zu beiden Seiten des Tales. Vom frühen Vormittag an ist alles in weiße Hitze getaucht: Man flüchtet von Schattenfleck zu Schattenfleck. Aber wo gibt es noch Schatten? Die wenigen Bäume stehen dürr mit flappendem Laub. Und beinah senkrecht steht die Sonne. Die Straße liegt wie ausgestorben, und die Behausungen der Menschen gleichen Totenstädten. Man glaubt sich auf einen Bratenrost geworfen und möchte aufspringen und fliehen – doch wohin? Und mit Entsetzen mißt man den Tagesbogen, der noch zu durchmessen ist. Wie langsam wandert die Sonne, woher bezieht sie das tobende Gleißen, vom dem man denkt, es könnte den ganzen Erdkreis in Flammen versetzen?

Endlich – endlich beginnen die lechzenden Kamele längere Schatten zu werfen. Die rot- und gelbgebrannten Westberge beginnen sich mit schwärzlichen Schattenhöhlen zu flecken. In verzweifelter Ungeduld erwartest du den Augenblick, da der Sonnenball die Gratlinie erreicht. Jetzt darf es Abend werden.

Aber wenn du nun erwartest, es werde eine lange milde Zeit der Dämmerung eintreten wie in unserem seligen Italien oder goldenen Hellas, dann irrst du. Dieses Land vergönnt seinen Kreaturen kaum einen Augenblick wohltätiger Erholung. Wie ein schwarzes Tuch fällt die Nacht herab. Wenn du Glück hast, geht der Vollmond wie eine schwefelgelbe Laterne auf. Auf jeden Fall aber leuchten die Sterne. Ja, die Sterne leuchten fast allnächtlich in nahezu unnatürlicher fürchterlicher Klarheit über diesem Land. Wie mit Diamantengriffel sind ihre Bilder in das Schwarz der Himmelskuppe eingeritzt, und die Milchstraße – in unseren Breiten ein zartes Schimmergewölk – wälzt sich hier wie die Rauchfahne eines unnatürlich weißen Feuers von Horizont zu Horizont. Einige Sternhaufen scheinen wie Trauben herabzuhängen, andere wie locker und leichter gedrahtetes Geschmeide. Das funkelt und zittert und ist in seiner Ferne und Stummheit so bedrängend, daß du, vom Tag aufs äußerste ermattet, doch nicht zu schlafen vermagst. Das Zelt ist aufgestellt, der Pfühl bereitet, aber du läufst im Freien herum, starrst empor, drehst das Genick, siehst da und dort eine Sternschnuppe blitzen – und bist schließlich froh, wenn gegen Morgen der Himmel erbleicht und das unbegreifliche Schauspiel zurücknimmt. Nun möchtest du schlafen und in Träume versinken, doch da stehen schon deine Begleiter um dich herum und mahnen dich, dein Reittier wieder zu besteigen.

Ich habe in solchen Nachtstunden darüber nachgedacht, wie ein Volk geraten muß, das unter einem solchen Himmel lebt, tagsüber schmachtend in der Glut der Sonne, nachts an den Rand des Wahnsinns gebracht durch den Glanz der Gestirne. Monatelang keine Wolke, monatelang kein Regentropfen, kein Trost, keine Labung, wie ist so ein Land zu ertragen?

Hast Du Dich je mit der Geschichte des jüdischen Volkes beschäftigt? Ich habe einiges darüber gelesen. Ich wundere mich jetzt nicht mehr, daß seine Geschichte nicht wie die anderer Völker mit Schlachten, Besitzergreifungen, Städtegründungen und derlei beginnt, sondern ihren Anfang nimmt in der Schlaflosigkeit eines einzelnen Mannes. Dieser Mann, Abraham, litt unter dem Sternenhimmel seiner Wüstenheimat, der ihn nicht ruhen ließ, der ihn aus seinem Zelt lockte und ihm zusetzte mit dem furchtbaren fordernden Glanz, den er vermutlich für eine Erscheinungsform seiner Gottheit hielt.

Da begann er, so heißt es, die Sterne zu zählen.

Es war, wie sich leicht denken läßt, ein Beginnen, das zum Scheitern verurteilt war.

Aber ich meine, es war ein Versuch, des Immensen habhaft zu werden, eine Art Aufstand des Begrenzten gegen das Unbegrenzte und Endlose.

Es endete damit, daß es zwischen Abraham und dem Sternenhimmel (Erscheinungsform seiner Gottheit) zu einer mittleren Lösung, zu einem Kompromiß, kam.

Abraham gab das Zählen auf, also den Versuch, das Nichtzufassende zu fassen. Dafür wurde ihm die Verheißung gegeben, er werde zum Stammvater eines Volkes werden, das ebenso zahlreich sei wie das Gewimmel der Sterne (und das, obwohl er, bereits zu Jahren gekommen, bis dahin noch keinen einzigen Nachkommen gezeugt hatte).

Ein merkwürdiger Tausch, nicht wahr? Doch nicht ganz ohne Pfiff und Ingenium: Denn das Immense, das sich dem Zugriff des menschlichen *Geistes* entzieht, entlohnt den Sterblichen mit der Aussicht, es durch die Kraft der *Natur* zu realisieren.

Und so geschah es denn auch. Der schlaflose Abraham wurde zum Stammvater einer zahlreichen Familie und damit der zwölf Stämme Israels, von denen Du, teurer Freund Pilatus, etliche (und nicht eben die friedlichsten) als Landpfleger zu betreuen hast.

Nun aber weiter in meinem Bericht von dieser Reise!

Wir haben Jericho durchschritten, haben die Festung von Massada, ein großartiges Felsennest, von weitem erblickt (wehe dem, dem einfallen sollte, es je zu erobern) und ließen uns dann über das Salzmeer setzen. (Eine ekelhafte Brühe, in der kein lebendes Wesen gedeihen kann!)

Schließlich erreichten wir Machärus, nahe der Nabatäischen Grenze. Hier nämlich hoffte mein junger Begleiter seines Opfers habhaft zu werden.

Der Mann, den er ausspionieren wollte, ein gewisser Jochanaan, war nämlich inzwischen in Machärus festgesetzt worden. Irgendwelche obskuren Intrigen zwischen Herodes und seiner Kebse Herodias hatten zu dieser Festnahme geführt. Mein guter Aristobul war der Meinung, es werde ihm, dem Hohenpriester-Neffen, ein leichtes sein, zu dem Gefangenen vorzudringen. Mitnichten. Der junge Mann verschwendete blankes Geld und gute Worte – und ich, wie es schien, meine Zeit. Schließlich hatte ich es satt, die rauhen schwärzlichen Mauern von Machärus anzustarren, und wollte schon mein Bündel schnüren, da trat eine Wendung ein.

Der Vierfürst sagte sich auf Machärus an: Er wollte hier sein Geburtstagsfest feiern.

Sofort änderte sich das Leben auf der Festung. War es vorher in ödem Schlendrian verlaufen, so kam es jetzt in wimmelnde Bewegung. Man schrie und rannte, schleppte und keuchte, schaufelte Hof und Gänge von Unrat frei, beschmierte verdreckte Wände mit Kalk, flickte Dächer und Pflaster, hämmerte, sägte, feilte. Aristobul und ich schauten staunend zu und amüsierten uns. Was da geschah, war nichts als ein Exempel dafür, daß die Großen dieser Welt (verzeih mir diese Keckheit, Pilate) unaufhörlich betrogen werden. Denn was Machärus vorher gewesen, ein dreckiges, verkommenes Nest, war es nach drei, vier Tagen emsiger Bemühung nicht mehr: Es sah ganz schmuck und reputierlich aus, als hätte seine Besatzung nie etwas anderes getan, als ihre Burg zu putzen und ihre Waffen auf Glanz zu bringen.

Und dann kamen auch schon die ersten Vorboten des hohen Besuchs: berittene Abteilungen, Wagenzüge voll Lebensmittel, kostbaren Weben, Badezubern, Ölkrügen, Lampen, Betten, Putztischen. Auch eine Gruppe Musiker rückte ein, einige von ihnen aufs prächtigste gekleidet. Kurz und gut, der staunende Beobachter bekam eine Probe davon zu sehen, wie die Großen unserer Zeit zu leben pflegen, auch wenn sie nur als Unterfürsten und als Mietlinge Roms von der Gnade unseres Cäsars naschen.

Endlich war alles bereit, und am Vorabend seines Geburtstages zog Herodes in Machärus ein.

Selbstverständlich hatte ich mich mit dem Zeremonienmeister des Vierfürsten in Verbindung gesetzt und für mich und Aristobul die Erlaubnis erwirkt, am Empfang und später auch am großen Saalfest teilzunehmen.

Zuerst hatte es geheißen, Antipas komme allein, also ohne Herodias: Er wolle nur mit dem intimeren Teil seines Hofstaates, also ungestört in lustiger Gesellschaft feiern. (Jedermann weiß ja, daß die beiden im Streit miteinander leben.) Doch hat sie ihm einen Strich durch die Rechnung gemacht. Sie ist ihm nachgereist und hat ihn in Jericho abgepaßt. So konnte er sie nicht mehr abschütteln. Vielleicht wollte er es auch gar nicht mehr. Denn Herodias führte ihre Tochter mit sich, die kleine Salome.

Der Einzug des Hofes vollzog sich, wie sich solche Einzüge für gewöhnlich vollziehen: Fanfarenstöße, Trommelwirbel, Geschrei. Der Vierfürst traf als erster ein. Du kennst ihn, ich brauche ihn dir nicht zu beschreiben. Du hast ihn einmal eine mit Hobelspänen gefüllte Puppe genannt. Das ist er! Nachfahre eines großen, wenn auch verbrecherischen Vaters, trägt er noch immer an seiner Herkunft. Zu viele seiner Brüder und Verwandten sind den Dolchen und Giften des alten Herodes erlegen. Die Furcht, denselben Dolchen und Giften zu erliegen, hat diesem Antipas das Mark aus den Knochen gesogen. Dennoch konnte ich mich bei seinem ersten Anblick einer gewissen Erschütterung nicht erwehren. Ich weiß nicht, warum – aber er kam mir wie ein Verurteilter vor.

Gleich darauf keuchten die Lastträger heran, die die Sänfte der Herodias schleppten. Ihnen folgten, mit leichter Last beinahe tänzelnd, die Sänftenträger der Salome.

Wundere Dich nicht, verehrter Freund, wenn ich Dich jetzt mit der genauen Beschreibung der beiden Frauen heimsuche. Sie werden in dem folgenden Bericht die Hauptrolle spielen.

Ich beginne mit Herodias.

Hast Du sie je zu Gesicht bekommen? Wenn ja, so hoffe ich für Dich, daß das schon längere Zeit her ist. Es gibt Leute, die behaupten, Herodias sei noch vor zehn Jahren eine Schönheit gewesen – und deshalb habe sie auch den Vierfürsten betört. Ich weiß nicht, ob diese Leute nicht mit Blindheit geschlagen waren, denn ich kann mir kaum vorstellen, daß dieser Koloß fettquellenden Fleisches, dieser Ausbund ordinärer Abscheulichkeit jemals etwas Betörendes an sich gehabt haben kann. Mir jedenfalls blieb der Atem weg, als ich sie schnaufend, schwitzend, furzend und unförmig wie eine Kröte aus ihrer goldenen Sänfte kriechen sah, laubfroschgrün gekleidet, mit Schmuck behängt, eine kegelförmig getürmte, brennrote Perücke auf dem Kopf.

Dem schütteren Händeklatschen der Menge antwortete

sie mit einer Grimasse. Dann wankte sie, auf zwei Dienerinnen gestützt, in das Tor des Palastes.

Inzwischen hatte man auch die zweite Sänfte abgesetzt, ein sehr zierliches Coupé aus gedrechselten blaugrün- und silbernbemalten Säulchen, und blaugrün und silbern war auch das Wesen, das ihm entschlüpfte: ein junges Mädchen, fast noch ein Kind, anmutig wie eine Gazelle, blitzend wie eine Eidechse. Der Applaus der Menge schwoll an: Das Mädchen lachte, grüßte, winkte, warf einige Münzen, raffte sein Kleid und wieselte Herodias nach in das Tor des Pallas.

»Wer ist das?« fragte ich Aristobul.

»Es muß Salome sein«, sagte er, »die Tochter der Herodias. Meine Mutter hat mir von ihr geschrieben.«

Ich staunte. Wie hatte ein solches Scheusal ein so anmutiges Wesen hervorbringen können?

Aber gleich darauf hatte ich noch mehr Grund zu staunen, denn Salome kehrte zurück. Sie schien etwas in ihre Sänfte vergessen zu haben. Statt eine Dienerin zu schicken, sprang sie selbst herbei. Dabei streifte sie dicht an uns vorüber. Ich bilde mir ein, daß sie uns beide ansah, Aristobul und mich. Sie hat ganz helle Augen, sie, eine Tochter dieses Landes, das doch nur Dunkel-, ja Schwarzäugige hervorbringt; ganz helle Augen, wie ich sie nur bei Germanen aus dem äußersten Norden gesehen habe; die Iris meerfarben blaugrau, dunkelblaugrün umrandet; Haar und Wimpern sind freilich schwarz, auch die Brauen, die fein und gebogen sind, als wären sie mit Tusche gemalt.

Diese Augen, Pilatus, diese Augen! sie gehen mir nicht aus dem Kopf. Hast du je in den Ländern zwischen Nil und Euphrat einen helläugigen Eingeborenen gesehen, es sei denn, er stammte aus einer Gegend, in der germanische Legionen in Quartier liegen?

Was bedeuten solche Augen im Köpfchen einer Prinzessin?

Ganz offizell wird sie als Kind und Erbin des verlassenen Herodes Philippus bezeichnet. (Der Hahnrei sitzt als zweiter Vierfürst in seiner tristen Gaulanitis.) Salome soll eben vierzehn Jahre alt geworden sein. Hilf meinem Gedächtnis nach, Teuerster – war damals vor vierzehn, knapp fünfzehn Jahren nicht wieder einmal so ein kleiner Krieg gegen die Parther im Gange, bei dem eine germanische Legion zum Einsatz kam? – Nein, nein, ich höre schon auf zu lästern. Man weiß nie, in wessen Hände ein solcher Brief fällt.

Nun, kurz und gut. Der Hof war angekommen. Das Fest war vorbereitet. Was sollte schiefgehen?

Die Musiker probten auf ihren Instrumenten. Die Seiltänzer probten auf ihren Seilen. Noch immer wurden Weinschläuche in die Festung gekarrt. Mastochsen standen bereit und ganze Käfige voll Enten, Kapaunen und Wachteln.

Aristobul ließ sich beim Vierfürsten melden. Er hoffte, endlich zu seinem Jochanaan vordringen zu können. Aber er antichambrierte vergeblich. Antipas war entweder betrunken oder mit einer seiner Buhlerinnen beschäftigt – oder damit, sich mit Herodias erbitterte Wortgefechte zu liefern. Man hörte ihr Gebell und Gekeife bis in die Vorhöfe.

An Jochanaan wollte Antipas jedenfalls nicht erinnert sein. Mein guter Aristobul war untröstlich.

Um es kurz zu machen: Erst knapp vor dem Fest erlangte er die Erlaubnis, den Gefangenen aufzusuchen. Ich begleitete ihn. Man führte uns auf einer engen Spindeltreppe bis in das dritte Stockwerk unter den Nordturm (es ist tief in den gewachsenen Felsen eingehöhlt). Da war ein Gitter vor einem Verlies, darin – in Augenhöhe – eine Art Steinbank: Jochanaans Gefängnis. Da lag er oder hockte auf einem Bündel Stroh, in schwarzer Finsternis. Ich sah – im Licht des Kienspans, der uns leuchtete – nicht mehr von ihm als ein Paar knochenhagerer Beine, schwielige Knie, hornige Sohlen, die Nägel der schwärzlichen Zehen wie Klauen gebogen.

Aristobul sprach ihn an.

Aus dem Dunkel kam Jochanaans Stimme, erst leise, abwehrend mürrisch, bald aber belebter, anschwellend, mächtig, die Stimme eines Volksredners, die Stimme eines Mannes, der von seiner Sache überzeugt und der Wirkung seiner Worte sicher ist.

Leider sprachen beide nur Hebräisch. Ich verstand kein Wort. Aristobul schien sehr bewegt. Einige Male zwängte er seine Arme durch das Gitter, so als flehte er den Gefangenen an, aus seiner Höhle hervor und in den Lichtkreis des Kienspans zu kommen. Doch der Gefangene blieb droben im Dunkeln.

Die Unterredung dauerte nicht lange.

Der Kerkermeister kam und sagte, wir müßten wieder gehen. Der Vierfürst habe befohlen, kein Fremder dürfe zu Jochanaan. Aristobul konnte sich kaum losreißen. Zuletzt fiel er auf die Knie und rief, morgen werde er wiederkommen.

»Morgen«, rief er noch auf der Treppe, »morgen, morgen.«

Eine Stunde später begann das Fest.

Ich habe mir sagen lassen, daß sich die Juden in früherer

Zeit viel darauf zugute getan haben, daß auch die Vornehmen so einfach und karg lebten wie Bauern. Sogar Leute, die weite Ländereien besaßen, auch Reeder und erfolgreiche Händler verschmähten Luxus, Aufwand und entsprechende Vergnügungen.

Nun hat man umgelernt, auch hier, wie überall; auch hier am Rande der Wüste hat man gelernt, feine Küche zu schätzen, üppige Kosmetika zu gebrauchen und seine Glieder in kostbare und immer kostbarere Gewänder zu hüllen. Vor allem aber hat man offenbar auch hier gelernt, ausgiebig zu feiern. Aber wie soll man feiern, wenn schon jeder Tag erlesene Genüsse bietet?

Man muß sich etwas einfallen lassen, etwas Besonderes. Da der Kitzel des Gaumens nicht mehr ausreicht, auch nicht Musik, Berauschung durch Wohlgeruch und schwere Weine, muß man nach schärferen Reizen suchen, und seltsamerweise sollen dann diese schärferen und süßeren Reize mit Gegenreizen vermischt sein, Wollust mit Schaudern, Verwöhnung mit Grauen. Gewisse Beängstigungen werden gesucht, ein Frieseln der Nerven, ein Frösteln der Furcht mitten im platten Behagen. Von diesem Verlangen leben, wie du weißt, nicht nur die berühmten Gladiatoren in Rom und Neapel, sondern Hunderttausende in allen Ländern des Reiches, Scharen von Gauklern, Seiltänzern, Akrobaten, Schwertschluckern, Feuerfressern, Schlangenbeschwörern und so fort. Dieses bedauernswerte Gelichter fristet sein Leben davon, daß es sein Leben pausenlos aufs Spiel setzt, als wäre es nichts. Und es scheint auch in der Tat nichts zu sein. Haben wir nicht beide damals in Delphi ganz wohlgemut zugesehen, wie die Köpfe der Wagenlenker an den Marmorschranken der Rennbahn zerschellten? – Oder in Athen, wie der ungeschickte Messerwerfer seiner Partnerin den Bauch aufschlitzte?

Die Menge tobte Beifall, und obwohl wir an diesem Beifall nicht teilnahmen, waren wir uns doch darin einig, daß auch unser Vergnügen an solchen Darbietungen nur daher stammt, daß das tödliche Mißlingen jeweils miterwartet werden kann. Wer riefe denn auch: Haltet ein, es ist genug. Die Neugier schwingt immer noch einmal die Peitsche, und das Vergnügen geht weiter.

Aber ich schweife ab.

Nun also – dieses Fest. Es fand in dem Saal statt, der die Mitte der Burg Machärus und fast zwei Stockwerke des Hauptgebäudes einnimmt. Die Wände – aus rauhem Gestein, nur teilweise mit Marmor inkrustiert. Die Decke aus grob zugehauenen Zedernbalken. Drei sehr hohe Säulen feinster Arbeit lassen vermuten, daß sich Bauherr Herodes wie gewohnt auch hier aus einem älteren, wahrscheinlich ägyptischen Tempel bedient hat. Ausgebreitete Teppiche und aufgespannte bestickte Weben konnten das Unfertige, Unbehauene, Barbarische des Raumes kaum verhüllen. In erzenen Kandelabern brannten Fackeln, sie gaukelten zusammen mit unzähligen angesteckten Öllichtern und qualmenden Rauchbecken etwas wie einen prachtvollen Festraum vor, verzehrten aber auch die Atemluft, so daß schon vor dem Festmahl eine beinahe unerträgliche Schwüle herrschte. Dazu der unausgesetzte Lärm von Zimbeln, Trommeln und Pfeifen.

Der Vierfürst lag in der Mitte des Saales auf einem breiten, mit vergoldeten Gurten bespannten Bett zwischen zwei Weibspersonen, die ihn teils zu füttern, teils zu nekken, teils mit feuchten Tüchern abzutupfen hatten, denn er schwitzte sehr. Herodias, heute feuerrot gekleidet, wieder mit der fatal scheußlichen roten Kegelperücke auf dem Kopf, saß neben dem Bett auf einem Lehnstuhl mit gewaltigen, maulaufreißenden Löwenköpfen. Obwohl sie die beiden Buhlerinnen anfeuerte, den Vierfürsten gut zu bedienen, war doch zu bemerken, daß sie vor Eifersucht glühte. Von Zeit zu Zeit, wenn ihr das Gehaben der Buhlerinnen gar zu gewagt schien, ergriff sie eine Art Thyrsusstab und stach sie damit, dann und wann stach sie auch den Fürsten, ziemlich derb sogar, doch immer so, daß es noch wie Neckerei aussehen konnte.

Unter großem Geschrei wurde ein gebratener Ochse hereingeschafft und ausgeteilt. Dann Gerichte von Fischen, Geflügel, Früchten. Dann folgten die Vorführungen von Seiltänzern, Schwertschluckern und Hahnenkämpfen. So ging es einige Zeit hin, bis sich – die meisten waren schon berauscht – unter ohrenbetäubendem Trommelwirbel etwas wie ein großer Reif in der Form einer Königskrone von der dunklen Decke löste und an Schnüren über das Bett des Vierfürsten und den Thronsessel der Herodias herabgelassen wurde. Der gesamte Hofstaat klatschte und trampelte Beifall, als wollte er damit bezeugen, daß dem Antipas und seiner Gattin (oder wie Herodias sonst zu benennen wäre) königliche Ehren gebührten, obwohl doch jedermann weiß, daß ihnen Rom die königliche Würde verweigert hat. Ich staunte über die Frechheit dieses Theaterzaubers und hätte schon nicht übel Lust gehabt, das Fest zu verlassen, da aber geschah etwas noch weit Merkwürdigeres. (Und ich denke heute darüber nach, ob das Erscheinen der Krone dafür nicht nur den Auftakt gegeben habe?)

Es wurde still im Saal, und aller Augen wandten sich in

eine Richtung. Hinten zwischen den Säulen huschte etwas Glänzendes heran, und als es hervortrat, war es ein reizender Aufzug. Zwei Mädchen trugen eine Schüssel, eine aus Silber getriebene große Muschel. Auf dieser stand eine Gestalt. Ich weiß nicht, warum ich dachte, es müßte Salome sein, denn die Figur war ganz in silberglänzende Schleier gewickelt. Hoch stand sie aufgerichtet, offenbar mit erhobenen Armen, denn aus dem obersten Knoten des Schleiers blickten zwei spielende Hände hervor.

Salome! dachte ich wieder und wollte es doch nicht glauben, daß es Salome sei. Denn seit wann erlaubt man sich, Prinzessinnen als öffentliche Tänzerinnen zuzulassen? Die Menge grölte und klatschte, als sie mit federndem Sprung vor dem Bett des Antipas landete. Dann wurde sie wieder still. Denn Salome begann zu tanzen. Ihr Götter, welch ein Wesen! Ihr Götter, welch ein Tanz!

Geneigter Freund und Kumpan so mancher verschwärmten Nacht, haben wir nicht in Korinth und Capua die berühmtesten Tänzerinnen auftreten gesehen, bezaubernde Mädchen, die unsere Sinnlichkeit aufregten, die noch in den kältesten Greisen die Reste ihrer Männlichkeit entflammten?

Nichts, nichts davon bei dieser Salome. Noch scheint sie nicht einmal Weib zu sein. Ihre Brüste sind flach, ihre Lenden sind eckig. Ihr Körper scheint nicht dazu gemacht, in Liebesnächten genossen zu werden, geschweige denn, zu empfangen, zu tragen und zu gebären. Keine der Phantasien, die ein Weib sonst zu entzünden vermag, wird von ihr aufgestachelt. Und doch habe ich noch keiner Tänzerin mit so atemloser Spannung zugesehen.

Ihr Schleier fiel, das heißt, er wurde der Länge nach von

ihrem zarten, blitzschnell kreiselnden Körper abgewickelt. Darunter trug sie nur ein Schuppenhemd aus winzigen Silberplättchen. Es ließ Arme und Rücken frei, und wenn sie die Beine grätschte, so sah man die nackte, noch kindlich unbehaarte Scham.

Aber noch nie habe ich einen behenderen Körper erblickt. Schritte, Sprünge, das Schnellen der Arme, der Beine, das Kreisen des Kopfes und das Spiel der Finger – das alles schien mir in einem unnatürlich gesteigerten Wirbel zu schwirren, fast so wie man die Flügel bestimmter Falter schwirren sieht, wenn sie honigsaugend über Blüten stehen. Wer hatte dieses Geschöpf dazu gebracht, sich so zu bewegen? Wer hatte ihre Gelenke, ihre Muskeln und Sehnen zu dieser Biegsamkeit gedrillt? Wer – und mit wieviel grausamer Inständigkeit! – hatte sie gelehrt, von den Füßen auf die Hände, von den Händen auf die Füße zu springen und sich zugleich dreimal um die eigene Achse zu drehen? Sie tanzte, als hätte sie kein Gewicht und als wäre ihr Körper dazu gemacht, mit der rasenden Geschwindigkeit einer Sternschnupppe vor unseren Augen vorüberzuflirren.

Und so sah ich sie tanzen, nicht wie man einen Menschen tanzen sieht, sondern wie eine Puppe, die ein Gott oder vielmehr ein Dämon in rasende Eile versetzt hat: Sie versinnbildlichte in diesem Augenblick alle Laster der Welt. Selbst gefühllos und unfähig, auch nur die geringste Lust zu empfinden, erinnert ihr Puppentanz alle Lüste, stellt alle Lüste in Aussicht. Wer ihr folgt, muß sich zu Tode bringen. Sie aber ist schon tot – und damit unsterblich.

Am Schluß raste sie noch radschlagend um das Bett des Vierfürsten. Mit einem letzten Satz sprang sie an den Kronreif und fiel von dort zu Antipas' Füßen nieder. Da lag sie – so gut wie nackt – einige Sekunden. Die beiden Mägde, die ihren Schleier hielten, stürzten herbei, wickelten sie ein und trugen sie durch die nun tobende, schreiende, stampfende, klatschende Menge hinaus. Man trommelte, zimbelte, stieß in Fanfaren. Der Kronreif schwang an den Schnüren noch hin und her.

Ich wollte gerade aufstehen, um mir nach der langen Zeit des Sitzens und Zuschauens ein wenig Erholung zu verschaffen, da merkte ich, daß sich der Vierfürst erhoben hatte und heftig und schwankend, denn er war schon stark berauscht, in die Richtung winkte, in der Salome auf ihrer Muschel verschwunden war. Und schon wurde sie wieder hereingebracht, wieder auf Schultern getragen, diesmal sitzend, noch nach Atem ringend, aber schon umgekleidet, in einem lichtgrünen Chiton, mit einem juwelenbesetzten Band im Haar. Mit einer schmeichlerischen Bewegung glitt sie dem Vierfürsten in die Arme. Der ganze Saal dröhnte von Beifall.

Es war klar, daß sie Lob erwartete; sie hatte sich Lob verdient. Es war auch klar, daß sie Belohnung erwartete; und auch Belohnung hatte sie verdient. Sie hatte zu Ehren ihres Stiefvaters getanzt und durfte eines Geschenkes sicher sein.

Jedermann rechnete damit, daß er sich großzügig zeigen werde. Doch niemand rechnete mit dem, was nun erfolgte.

Das erste war, daß Antipas die beiden Buhlerinnen, die ihn befächerten, von sich und seinem Bett hinunterstieß. Das zweite, daß er Salome mit beiden Armen an sich schloß und an sich drückte. – »Kind«, sagte er und suchte seine Zunge zu bemeistern, »du hast herrlich getanzt. Für diesen Tanz kannst du fordern, was du willst. Was du willst, ich werd' es dir geben. – Geben«, wiederholte er, »geben, geben!« – Und als er merkte, daß alles horchte, aufhorchte, ja, daß etwas wie ein Erschrecken durch den Saal flutete, da trumpfte er noch einmal auf: »Und wär' es mein halbes Reich.«

Salome starrte ihn offenen Mundes an. Ihre meerfarbenen Augen begannen zu glänzen. Man sah geradezu, wie ihre Gedanken zu kreisen begannen, Gedanken, Wünsche, Phantasien, süße Tollheiten, wie ein Kind sie erdenkt, dem man verspricht, jeden Wunsch zu erfüllen. Man sah, daß sie an Juwelen, Roben, teure Reittiere, vielleicht sogar an ein vergoldetes Lustschiff dachte.

Da aber kam von hinten Herodias heran, den Thyrsusstab wie einen Stachel in der Hand. »Du willst ihr geben, was sie verlangt?«

»Was sie verlangt«, wiederholte der Mann.

»Schwör' es«, sagte Herodias und hob die Faust.

»Ich schwöre es«, sagte der Mann. »Als König schwör' ich's.«

»Ihr habt es gehört!« schrie die Frau in den Saal. »Ihr habt es gehört!« und schüttelte den Thyrsusstab gegen die Versammlung.

Wieder flutete etwas wie Schrecken durch die Menge, ein gepreßtes Stöhnen, ein dumpfes Ächzen. Wie oft hab' ich's schon vernommen, in Rom, in Alexandria, einmal auf dem Schlachtfeld von Idistiaviso, damals, als sich der Germanicus einfallen ließ, die überlegenen Cherusker anzugreifen, und dem Heer seinen Entschluß bekanntgab. Immer ist dieses dumpfe, ängstliche Knurren zu hören, dieser Kehl- und Röchellaut aus verkrampften Kehlen, immer, wenn Mächtige ihre Entschlüsse bekanntgeben, die jene, die sie hinzunehmen haben, einiges kosten können. Auch dieses Versprechen des Antipas konnte einiges kosten, und es waren gewiß nicht wenige im Saal, die das Versprechen für gefährlich hielten und die nun ängstlich darauf warteten, was die Prinzessin fordern würde.

Aber mit Salome war inzwischen etwas geschehen. Das Auftreten der Mutter zeigte Wirkung. Weggewischt war ihr Lächeln, stumpf ihr Blick. Sie schlüpfte aus des Antipas Armen, knickste und sagte mit leise, leiernder Stimme: »Ich sage Dank, mein König und hoher Herr. Aber ich kann nicht sagen, was ich mir wünsche, ehe ich mich nicht mit meiner Mutter besprochen habe.«

Es war zu merken, daß Herodes erschrak. Aber schon hatte der feuerrote Koloß die kleine lichtgrüne Gestalt unterfaßt, an sich gezogen und vor sich her einige Schritte seitwärts gezerrt. Dort, hinter einer Säule, begann sie, die rote Kegelperücke vorgeneigt, heftig auf Salome einzuflüstern.

Herodes saß und äugte gespannt und ängstlich nach den beiden.

Ich dachte: Nun geht ein übler Handel an. Und ich meine: Viele dachten wie ich.

Das Flüstern und Hetzen nahm kein Ende. Es schien, je länger es währte, auch gar nicht nach Salomes Sinn zu sein.

Sie schüttelte den Kopf. Wich zurück. Wandte sich ab. Sie suchte sich den Fäusten der Feuerroten zu entwinden, doch immer heftiger drang diese auf sie ein. Preßte sie an sich, bedeckte sie mit Küssen, mit Liebkosungen, deren Gewalttätigkeit immer unverkennbarer wurde. Allmählich erlosch des Mädchens Widerstand. Ihr Kopf sank gegen der Mutter Brust. Schließlich, Tränen aus den

Augen wischend, lachten sie beide einträchtig und verschworen.

Noch immer starrte der Vierfürst gebannt nach den beiden. Immer öfter klappten seine Lider, immer ängstlicher stierte sein Blick. Vergeblich suchten die beiden Buhlerinnen ihr Geschäft wiederaufzunehmen, er schien ihr Streicheln, Tätscheln, Girren nicht einmal zu bemerken. Auch die Gäste spähten und hielten sich still, obgleich die Musik wieder eingesetzt hatte und die Weinträger wieder ihre Runden begannen.

Nun waren Tochter und Mutter ganz abgesprochen. Eng umschlungen bewegten sie sich auf den Vierfürsten zu. Der Mann kroch in sich zusammen. Ich glaube mich nicht zu irren: Speichel tropfte aus seinem Mund.

Das Mädchen knickste vor ihm und sagte: »Hoher Herr, ich weiß jetzt, was ich will. Ich will den Kopf des Täufers, des Täufers auf dieser Schüssel.« Damit wies sie auf die versilberte Muschel, auf der sie selbst zweimal hereingetragen worden war. »Auf dieser Schüssel«, wiederholte sie mit beinah törichtem Lächeln und einem Seitenblick auf ihre Mutter.

»*Was* wünschst du dir?« fragte der Vierfürst zurück.

»Den Kopf des Täufers«, sagte das Mädchen.

»*Wessen* Kopf?« fragte der Vierfürst noch einmal.

»Des Jochanaan!« antwortete das Mädchen fast ungeduldig. »Er sitzt hier, in Machärus.«

Ich sprang auf. Jochanaan? Jochanaan?! *Aristobuls Jochanaan?!*

Der Vierfürst bewegte die Kinnbacken. »Ich weiß von keinem Jochanaan.«

Nun stieß Herodias vor. »Du lügst«, schrie sie. »Er sitzt hier, ich weiß es.«

»Der Prophet?« brüllte Herodes.

»Prophet!« schrie Herodias zurück. »Er hat mich beleidigt.«

»Ja, beleidigt, meine Mutter beleidigt!« wiederholte Salome mit ihrer kreidigen kalten und leiernden Kinderstimme.

»Deine Mutter, deine Mutter!« schrie der Vierfürst zurück. Nun folgte ein Sturzbach von Worten in Hebräisch, die nichts anderes sein konnten als eine gräßliche Verfluchung.

Salome wich zurück. Aber der feuerrote Koloß stand wie ein Fels, die Hände am Rücken zusammengelegt, den Thyrsusstab in den Fäusten. Der Vierfürst war nun aufgestanden. Sein Oberkörper pendelte hin und her. Er sagte: »Nein, nein. Das nicht. Das nicht. Das könnt ihr nicht verlangen. Wer einen Propheten tötet, der verfällt dem Gericht.«

Verfällt dem Gericht. So ist es, so mag es sein und wird geglaubt, hier in Judäa und überall unter den Beschnittenen. Die Schriften dieses Volkes wimmeln von Erzählungen, in denen berichtet wird, wie grausam ihr Gott den Tod eines seiner Propheten rächt. Unauslöschlich ist der Fluch, der den verfolgt, der sich an einem Propheten versündigt hat.

Doch, Freund Pilatus, sind nicht auch wir Griechen und Römer von solchen Flüchen verfolgt?

Wir nennen zwar keinen unserer Großen einen Propheten. Wir nennen sie Helden, Weise, Unsterbliche. Welche Schande verfolgt die Athener, die Sokrates vernichtet haben? Welches Elend hat Brutus geschlagen, nachdem er Cäsar ermordete? In welche Hölle wurde Catilina hinabgeflucht, weil er sich gegen Cicero verging? Was aber sind

Philosophen, Cäsaren und Rhetoren gegen die Gottgesandten in der Meinung dieses Volkes? (Und was sind sie – möglicherweise – in der Tat?)

Ich begriff, warum der elende Vierfürst winselte. Ich begriff sein Entsetzen vor der Forderung der Weiber. Trotzdem begann ich zu fürchten, er könnte nachgeben. Ich dachte an Aristobul. Ich dachte an die Stimme drunten im Turm, an die hageren Beine im Kienspanlicht. Ich dachte auch an Aristobuls Ruf: »Morgen – morgen!« Wo war er? Ja, wo war er doch?

Er war mit mir in den Saal gekommen. Er hatte eine Weile neben mir gesessen. Er hatte noch mit mir von dem Ochsen gegessen. Ich hatte ihm noch selbst die Weinschale gereicht. Nun war er verschwunden.

Ich verließ meinen Platz.

Ich suchte Aristobul. Ich suchte ihn wütend. Auf Treppen, in Gängen, auf der Galerie. Ich drängelte durch die Gäste, stolperte über Trunkene, über Weinschläuche und leergegessene Körbe. Wo war Aristobul?

Ich spürte, daß der Handel um des Jochanaan Kopf hinter mir weiterging und daß er eine immer bedrohlichere Wendung nahm. Doch Aristobul fand ich nicht. Was hätte es auch genützt, ihn zu finden? Bildete ich mir ein, er könnte, als Neffe des Hohenpriesters und als *Vertraulicher* der Tempelbehörde, noch irgend etwas ändern an der scheußlichen Machenschaft? Zuletzt *schrie* ich nach meinem Reisegefährten.

Plötzlich aber, wie das so oft geschieht, wenn man getrunken und sich ermattet hat an Schaustellungen, Geschwätz und Gelärm in überfüllten Räumen, plötzlich sank etwas wie Gleichgültigkeit über mich. Was ging's mich an, ob Jochanaan lebte oder nicht; ob der feuerrote

Koloß seinen Willen bekam oder nicht; was ging's mich an, daß Aristobul unauffindbar war? Warum hatte er das Gelage verlassen? Was hatte ihn daran gestört, daß er's verließ? Nahm er Anstoß an der grobschlächtigen Prasserei? Am Spiel der Buhlerinnen auf Herodes' Bett? Gar an Salomes Tanz?

Verfluchte Empfindichkeit eines halbgaren Burschen.

Und schließlich, so dachte ich weiter, war Aristobul ja nicht als Jochanaans Freund oder Jünger nach Machärus gekommen. Er war ihm als Spitzel, Aufpasser, Nachschnüffler gefolgt. So war er von seinem Onkel bestellt, dazu war er von seiner Mutter angefeuert worden. Und war er auch plötzlich von Jochanaan eingenommen – wer wußte denn, ob er sich nicht wieder anders besann? Vielleicht war er seiner Aufgabe leid geworden. Vielleicht nahm sie für ihn mit Jochanaans Tod ein glückliches oder doch wenigstens glimpfliches Ende.

Und so wollte ich, mißmutig und schwankend vor Müdigkeit (schließlich hatte auch ich nicht wenig getrunken), auf meinen Platz zurückkehren. Da traf mich ein Anblick, der mich mit einem Schlag hellwach werden ließ. Ein großer kahler Kerl in gelben Kleidern durchquerte vor mir eilends den Saal. In der Art, wie er ausschritt und die Gäste zurückwichen, erkannte ich, daß es der Henker war.

In den Minuten, die danach vergingen – es waren nur noch wenige –, herrschte eine schreckliche Stille im ganzen Haus. Ich kenne diese Stille – und Du, großer Pilatus, kennst sie erst recht, diese Stille, die sich ausbreitet, wenn irgendwo in der Nähe ein Henkersschwert fällt. Gestorben wird überall und jederzeit, und auf dem Schlachtfeld wird der Tod zur mindersten Billigware. Der Augenblick des *verhängten* Todes aber ist immer, auch im gemeinsten Fall, ein Augenblick, der unseren Herzschlag stocken läßt. Irgend etwas durchzuckt uns: Es ist nicht Mitleid. Irgend etwas durchsticht uns: Es ist nicht Trauer. Es ist der Fluß unserer inwendigen Natur, der sich aufbäumt, als sollte er selbst von einem tödlichen Hieb getroffen werden.

Nun, so war es auch hier. Ich muß gestehen, daß sich meine Wahrnehmung trübte. Daß mir der Atem schnell und immer schneller ging. Ich war fast erleichtert, als sich am nördlichen Ausgang des Saales aus dem Kellergeschoß jemandes Ruf vernehmen ließ: »Sie kommen. Sie kommen!«

Der Henker tauchte aus dem Treppenschacht auf. Er kam mit zwei Gehilfen. Einer trug das Richtschwert, der zweite die Schüssel. Der Henker selbst trug den Kopf. Er trug ihn vor sich her, als trüge er einen Sack voll Nüsse. Er kam mit federnden Schritten auf Herodes zu. Dort hob er den Kopf und präsentierte ihn. Dann wandte er sich dem Saal zu und präsentierte ihn noch einmal. Schließlich wurde der Kopf auf die Schüssel gelegt. So wurde er Salome geboten.

Salome war die ganze Zeit starr wie aus Holz geschnitzt neben ihrer Mutter gesessen. Sie war unnatürlich blaß. Die Liebkosungen ihrer Mutter ertrug sie, als fühlte sie sie nicht.

Nun sollte sie die Schüssel ergreifen.

Sie ergriff sie nicht.

Herodias stieß sie mit der Schulter an.

Salome rutschte nur weiter in den Lehnstuhl zurück.

Der Henker rückte nach.

Salome hob beide Arme vor ihr Gesicht.

Anstatt der Tochter ergriff die Mutter das blutige Haupt.

In diesem Augenblick erhob sich hinter den beiden ein dumpfes, wildes, röhrendes Gebrüll. Der Vierfürst stieß es aus. Er war, ein Bild des Jammers, vor seinem Bett aufs Pflaster gesackt, lag da und schlug sich mit Fäusten. Eine der Buhlerinnen warf einen Mantel über ihn. Etliche Diener schleiften ihn hinaus. Das war das Ende des Abends, der Abschluß des Festes, des erstaunlichen Schauspiels, das man uns gegeben hatte, der unübertreffliche Schlußakt einer mehr als sonderbaren Ergötzlichkeit.

Ich verließ Machärus am anderen Morgen.

Aristobul bekam ich nicht mehr zu Gesicht. Jemand erzählte mir, daß er bei der Leiche des Täufers getobt und heiße Tränen vergossen habe.

Dir, Freund Pilatus, habe ich so ausführlich Bericht erstattet, um Dir ein anschauliches Bild zu vermitteln von den Verhältnissen des Antipas, von seinem Charakter und den Möglichkeiten, ihn dir gefügig zu machen.

Quellenverzeichnis

Die Nachtwache am Weiher / Angela oder Das Porträt einer Heldin / Das Zimmer / Brief einer alten Dame / Der Vaterlose, aus: NUR EIN REGENBOGEN, Copyright © 1987 by Deutsche Verlags-Anstalt, Stuttgart.

Die Ache / Das tägliche Elend / An einer Grenze / Adam mit dem Apfel / Madonnen / Der kleine Nachbar / Ein Doppeltes / Liebespaar, alle Gedichte aus: GEGENRUF, Otto Müller Verlag, Salzburg 1986, Copyright © by Autor.

Onkel Roderich / Die Feuersäule, aus: EIN SPIEGELBILD MIT FEUERSÄULE, Copyright © 1979 by Deutsche Verlags-Anstalt, Stuttgart.

Zeit für Kellerhälse / Kakanische Anekdoten / Ökumenisch / Spanisches Hofzeremoniell / Erstklassiges Lokal / Der Alte / Verschlimmbessern oder Zwei Beispiele dialektischen Verhaltens / Weltruhm / Namen / Der König der Wüste / Gedämpfter Mutterstolz / Die Ermahnung / Kleines Charakterbild, aus: DER GOLDSCHATZ AUS BÖHMEN, Otto Müller Verlag, Salzburg 1989, Copyright © by Autor.

Das Ende einer Kindheit, aus: DIE PULVERMÜHLE, Copyright © 1968 by Deutsche Verlags-Anstalt, Stuttgart.